Vale do Arco-íris

Copyright © 2020 *by* Pedrazul Editora Ltda.
Todos os direitos reservados à Pedrazul Editora.
Texto adaptado à nova ortografia da Língua Portuguesa,
Decreto nº 6.583, de 29 de setembro de 2008.
Direção geral: Chirlei Wandekoken
Subeditor: Júlio Cesar Wandekoken
Direção de arte: Eduardo Barbarioli
Tradução: Tully Ehlers
Revisão: Fernanda C. F. de Jesus
Arte da capa: Raquel Castro

> M791v Montgomery, Lucy Maud, 1874-1942.
>   Vale do Arco-íris / Lucy Maud Montgomery . – Domingos Martins, ES : Pedrazul Editora, 2020.
>
>   224 p.
>   Título original: Rainbow Valley
>
>   ISBN: 978-85-66549-80-5
>
>   1. Literatura canadense. 2. Ficção. 3. Romantismo I. Título. II. Ehlers, Tully.
>
>   CDD – 810

Reservados todos os direitos desta tradução e produção. Nenhuma parte desta obra poderá ser reproduzida por fotocópia, microfilme, processo fotomecânico ou eletrônico sem permissão expressa da Pedrazul Editora, conforme Lei nº 9610 de 19/02/1998.

PEDRAZUL EDITORA
www.pedrazuleditora.com.br | contato@pedrazuleditora.com.br

Vale do Arco-íris

O sétimo livro da série *Anne de Green Gables*

Lucy Maud Montgomery

Tradução: Tully Ehlers

PEDRAZUL
EDITORA

"Os pensamentos da juventude são longos,
longos pensamentos."
— LONGFELLOW

EM MEMÓRIA DE

GOLDWIN LAPP,
ROBERT BROOKES
e MORLEY SHIER

Que fizeram o sacrifício supremo para
que os vales alegres de sua terra natal
pudessem ser mantidos sagrados,
mesmo diante da devastação do invasor.

CAPÍTULO I

De volta ao lar

Era um claro entardecer de maio, cor verde-maçã, e o Porto de Four Winds refletia as nuvens do Oeste dourado entre suas margens suaves e escuras. O mar gemia assustadoramente no banco de areia, que era triste inclusive na primavera, mas um vento jovial e astuto vinha assobiando pela estrada vermelha do porto, por onde a figura confortável e matriarcal de Miss Cornelia se encaminhava, até o povoado de Glen St. Mary. Miss Cornelia era, por direito, Mrs. Marshall Elliott, e tinha sido Mrs. Marshall Elliott pelos últimos treze anos, mas ainda assim, a maioria das pessoas se referia a ela como Miss Cornelia. O nome antigo era querido para os velhos amigos, entretanto, um deles o desdenhava. Era Susan Baker, a sombria, severa e leal criada da família Blythe, de Ingleside, que jamais perdia a ocasião de chamá-la de "Mrs. Marshall Elliott," com a mais mortal e pontuada ênfase, como se dissesse: 'Você queria ser Mrs. Marshall Elliott, então, no que me diz respeito, por vingança, Mrs. Marshall Elliott será'.

Miss Cornelia estava indo até Ingleside para ver o Dr. e Mrs. Blythe, que tinham acabado de chegar da Europa. O casal estivera ausente por três meses, pois viajaram em fevereiro para assistir a um famoso congresso de Medicina em Londres. Durante a ausência ocorreram certas coisinhas em Glen, que Miss Cornelia estava ansiosa para comentar. Por exemplo, havia uma nova família na paróquia. E que família! Enquanto avançava com passo animado, Miss Cornelia balançou a cabeça várias vezes ao pensar neles.

Susan Baker e a Anne Shirley de outrora a viram chegar. As duas estavam sentadas na grande varanda de Ingleside, desfrutando do encanto do entardecer, da doçura dos sonolentos pintarroxos, que silvavam entre os bordos na penumbra, e da dança de um impetuoso grupo de narcisos, que se agitavam contra o velho e tranquilo muro de ladrilhos vermelhos do jardim.

Anne estava sentada nos degraus, com as mãos entrelaçadas ao redor dos joelhos, parecendo, naquele crepúsculo suave, tão infantil quanto uma mãe de muitos filhos tem o direito de ser. Os belíssimos olhos cinza-esverdeados, que contemplavam a estrada do porto, estavam, como sempre, cheios de brilho e de sonhos inatingíveis. Atrás dela, encolhida na rede, estava Rilla Blythe, uma rechonchuda criaturinha de seis anos, a caçula das crianças de Ingleside. Ela tinha cabelos cacheados e ruivos, e olhos cor de avelã, que agora se encontravam firmemente fechados, com a maneira tão graciosa que Rilla tinha de dormir.

Shirley, "o garotinho moreno", como era conhecido no "Who's Who[1]" da família, dormia nos braços de Susan. Tinha os cabelos castanhos, olhos pardos, pele trigueira, bochechas muito rosadas e era o favorito de Susan.

Depois de dar à luz Shirley, Anne estivera convalescente por muito tempo e Susan, com ternura tão apaixonada, fizera para o menino o papel de mãe. Talvez por causa disso o amor que sentia por ele nenhuma das outras crianças tinha conseguido despertar, ainda que os amasse muito. Dr. Blythe dizia que se não fosse por ela, Shirley não teria sobrevivido.

"Eu dei vida a ele, tanto quanto a querida Mrs. Dr. Blythe" — Susan costumava dizer. "Ele é tão meu filho quanto seu". E, na verdade, era sempre para Susan que Shirley corria para receber um beijo quando se machucava. Era Susan que também o embalava para dormir e quem o protegia das bem merecidas surras. Susan havia castigado conscienciosamente todas as outras crianças Blythes, quando considerara que era o necessário, para o bem de suas almas, mas ela jamais castigava Shirley, nem permitia que a mãe o fizesse. Uma vez, Dr. Blythe o havia surrado e Susan ficara indignada.

— Esse homem é capaz de espancar um anjo, querida Mrs. Dr. Blythe — declarou com amargura e, durante semanas, se recusou a preparar torta para o pobre doutor.

Durante a ausência dos Blythes, Susan levara Shirley para a casa do irmão, enquanto as outras crianças tinham ido para Avonlea. Dessa forma, ela tivera o menino para si durante três benditos meses. No entanto, Susan estava muito contente por estar de volta a Ingleside, com todos seus amados ao redor. Ingleside era seu mundo e nele Susan reinava suprema. Até mesmo Anne raramente questionava as decisões que a outra tomava, para desgosto de Mrs. Rachel Lynde, de Green Gables, que todas as vezes que visitava Four Winds dizia a Anne, com ar sombrio, que ela estava permitindo que Susan mandasse muito e que chegaria o dia em que lamentaria esse fato.

— Aí vem Cornelia Bryant pela estrada do porto, querida Mrs. Dr. Blythe — disse Susan. — Garanto que vem descarregar três meses de fofocas em cima da gente.

---

1 - Revista canadense que contém informações bibliográficas de aproximadamente 13 mil canadenses famosos. [N.T.]

— Assim espero — disse Anne, abraçando os joelhos. — Estou louca para saber as fofocas de Glen St. Mary, Susan. Espero que Miss Cornelia possa me contar tudo que aconteceu enquanto eu estava fora. *Tudo*. Quem nasceu, se casou, ficou bêbado; quem morreu, partiu, chegou ou brigou. Quem perdeu uma vaca, ou encontrou um pretendente. É delicioso estar em casa novamente, com todos os queridos habitantes de Glen, e quero saber tudo sobre eles. Por falar nisso, recordo que, enquanto caminhava pela Abadia de Westminster, me perguntava com qual dos dois pretendentes especiais Millicent Drew acabaria se casando. Sabe, Susan, tenho a terrível suspeita de que eu adoro uma fofoca.

— Bem, claro, querida Mrs. Dr. Blythe — admitiu Susan. — Toda mulher que se preze gosta de saber das novidades. Eu mesma estou interessada no caso de Millicent Drew. Nunca tive um pretendente, muito menos dois. Agora já não me importa; ser uma velha solteirona não machuca quando a gente se acostuma. Sempre tenho a impressão de que Millicent penteia os cabelos com uma vassoura. Mas, homens parecem não se importar com isso.

— Eles só veem o rostinho bonito, risonho e debochado dela, Susan.

— Muito bem, pode ser, querida Mrs. Dr. Blythe. O Bom Livro diz que enganosa é a beleza e vã a formosura[2], mas eu não me importaria de ter descoberto isso sozinha, se assim foi ordenado. Não tenho dúvidas de que seremos todos formosos quando nos tornarmos anjos, mas qual será a utilidade, então? Falando em fofoca, dizem que a pobre Mrs. Harrison Miller, do porto, tentou se enforcar na semana passada.

— Oh, Susan!

— Fique tranquila, querida Mrs. Dr. Blythe, ela não conseguiu. Eu realmente não estranho que tenha tentado, pois o marido é um homem terrível. Mas, ela foi muito tola ao pensar em se enforcar e deixar o caminho livre para que ele se casasse com outra mulher. Eu, em seu lugar, querida Mrs. Dr. Blythe, teria me esforçado para incomodar o homem de tal maneira, que seria ele que tentaria se enforcar. Não que eu esteja de acordo que as pessoas se enforquem, sob nenhuma circunstância, querida Mrs. Dr. Blythe.

— O que há de errado com Harrison Miller? — perguntou Anne, impaciente. — Ele está sempre levando alguém aos extremos.

— Bem, algumas pessoas chamam isso de religião, outras, de maldição, com o perdão da palavra, querida Mrs. Dr. Blythe. Parece que não conseguem decidir qual dos dois é o caso do Harrison. Em alguns dias, ele briga com todo mundo, pois crê que está condenado ao castigo eterno. E, então, há dias em

---

2 - Provérbios 31:30 - Bíblia Sagrada, Almeida e Corrigida Fiel. [N.T.]

que diz que nada mais lhe importa e sai para beber. Minha opinião é que ele não está bem da cabeça, como todos dessa parte da família dos Millers. O avô dele perdeu a cabeça. O homem achava que estava rodeado de grandes aranhas pretas. Ele pensava que elas caminhavam por cima dele e flutuavam no ar ao seu redor. Espero nunca ficar louca, querida Mrs. Dr. Blythe, e não acho que ficarei, pois não é um costume dos Bakers. Mas, se a sabedoria da Providência assim decidir, espero que minha loucura não tome a forma de grandes aranhas pretas, pois odeio esses animais. Quanto a Mrs. Miller, eu não sei se ela é digna de pena ou não. Algumas pessoas dizem que ela só se casou com o Harrison por despeito de Richard Taylor, e essa me parece uma razão muito pobre para se casar. Mas, claro que não sou a melhor pessoa para opinar sobre questões matrimoniais, querida Mrs. Dr. Blythe. E aí está Cornelia Bryant ao portão. Vou colocar este bendito menino moreno na cama e pegar meu tricô.

CAPÍTULO II

Fofocando

— Onde estão as outras crianças? — questionou Miss Cornelia, quando as primeiras saudações, cordiais da parte dela, extasiadas da parte de Anne e dignificadas da parte de Susan, tinham terminado.

— Shirley está dormindo, e Jem, Walter e as gêmeas estão em seu amado Vale do Arco-íris — respondeu Anne.

— Eles chegaram em casa esta tarde, sabe, e quase não puderam esperar até terminar o almoço para sair correndo para o vale. Eles amam mais aquele lugar do que qualquer outro na Terra. Nem sequer o bosque dos bordos rivaliza em seus afetos.

— Temo que eles amem o lugar de modo exagerado — disse Susan, severamente. — O pequeno Jem disse, certa vez, que preferia ir para o Vale do Arco-íris a ir para o Céu quando morresse, e esta não foi uma observação muito apropriada.

— Suponho que devem ter se divertido muito em Avonlea? — perguntou Miss Cornelia.

— Muitíssimo. Marilla os mima muito. Sobretudo Jem, que aos olhos de Marilla não é capaz de fazer nada de errado.

— Miss Cuthbert deve ser uma senhora idosa agora — comentou Miss Cornelia, pegando o tricô, para não ficar atrás de Susan. Miss Cornelia achava que uma mulher com as mãos ocupadas sempre tinha a vantagem sobre a mulher com as mãos ociosas.

— Marilla está com oitenta e cinco anos — disse Anne, com um suspiro. — Está com o cabelo branco como a neve. Mas, por incrível que pareça, a visão dela está melhor agora do que quando tinha sessenta.

— Bem, querida, estou realmente contente que vocês estejam de volta. Tenho me sentido muito solitária. Mas, não estivemos entediados aqui em Glen, podem acreditar. Nunca tive uma primavera tão empolgante em minha vida, referente a assuntos da igreja. Por fim, temos um pastor, Anne querida.

— O reverendo John Knox Meredith, querida Mrs. Dr. Blythe — informou Susan, decidida a não deixar que Miss Cornelia contasse todas as novidades sozinha.

— É um homem agradável? — questionou Anne, com interesse.

Miss Cornelia suspirou, e Susan grunhiu.

— Sim, ele é muito agradável, se isso fosse tudo — concordou a primeira. — Ele é *muito* agradável, e muito erudito, e muito espiritual. Mas, oh, Anne querida, não tem bom senso!

— Então, por que o chamaram?

— Bem, não há dúvidas de que ele é o melhor pregador que já tivemos na igreja de Glen St. Mary — disse Miss Cornelia, mudando de assunto. — Suponho que nunca o chamaram para a cidade por ser tão sonhador e distraído. Seu sermão experimental foi simplesmente maravilhoso, acredite-me. Todos ficaram loucos com ele e com sua aparência.

— Ele é *muito* bem-apessoado, querida Mrs. Dr. Blythe, e afinal de contas eu *gosto* de ver um homem bem-apessoado no púlpito — interrompeu Susan, considerando que era o momento de se impor novamente.

— Além disso — continuou Miss Cornelia —, estávamos ansiosos para resolver tudo isso. E Mr. Meredith foi o primeiro candidato sobre o qual todos estávamos de acordo. Alguém sempre tinha alguma objeção para todos os outros. Falaram de chamar Mr. Folsom.

— Ele também é um bom pregador, mas as pessoas não gostaram de sua aparência. Era muito sombrio e insípido.

— Parecia exatamente como um grande gato preto, isso sim, querida Mrs. Dr. Blythe — asseverou Susan. — Eu jamais poderia contemplar semelhante homem no púlpito todos os domingos.

— Depois veio Mr. Rogers, que era como um grumo no mingau de aveia, nem mal, nem bom — resumiu Miss Cornelia. — Mas, ainda que ele tivesse pregado como Pedro e Paulo, isso não teria valido nada, pois naquele dia a ovelha do velho Caleb Ramsey invadiu a igreja e lançou um sonoro balido "béee", justo no momento em que ele anunciava o texto. Todo mundo caiu na gargalhada e o pobre Rogers não teve a menor chance. Alguns acharam que devíamos chamar Mr. Stewart, que é tão bem-educado. Ele é capaz de ler o Novo Testamento em cinco línguas.

— Mas, não creio que por esse motivo tenha mais possibilidades de chegar ao Céu — interveio Susan.

— A maioria não gostou do sermão dele — continuou Miss Cornelia, ignorando Susan. — Falava grunhindo, por assim dizer. E Mr. Arnett definitivamente não sabia pregar. Além disso, escolheu o pior texto que há na Bíblia: "Maldito seja Meroz"[3].

— Quando não sabia como seguir o raciocínio, ele golpeava a Bíblia, gritava amargamente "Maldito seja Meroz". O pobre Meroz, quem quer que tenha sido, foi amaldiçoado até dizer chega naquele dia, querida Mrs. Dr. Blythe — disse Susan.

— O pastor que está se candidatando tem que ser muito cuidadoso com o texto que escolhe — sentenciou Miss Cornelia, em tom solene. — Creio que Mr. Pierson teria conseguido a paróquia se tivesse escolhido um texto diferente. Mas, quando anunciou "Elevarei meus olhos para as colinas", *ele* estava acabado. Todos riram, pois todos sabiam que aquelas duas moças Hill[4], de Harbour Head, têm esticado os olhos para todos os pastores solteiros que pisaram em Glen nos últimos quinze anos. E Mr. Newman tinha uma família muito numerosa.

— Ele se hospedou com meu cunhado, James Clow — disse Susan. — "Quantos filhos ele tem?", lhe perguntei. "Nove meninos e uma irmã para cada um deles", ele respondeu. "Dezoito?!", disse eu. "Santo Deus, que família!" E ele não parava de rir. Mas, não sei por que, querida Mrs. Dr. Blythe, e estou certa de que dezoito crianças são um exagero para qualquer casa pastoral.

— Ele tinha apenas dez filhos, Susan — explicou Miss Cornelia, com desdenhosa paciência. — E dez boas crianças não seriam muito piores para a casa pastoral e a congregação, do que as quatro que temos agora. Apesar de que não diria, Anne querida, que eles são tão maus. Eu gosto deles, todos gostam. É impossível não gostar. Eles seriam criaturinhas encantadoras, se tivessem alguém que cuidasse de suas maneiras e os ensinasse o que é correto e adequado. Por exemplo, na escola, os professores dizem que são crianças modelo. Mas, em casa, eles simplesmente se tornam selvagens.

— E a Mrs. Meredith? — perguntou Anne.

— Não há nenhuma Mrs. Meredith. Este é justamente o problema. Mr. Meredith é viúvo. A esposa faleceu quatro anos atrás. Se soubéssemos, creio que não teríamos escolhido ele, pois um viúvo é ainda pior para a congregação do que um solteiro. Mas, ouvimos Mr. Meredith falar de seus filhos e todos nós pensamos que havia uma mãe também. E, quando chegaram, não havia ninguém além da velha tia Martha, como a chamam. Ela é uma prima da mãe de Mr. Meredith, eu acho, e o pastor a trouxe para viver com eles para salvá-la

---

3 - Bíblia Sagrada, livro de Juízes 5:23. [N.T.]
4 - A autora faz aqui um trocadilho com o sobrenome das personagens "Hill," que significa "colina" em português. É como se o pastor estivesse mencionando o sobrenome das moças em seu sermão. [N.T.]

do asilo de pobres. Ela tem setenta e cinco anos, está quase cega, muito surda e muito mal-humorada.

— E uma terrível cozinheira, querida Mrs. Dr. Blythe.

— A pior administradora possível para a casa pastoral — disse Miss Cornelia, com aspereza. — Mr. Meredith não quer outra governanta, pois diz que isso ofenderia os sentimentos da tia Martha. Anne, querida, acredite, o estado em que se encontra a casa é algo desastroso. Está tudo empoeirado e sempre fora do lugar. E pensar que tínhamos pintado e trocado o papel de parede de todos os cômodos, antes que chegassem!

— São quatro crianças, é isso? — perguntou Anne, começando a protegê-las em seu coração.

— Sim. São como uma escadinha. Gerald é o mais velho. Ele tem doze anos e o chamam de Jerry. Ele é um garoto inteligente. Faith tem onze anos. Ela é muito levada, mas é bonita como uma pintura, devo admitir.

— Ela parece um anjo, mas é um santo terror para travessuras, querida Mrs. Dr. Blythe — disse Susan, muito solenemente. — Eu estava na casa pastoral uma noite, na semana passada, e Mrs. James Millison estava lá também. Ela tinha levado para eles uma dúzia de ovos e um jarro de leite, um jarro *muito* pequeno, querida Mrs. Dr. Blythe. Faith pegou tudo e levou para o sótão. Quase no final da escadaria, a menina tropeçou e caiu o restante dos degraus, leite e ovos, tudo junto. A senhora pode imaginar o resultado, querida Mrs. Dr. Blythe. Mas, a menina subiu as escadas rindo. "Não sei se sou eu mesma ou se sou um pudim", ela disse. E Mrs. James Millison ficou furiosa. Disse que nunca mais levaria nada para a casa pastoral, se era para ser desperdiçado ou destruído daquela maneira.

— Maria Millison nunca se esforçou muito para levar coisas para a casa pastoral — pontuou Miss Cornelia, com uma pitada de desdém. — Só levou naquela noite, como uma desculpa para matar sua curiosidade. Mas, a pobre Faith está sempre se metendo em encrencas. É tão distraída e impulsiva!

— Assim como eu. Já percebi que vou gostar da Faith — disse Anne, de forma decisiva.

— Ela tem muita valentia e eu gosto de valentia, querida Mrs. Dr. Blythe — admitiu Susan.

— Há algo muito atrativo na menina — reconheceu Miss Cornelia. — Sempre a vemos rindo e, de alguma maneira, sempre faz com que você sinta vontade de rir também. Nem na igreja consegue se manter séria. Una tem dez anos, ela é uma doçura. Não é bonita, mas é doce. E Thomas Carlyle tem nove anos. Eles o chamam Carl, e o garoto tem a mania de coletar sapos, insetos e rãs, e trazê-los para dentro da casa.

— Eu suponho que ele seja responsável pelo rato morto que encontraram na cadeira da sala, na tarde em que Mrs. Grant os visitou. A senhora ficou muito impressionada — disse Susan —, o que não me surpreende, pois a sala da casa pastoral não é um lugar apropriado para ratos mortos. Para falar a verdade, pode ter sido o gato que o deixou ali. *O animal*, sim, tem todos os demônios que cabem no corpo, querida Mrs. Dr. Blythe. O gato da casa pastoral deveria ao menos *parecer* respeitável, em minha opinião, não importando o que é na realidade. Mas, nunca vi um animal tão libertino. E ele caminha pelo teto da casa quase todas as tardes, ao entardecer, querida Mrs. Dr. Blythe, balançando o rabo, e isso é tão inapropriado.

— O pior é que as crianças *nunca* estão decentemente vestidas — suspirou Miss Cornelia. — E desde que a neve se foi, vão para a escola descalços. Ora, você sabe, Anne querida, que isso não é correto para as crianças do pastor, especialmente quando a filhinha do pastor metodista sempre usa umas botinhas abotoadas tão bonitinhas. E *como* eu gostaria que não brincassem no antigo cemitério metodista!

— É muito tentador, considerando que está bem ao lado da reitoria — disse Anne. — Eu sempre achei que cemitérios devem ser lugares deliciosos para brincar.

— Oh, não, a senhora não pode pensar assim, querida Mrs. Dr. Blythe — disse a leal Susan, determinada a proteger Anne de si mesma. — A senhora tem muito bom senso e decoro para pensar isso.

— Por que construíram a reitoria ao lado do cemitério, para começo de conversa? — questionou Anne. — O quintal deles é tão pequeno e não há lugar para brincar, exceto o cemitério.

— Isso *foi* um erro — admitiu Miss Cornelia. — Mas, conseguiram um terreno barato. E nenhuma outra criança que viveu na casa pastoral pensou em brincar ali. Mr. Meredith não deveria permitir. Mas, ele está sempre com o nariz enfiado em um livro, quando está em casa. Ele lê, lê, ou caminha pelo escritório, sonhando acordado. Até agora não se esqueceu de ir para a igreja aos domingos, mas duas vezes se esqueceu de ir para a reunião de oração, e um dos anciões teve que ir até a casa pastoral para recordá-lo. E ele se esqueceu do casamento de Fanny Cooper. Avisaram a ele e, então, o pastor saiu correndo tal como estava, com pantufas e tudo. Não importaria tanto se os metodistas não achassem graça do assunto. Mas, há um consolo: não podem criticar os sermões de Mr. Meredith. O homem desperta quando está no púlpito, acredite-me. E o pastor metodista não sabe pregar, segundo o que me disseram.

Eu nunca o ouvi, graças a Deus.

O desprezo de Miss Cornelia pelos homens tinha diminuído desde o casamento, mas o desprezo pelos metodistas permanecia. Susan sorriu, dissimuladamente.

— Mrs. Marshall Elliott disse que os metodistas e os presbiterianos estão falando em união — disse Susan.

— Bem, só espero que eu esteja morta e enterrada se isso vier a acontecer — replicou Miss Cornelia. — Eu nunca fiz negócios ou tratos com os metodistas e Mr. Meredith vai descobrir que é melhor manter distância também. Ele é muito sociável com os metodistas, acredite. Ora, ele foi à celebração de Bodas de Prata de Jacob Drew e se meteu numa enorme confusão como consequência.

— O que aconteceu?

— Mrs. Drew pediu a ele que trinchasse o ganso assado, pois Jacob Drew nunca soube e nunca conseguiu cortar um assado. Bem, Mr. Meredith pôs as mãos à obra e, no processo de cortar, o ganso resvalou da fôrma, pousando bem no colo de Mrs. Reese, que estava sentada ao lado do pastor. Então, o pastor disse, com ar sonhador: "Mrs. Reese, a senhora poderia fazer a bondade de me devolver o ganso?" Mrs. Reese "devolveu" o ganso, mansa como Moisés, mas a mulher devia estar furiosa, pois estava usando seu novo vestido de seda. O pior de tudo, ela era metodista.

— Mas, acho que é melhor que não fosse presbiteriana — interrompeu Susan. — Se fosse presbiteriana, o mais provável é que saísse da igreja, e não podemos perder nossos membros. E Mrs. Reese não é bem quista nem em sua própria igreja, pois é muito convencida, portanto os metodistas devem ter ficado satisfeitos que Mr. Meredith tenha arruinado o vestido dela.

— A questão é que ele passou por ridículo e eu, pelo menos, não gosto de ver meu pastor passar por ridículo aos olhos dos metodistas — pontuou Miss Cornelia, duramente.

— Se Mr. Meredith tivesse uma esposa, isso não teria acontecido.

— Não vejo como uma dúzia de esposas poderia ter evitado que Mrs. Drew tivesse matado sua gansa mais velha e dura para a ceia das bodas — disse Susan, com obstinação.

— Dizem que foi coisa do marido — disse Miss Cornelia. — Jacob Drew é um sujeito soberbo, sovina e tirano.

— E dizem que ele e a esposa se detestam, o que não me parece algo muito apropriado entre marido e mulher. Mas, claro, eu não tenho nenhuma experiência nesse assunto — agregou Susan, meneando a cabeça. — E não sou dessas que jogam a culpa de tudo nos homens. Mrs. Drew também é muito mesquinha.

Dizem que a única coisa que se sabe que ela já doou, em toda sua vida, foi uma jarra de manteiga, feita de creme onde tinha caído um rato. Deu como contribuição para um evento social da igreja. Ninguém ficou sabendo do rato até muito tempo depois do ocorrido.

— Por sorte, todas as pessoas que os Merediths ofenderam até agora são metodistas — reconheceu Miss Cornelia.

— Jerry foi a um culto de oração dos metodistas faz uns quinze dias e se sentou ao lado de William Marsh que, como sempre, se levantou e deu seu testemunho com gemidos assustadores. "O senhor se sente melhor agora?", sussurrou Jerry, quando William se sentou. O pobre Jerry quis ser simpático, mas para Mr. Marsh o garoto pareceu impertinente e o homem está furioso. Claro que o Jerry não tinha nada que estar em um culto de oração metodista. Mas, eles vão aonde querem.

— Espero que não ofendam Mrs. Alec Davis, de Harbour Head — disse Susan. — Ela é uma mulher muito sensível, segundo tenho entendido, mas é muito rica e contribui mais do que qualquer outro para o salário do pastor. Ouvi dizer que seu comentário era de que os Merediths são as crianças mais mal-educadas que ela já viu.

— Cada palavra que vocês me dizem me convence mais e mais de que os Merediths pertencem à raça que conhece José — declarou, muito decidida, Anne, a senhora da casa.

— Em resumo, eles *pertencem* — admitiu Miss Cornelia. — E isso equilibra tudo. De qualquer forma, nós os temos agora e devemos fazer o melhor que pudermos para eles, apoiá-los contra os metodistas. Bem, suponho que está na hora de eu ir para o porto. Marshall logo estará em casa. Ele foi até o outro lado do porto hoje. E com certeza vai querer o jantar, típico de um homem. Lamento não ter visto as outras crianças. E onde está o doutor?

— Está em Harbour Head. Faz apenas três dias que estamos em casa e nesse lapso de tempo passou apenas três horas aqui, e comeu apenas duas refeições em sua própria mesa.

— Bem, todo mundo que esteve doente nas últimas seis semanas estava esperando que ele chegasse em casa. Eu os entendo. Quando aquele doutor do outro lado do porto se casou com a filha do coveiro de Lowbridge, as pessoas ficaram receosas. Não foi uma boa ideia. Você e o doutor devem vir logo nos contar tudo sobre a viagem. Suponho que se divertiram muito.

— Ah, com certeza! — concordou Anne. — Foi a realização de anos de sonhos. O Velho Mundo é adorável e está cheio de maravilhas. Mas, retornamos muito satisfeitos para nossa própria terra. O Canadá é o país mais bonito do mundo, Miss Cornelia.

— Ninguém jamais duvidou disso — asseverou Miss Cornelia, complacente.

— E a velha Ilha de Príncipe Edward é a província mais linda do Canadá, e Four Winds é o lugar mais encantador na Ilha de Príncipe Edward — prosseguiu Anne, rindo e observando com amor o esplendoroso pôr do sol sobre o vale, o porto e o golfo. Acenou a mão para a paisagem. — Não vi nada mais bonito do que isso na Europa, Miss Cornelia. Já tem que ir? As crianças vão ficar tristes por não terem visto a senhora.

— Eles devem vir me ver em breve. Diga a eles que a lata de biscoitos está sempre cheia.

— Oh, durante o almoço estavam planejando uma invasão à sua casa. Eles irão em breve, mas agora devem retomar os estudos. E as gêmeas vão começar a ter aulas de música.

— Espero que não seja com a esposa do pastor metodista? — inquiriu Miss Cornelia, com ansiedade.

— Não — será com Rosemary West. Fui lá na noite passada acertar tudo com ela. Que moça bonita!

— Rosemary se mantém muito bem, ainda que não seja muito jovem.

— Ela me pareceu encantadora. Nunca a conheci muito bem, sabe. A casa deles é tão afastada que raramente a vejo, exceto na igreja.

— As pessoas sempre gostaram de Rosemary West, apesar de não a compreenderem — manifestou Miss Cornelia, inconsciente do alto tributo que estava pagando ao encanto de Rosemary. — Ellen sempre a manteve subjugada, por assim dizer. Sempre a tiranizou, ainda que ao mesmo tempo a mime em muitos outros sentidos. Rosemary esteve comprometida uma vez, sabe, com o jovem Martin Crawford. O navio do rapaz naufragou nas Madalenas e toda a tripulação se afogou. Nessa época, Rosemary era praticamente uma menina, tinha apenas dezessete anos. Mas, depois disso, nunca foi a mesma. Ela e Ellen ficaram muito unidas desde a morte da mãe. Não vão muitas vezes em sua própria igreja em Lowbridge e, pelo que entendi, Ellen não aprova que congreguem com muita frequência na igreja presbiteriana. Em seu favor, devo dizer que *nunca* vão à igreja metodista. Aquela família West sempre foi firme nessa questão. E devo dizer que Rosemary e Ellen têm muito dinheiro. Rosemary não necessita dar aulas de música. Ela dá porque gosta. São parentes distantes de Leslie, sabe. A família Ford virá para o porto este verão?

— Não. Estão viajando para o Japão e, provavelmente, vão ficar lá por um ano. O novo romance de Owen se passará no Japão. Este será o primeiro verão que a querida Casa dos Sonhos estará vazia, desde que a deixamos.

— Acho que Owen Ford poderia encontrar assunto suficiente sobre o que escrever no Canadá, sem ter que arrastar a esposa e os filhos inocentes para um país pagão, como o Japão — resmungou Miss Cornelia. — O Livro da Vida foi o melhor livro que ele já escreveu até agora e ele conseguiu o material aqui mesmo, em Four Winds.

— O capitão Jim deu a ele quase tudo, sabe. E o capitão tinha coletado as histórias pelo mundo inteiro. Mas, para mim, todos os livros de Owen são maravilhosos.

— Oh, são bons o bastante. Faço questão de ler cada livro que ele escreve, ainda que sempre tenha pensado, Anne querida, que ler romances é uma pecaminosa perda de tempo. Vou escrever para ele para dar minha opinião sobre esse assunto japonês, acredite. Será que ele quer que Kenneth e Persis se convertam ao paganismo?

Com essa questão sem resposta, Miss Cornelia se retirou. Susan levou Rilla para a cama e Anne se sentou nos degraus da varanda, sob as primeiras estrelas, e sonhou seus sonhos incorrigíveis, e constatou, pela enésima alegre vez, o que pode ser o esplendor e a beleza da saída da lua no Porto de Four Winds.

CAPÍTULO III

As crianças de Ingleside

Durante o dia, as crianças Blythes adoravam brincar nas ricas e suaves vegetações, nas penumbras do grande bosque de bordos que havia entre Ingleside e o riacho de Glen St. Mary. Mas, para as aventuras noturnas não havia nenhum lugar como o pequeno vale atrás do bosque de bordos. Era um reino mágico de sonhos para eles. Uma vez, olhando das janelas do sótão de Ingleside, através da névoa e dos resultados de uma tempestade de verão, as crianças tinham visto o adorado lugar sendo atravessado por um glorioso arco-íris, e um dos extremos parecia afundar-se em um ponto onde o rincão do riacho penetrava no vale.

— Vamos chamá-lo de Vale do Arco-íris — disse Walter, encantado, e o lugar ficou conhecido por este nome daí em diante.

Fora do Vale do Arco-íris, o vento podia se fazer travesso e ruidoso. Ali, era sempre suave. Pequenas trilhas encantadas e serpenteantes corriam aqui e acolá, por cima das raízes dos abetos acolchoados com musgo. Disseminadas por todo o vale, e mesclando-se com os abetos escuros, havia cerejeiras silvestres, que em época de floração eram de um branco vaporoso. Um riachinho com águas cor de âmbar cruzava o lugar desde o povoado de Glen. As casas da aldeia estavam convenientemente distantes; apenas no extremo superior do vale havia uma cabana caindo aos pedaços e abandonada, conhecida como "a velha casa dos Bailey". Estava desocupada há muitos anos e a rodeava uma represa coberta pelo céspede, e dentro deste havia um antigo jardim onde as crianças de Ingleside podiam encontrar violetas, margaridas e lírios de junho, que ainda floresciam quando chegava a estação. No restante, o jardim estava cheio de cominho, que balançava e espumava nas noites de verão, como um mar de prata.

Ao Sul, estava o riacho e, mais além, o horizonte se perdia em um bosquezinho púrpura, exceto onde, sobre uma colina alta, uma velha casa cinza olhava para o vale e o porto. Havia um certo ar de floresta selvagem e solitária no Vale do Arco-íris, apesar da proximidade com o vilarejo, que o tornava encantador para as crianças de Ingleside.

O vale estava cheio de grutas queridas e convidativas e a maior delas era o campo de jogos favorito das crianças. Ali, eles estavam reunidos nesta noite em particular. Havia um bosque de jovens abetos nesta gruta, com uma pequenina clareira gramada no centro, que dava para a margem do riacho. Junto ao riacho crescia uma bétula prateada, uma árvore jovem, incrivelmente alinhada, que Walter tinha batizado de "a Dama Branca". Naquela clareira também estavam as "Árvores Amantes", como Walter chamava um abeto e um bordo que tinham crescido tão juntos um ao outro, que seus ramos estavam inextricavelmente unidos. Jem tinha pendurado uma velha corrente com sinos de trenó, presente do ferreiro de Glen, nas Árvores Amantes, e cada brisa que os visitava lhes arrancava súbitos tinidos encantados.

— Que alegria estar de volta! — disse Nan. — Afinal, não há em Avonlea nenhum lugar tão bonito quanto o Vale do Arco-íris.

Mas, apesar dessas palavras, uma visita a Green Gables sempre era considerada um acontecimento. A tia Marilla sempre era muito boa para eles, bem como Mrs. Rachel Lynde, que passava a ociosidade de sua velhice tricotando colchas de algodão, para o dia em que as filhas de Anne precisassem de um "enxoval". Havia companheiros divertidos também: os filhos do "tio" Davy e os filhos da "tia" Diana. Conheciam todos os lugares que a mãe deles tinha amado tanto, em sua infância na velha Green Gables: o longo Sendeiro dos Amantes, bordeado de rosas na época das rosas silvestres; o quintal sempre bem alinhado, com seus salgueiros e álamos; a Bolha da Dríade, reluzente e adorável como outrora; o Lago das Águas Brilhantes, e Willowmere. As gêmeas dormiam no antigo quarto do sótão que pertencera à mãe, e tia Marilla costumava entrar à noite para contemplá-las, quando pensava que estavam dormindo. Mas, todos sabiam que o favorito de Marilla era Jem.

Jem estava, naquele momento, ocupado em fritar a carne de uma pequena truta que tinha pescado no riacho. O fogão consistia em um círculo de pedras vermelhas com um fogo aceso sobre elas e os utensílios culinários do menino eram uma velha lata achatada a marteladas e um garfo que tinha apenas um dente. Não obstante, refeições deliciosas tinham sido preparadas dessa maneira.

Jem era o filho da Casa dos Sonhos. Todos os outros tinham nascido em Ingleside. Jem tinha puxado o cabelo cacheado da mãe e os francos olhos cor de amêndoa do pai; tinha o belo nariz da mãe e a boca firme e amável do pai. E era o único da família a ter orelhas bonitas o bastante para satisfazer Susan. Mas, Jem tinha um constante conflito com ela, pois não renunciava a chamá-lo de Pequeno Jem. Era humilhante, pensava Jem, com seus treze anos. A mamãe era mais sensata.

— Eu *não sou* mais um menino pequeno, mãe — exclamara, indignado, em seu aniversário de oito anos. — Sou *impressionantemente* grande.

Mamãe tinha suspirado e rido, e suspirado novamente; e nunca mais o chamou de Pequeno Jem, pelo menos não em sua presença.

Ele sempre tinha sido um garotinho robusto e digno de confiança. Nunca quebrava uma promessa. Não era um grande comunicador e os professores não o consideravam brilhante, mas Jem era um bom estudante. Nunca tomava as coisas como eram apresentadas. Jem sempre gostava de investigar por si mesmo a veracidade de uma afirmação. Uma vez, Susan havia lhe dito que se tocasse a língua em uma fechadura congelada toda a pele cairia. Jem foi prontamente testar a teoria, "só para ver se era assim mesmo". Descobriu que "era assim mesmo", a custo de uma língua extremamente dolorida durante muitos dias. Mas, Jem não se importava com o sofrimento, pois valia tudo em nome da ciência. Mediante constante experimentação e observação aprendia muito e seus irmãos e irmãs consideravam maravilhoso seu extenso conhecimento sobre seu pequeno mundinho. Jem sempre sabia onde cresciam as primeiras e mais maduras frutinhas silvestres, onde as primeiras violetas pálidas despertavam timidamente de seu sono invernal e quantos ovos azuis havia em determinado ninho de pintarroxo no bosque de bordos. Podia ler a sorte em pétalas de margaridas, chupar o mel dos trevos vermelhos, arrancar todo tipo de raízes comestíveis da beira do riacho, enquanto Susan não deixava de temer, um dia sequer, que eles terminassem todos envenenados. Sabia onde encontrar a melhor goma de abeto, nos nós de âmbar pálido nos troncos com líquens; sabia onde cresciam mais nozes, no bosque de faias ao redor de Harbour Head, e onde se encontravam as melhores trutas no riacho. Jem sabia imitar o chamado de qualquer ave ou animal silvestre em Four Winds e sabia onde encontrar qualquer flor silvestre, desde a primavera até o outono.

Walter Blythe estava sentado debaixo da Dama Branca, com um livro de poemas ao lado, mas não estava lendo. Observava, com o êxtase resplandecendo em seus grandes olhos deslumbrantes, ora os salgueiros envoltos em uma aura cor de esmeralda junto ao riacho, ora um grupo de nuvens que, como ovelhinhas prateadas pastoreadas pelo vento, avançavam por cima do Vale do Arco-íris. Os olhos de Walter eram maravilhosos. Toda a alegria, tristeza, risada, lealdade e aspiração de muitas gerações, que jaziam embaixo da terra, contemplavam o mundo com a profundidade desses olhos de cor cinza-escuro.

Walter era uma maçã caída longe do pé da família, no que dizia respeito à sua aparência. Não se parecia com nenhum parente conhecido. Era o menino mais bonitos das crianças de Ingleside, com cabelo liso e escuro, e feições finamente modeladas. Mas, possuía toda a vívida imaginação e o apaixonado amor pela natureza, como sua mãe. O gelo do inverno, o convite da primavera, o sonho do verão e o encanto do outono possuíam um grande significado para Walter.

Na escola, onde Jem era um líder, Walter não era muito popular. Achavam que ele era "afeminado" e "maricas", porque nunca entrava em brigas e raramente se envolvia em esportes escolares, preferindo sair a sós para cantos afastados, para ler, especialmente "livros de poesia". Walter adorava poesia e estudava minuciosamente suas páginas desde que aprendera a ler. A música dos poetas se entretecia em sua alma em crescimento, a música dos imortais. Walter abrigava a ambição de ser um poeta algum dia. Podia ser possível. Havia um tal tio Paul, assim chamado por cortesia, que vivia nesse misterioso reino chamado "os Estados Unidos", e era o modelo de Walter. O tio Paul tinha sido um pequeno aluno na escola de Avonlea e, agora, sua poesia era lida em todo lugar. Mas, os alunos de Glen não conheciam os sonhos de Walter e não teriam ficado muito impressionados se conhecessem. Entretanto, apesar de sua falta de habilidades físicas, Walter inspirava certo respeito, graças à sua capacidade de "falar como nos livros". Ninguém na escola de Glen St. Mary podia falar como ele. "Parecia um pregador", disse um menino; e por essa razão, em geral, o deixavam tranquilo e não o perseguiam, como sucedia com a maioria dos garotos que não gostava ou temia as brigas.

As gêmeas de Ingleside, que estavam com dez anos, violavam a tradição dos gêmeos e não se pareciam em absolutamente nada. Anne, a quem sempre chamavam Nan, era muito bonita, com olhos de uma aveludada cor castanha e sedosos cabelos também castanhos. Era uma pequena donzela muito alegre[5] e delicada: Blythe de nome, alegre de natureza, como disse uma de suas professoras. Tinha uma cútis quase perfeita, para total satisfação de sua mãe.

— Fico tão feliz por ter uma filha que pode usar rosa — costumava dizer Anne, cheia de júbilo.

Diana Blythe, conhecida como Di, era muito parecida com sua mãe, com olhos verde-acinzentados, que sempre brilhavam com um fulgor muito peculiar na hora do crepúsculo, e cabelos ruivos. Talvez por isso fosse a preferida de seu pai. Di e Walter eram amigos em especial. Di era a única que lia os versos que Walter escrevia, a única que sabia que ele estava escrevendo em segredo

---

5 - A autora faz um trocadilho com o sobrenome da personagem, que é "Blythe", e a palavra "blithe", que significa "alegre". [N.T.]

um poema épico muito parecido com "Marmion[6]" em algumas coisas, senão em outras. Di guardava todos os segredos de Walter, inclusive de Nan, e contava a ele todos os seus segredos.

— Vai demorar muito para ficar pronto esse peixe, Jem? — perguntou Nan, cheirando o ar com o delicado narizinho. — O cheiro está me deixando com muita fome.

— Está quase pronto — disse Jem, virando o peixe com destreza. — Tragam o pão e os pratos, meninas. Walter, acorde.

— Como o ar brilha esta noite — disse Walter, com ar sonhador. Não que Walter desprezasse truta frita, de maneira nenhuma, mas para ele o alimento da alma sempre vinha em primeiro lugar. — O anjo das flores está recorrendo ao mundo hoje, chamando as flores. Vejo as asas azuis naquela colina, perto dos bosques.

— As asas dos anjos que já vi eram brancas — disse Nan.

— As dos anjos das flores não são. São de um azul pálido e enevoado, como a névoa do vale. Oh, como eu queria poder voar. Deve ser glorioso.

— A gente consegue voar em sonhos, às vezes — disse Di.

— Nunca sonho que estou voando, exatamente — disse Walter. — Mas com frequência sonho que me elevo do solo e flutuo sobre as cercas e as árvores. É delicioso. E eu sempre penso "desta vez *não é* um sonho, como das outras vezes. *Desta vez* é real", e então eu acordo e é desolador.

— Rápido, Nan — ordenou Jem.

Nan tinha trazido a mesa de banquete, uma tábua literal e figurativamente, sobre a qual tinham celebrado muitos banquetes. Aquela tábua tinha experimentado muitas refeições no Vale do Arco-íris. Ao apoiá-la sobre duas grandes pedras cobertas por musgos, a tábua se convertia em uma mesa. Jornais serviam como toalha de mesa e pratos quebrados e xícaras sem asas, descartados por Susan, serviam como louça. De uma lata escondida no pé de um abeto, Nan trouxe o pão e o sal. O riacho proporcionava a "cerveja de Adão", de uma transparência incomparável. E, quanto ao resto, havia um certo tempero, composto de ar fresco e apetite juvenil, que dava a tudo um sabor divino. Sentar-se no Vale do Arco-íris, impregnado com os tons entre dourado e ametista do ocaso, repleto do aroma dos abetos e de todas as coisas que cresciam nos bosques, no esplendor da primavera, com as estrelas pálidas e os morangos silvestres ao redor, e com todos os suspiros do vento, o tilintar dos sinos nas copas sacudidas das árvores, e comer truta frita e pão seco, era algo que todos

---

6 - "Marmion: *A Tale of a Flodden Field*" é um romance histórico escrito em versos, sobre a Inglaterra do século XVI, por Walter Scott, publicado em 1808, em Edimburgo. [N.T.]

os poderosos da Terra teriam invejado.

— Sentem-se — convidou Nan, no momento em que Jem colocava sobre a mesa a bandeja com a truta. — É sua vez de dar graças, Jem.

— Já fiz minha parte fritando a truta — protestou Jem, que odiava fazer a oração de gratidão. — Walter pode fazer a oração. Ele *gosta* de dar graças. E seja breve, Walt. Estou morrendo de fome.

Mas, Walter não fez nenhuma oração, nem longa nem curta, naquele momento. Ocorreu uma interrupção.

— Quem está vindo da colina da casa pastoral? — perguntou Di, naquele momento.

CAPÍTULO IV

As crianças da casa pastoral

Talvez a tia Martha fosse, e de fato era, uma dona de casa desastrosa; talvez o Reverendo John Knox Meredith fosse, e de fato era, um homem muito distraído e indulgente. Mas, não se podia negar que havia algo caseiro e adorável na casa pastoral de Glen St. Mary, apesar da desordem. Até mesmo as críticas donas de casa de Glen percebiam, e não os julgavam com tanta dureza por causa disso. Talvez, o encanto se desse por circunstâncias casuais: as abundantes trepadeiras, que cobriam as paredes cinza cobertas por tábuas; as amistosas acácias e bálsamo de Gileade, que se amontoavam ao redor da casa, com a liberdade de uma velha amizade; e as belíssimas vistas do porto e das dunas de areia, que se tinham das janelas da frente. Mas, essas coisas já estavam ali desde o reinado do predecessor de Mr. Meredith, quando a casa pastoral havia sido a casa mais organizada, decorosa e sombria de Glen. O crédito devia ser dado à personalidade dos novos habitantes. Havia uma atmosfera de alegria e companheirismo na casa. As portas estavam sempre abertas e os mundos de dentro e de fora se davam as mãos. Amor era a única lei da casa pastoral de Glen St. Mary.

As pessoas da paróquia diziam que Mr. Meredith mimava os filhos. E era muito provável que assim fosse. O certo era que o pastor não conseguia suportar a ideia de repreendê-los. "Eles não têm mãe", ele costumava dizer para si mesmo com um suspiro, quando alguma travessura especialmente notória lhe saltava aos olhos. Mas, ele ignorava a maior parte das atividades dos filhos. Mr. Meredith pertencia à seita dos sonhadores. As janelas do escritório davam para o cemitério, mas, enquanto caminhava de um lado para o outro no aposento, refletindo profundamente sobre a imortalidade da alma, estava absolutamente inconsciente de que Jerry e Carl brincavam, morrendo de rir, de sapo saltante sobre as pedras planas daquela morada dos falecidos metodistas.

Mr. Meredith tinha ocasionais e intensas crises de consciência ao notar que os filhos não estavam sendo bem-cuidados, tanto física quanto moralmente, como antes da morte da esposa, e tinha sempre a vaga ideia de que a casa e as refeições eram muito diferentes sob a supervisão da tia Martha, do que eram sob a de Cecilia. Quanto ao resto, ele vivia no mundo dos livros e abstrações e, portanto, John não era um homem infeliz, ainda que suas roupas raramente fossem escovadas e que ele jamais comesse o suficiente, o que as donas de casa de Glen concluíam que era por causa da palidez marmórea de suas delicadas feições e mãos delgadas.

Se alegre pode ser considerado o adjetivo adequado para um cemitério, assim podia ser denominado o velho cemitério metodista de Glen St. Mary. O cemitério novo, que ficava do outro lado da igreja metodista, era um lugar cuidado com esmero e devidamente deprimente; mas, o cemitério velho havia sido deixado tanto tempo sob as ministrações gentis e graciosas da natureza, que tinha se convertido em um lugar muito agradável.

Estava rodeado em três lados por um dique de pedras e ervas, que tinha uma paliçada instável cinza por cima. Na parte de fora do dique, crescia uma fileira de altos abetos, com ramos grossos e balsâmicos. O dique, que tinha sido construído pelos primeiros colonos de Glen, era antigo o bastante para ser bonito, com musgos e plantinhas verdes crescendo entre as fendas, violetas que brotavam nos primeiros dias de outono e ásteres e vara d'ouro, que criavam uma espécie de glória outonal em seus rincões. Pequenas samambaias se amontoavam entre as pedras, e aqui e ali cresciam as samambaias grandes.

No lado ocidental, não havia nem cerca nem dique. Ali, o cemitério se perdia em um campo de abetos jovens, que se aproximavam cada vez mais das sepulturas e se aprofundavam para o lado oeste, convertendo-se em um espesso bosque. O ar estava sempre permeado de vozes como de harpas, vindas do mar, e das músicas das velhas árvores acinzentadas. Nas manhãs de primavera, os coros de pássaros nos olmos ao redor das duas igrejas cantavam sobre vida, e não sobre morte. As crianças Meredith amavam o antigo cemitério.

A hera de olhos azuis, o "abeto de jardim" e a hortelã cresciam desenfreadas nas tumbas rebaixadas. Arbustos de mirtilo cresciam em profusão no canto arenoso, próximo ao bosque de abetos. Achavam-se ali variados estilos de sepulturas ao longo de três gerações, desde as retangulares e retas de arenito vermelho dos antigos colonizadores, passando pelos dias dos salgueiros chorões e mãos entrelaçadas, até as últimas monstruosidades de altos "monumentos" e urnas cheias de drapeado. Uma das últimas, a maior e mais feia do cemitério, estava consagrada à memória de um certo Alec Davis, que tinha nascido metodista, mas se casara com uma presbiteriana do clã dos Douglas. A mulher fizera com que o marido se convertesse e o forçara a marcar o passo presbiteriano durante toda sua vida. Mas, quando morreu, a esposa de Alec não se atreveu a condená-lo a uma tumba solitária no cemitério presbiteriano do outro lado do porto. A família Davis estava toda enterrada no cemitério metodista. Então, Alec Davis voltara para junto dos seus na morte e a viúva se consolou erigindo um monumento que custou mais do que qualquer metodista poderia pagar. As crianças Meredith o detestavam, sem saber a razão, mas adoravam as pedras antigas planas, que mais pareciam bancos, com o gramado alto que crescia descuidado ao redor delas. Para começar, se tornavam um bom assento. Estavam todos sentados em um deles agora. Jerry, cansado de saltar como um sapo, estava tocando a Harpa de Judeu. Carl contemplava, fascinado, um estranho besouro que tinha encontrado; Una estava tentando fazer um vestido de boneca e Faith, apoiada sobre os delgados braços bronzeados, balançava os pés descalços ao delicioso ritmo do instrumento do irmão.

Jerry era moreno e tinha os grandes olhos pretos do pai, mas no menino os olhos eram brilhantes, em vez de sonhadores. Faith, que vinha logo depois dele, levava sua beleza como uma rosa, indiferente e radiante. A menina tinha olhos castanho-dourados, cachos da mesma cor e bochechas rosadas. Ria muito, para a insatisfação da congregação do pai, e tinha exasperado a velha Mrs. Taylor, uma desconsolada viúva que tinha enterrado muitos maridos, ao declarar descaradamente, no portal da igreja, para piorar: *"o mundo não é um vale de lágrimas, Mrs. Taylor. É um mundo de risos"*.

A pequena sonhadora Una não era propensa a risadas. Suas tranças de cabelo liso, pretíssimo, não revelavam nenhum cacho rebelde e os olhos amendoados, de um azul-profundo, tinham neles algo de melancolia e de tristeza. Tinha o costume de entreabrir os lábios e deixar aparecer os dentinhos brancos e, assim, um sorriso tímido e meditativo, ocasionalmente, se desenhava em seu rostinho. Era muito mais sensível à opinião alheia do que a irmã e tinha a incômoda sensação de que havia algo não muito apropriado em sua forma de viver. Ansiava corrigir o que estava errado, mas não sabia como. De vez em quando, tirava o pó dos móveis, mas não era sempre que conseguia encontrar o espanador, pois nunca estava no mesmo lugar. E, quando aparecia a escova de roupas, tentava escovar o melhor traje do pai, aos sábados, e uma vez costurou um botão solto, com um grosso fio branco. Quando Mr. Meredith foi para a igreja no dia seguinte, todos os olhos femininos viram esse botão e a paz da Associação de Damas de Beneficência foi alterada por semanas.

Carl tinha os olhos claros, brilhantes, de um profundo azul-escuro, valentes e diretos de sua falecida mãe, e os mesmos cabelos castanhos com brilho dourado. Conhecia os segredos dos insetos e tinha uma espécie de confraria com abelhas e besouros. Una não gostava de se sentar perto dele, pois nunca sabia que tipo de bicho estranho ele poderia estar escondendo. Jerry se recusava a dormir com ele, pois Carl uma vez tinha levado uma pequena cobra de jardim para a cama. Carl, então, dormia em sua velha caminha, que era tão pequena que não conseguia se esticar, e sempre tinha estranhos companheiros ao seu lado. Talvez, fosse conveniente o fato de que tia Martha fosse um pouco cega quando ela arrumava essa cama. Em geral, eram uma turminha divertida e encantadora. Certamente, o coração de Cecilia Meredith ficou dilacerado, quando enfrentou a certeza de que deveria deixá-los para sempre.

— Onde você gostaria de ser enterrado, se fosse um metodista? — questionou Faith, com jovialidade.

A pergunta abriu um interessante campo de especulação.

— Não há muitas opções. O lugar está todo ocupado — disse Jerry. — *Eu gostaria* daquele cantinho ali, perto da estrada, eu acho. Poderia ouvir as carroças que passam e as pessoas conversando.

— Eu gostaria daquela pequena depressão, debaixo do salgueiro chorão — disse Una. — Essa bétula está cheia de pássaros, que cantam como loucos todas as manhãs.

— Eu pegaria a porção dos Porter, onde tem um monte de crianças enterradas. Gosto de ter bastante companhia — manifestou Faith. — E você, Carl?

— Queria não ser enterrado de jeito nenhum — disse Carl —, mas se não tivesse remédio, queria que fosse no formigueiro. Formigas são muito interessantes.

— Quão boas devem ter sido todas as pessoas enterradas aqui! — comentou Una, que estava lendo os laudatórios nos velhos epitáfios. — Parece que não há nenhuma pessoa má em todo o cemitério. Os metodistas devem ser melhores que os presbiterianos, afinal de contas.

— Talvez, os metodistas enterrem as pessoas más como fazem com os gatos — sugeriu Carl. — Talvez, não se incomodem em trazê-los para o cemitério.

— Que bobagem — disse Faith. — As pessoas enterradas aqui não são em nada melhores que outras pessoas, Una. Mas, quando alguém morre, não se pode dizer nada que não seja bom, pois senão a pessoa volta para assombrá-la. Foi o que a tia Martha me disse. Eu perguntei ao papai se isso era verdade e ele só me olhou como se não estivesse me vendo e murmurou: "Verdade? Verdade? O que é a verdade? O que *é* a verdade, ó tu, zombador Pilatos?" Cheguei à conclusão de que deve ser isso mesmo.

— Pergunto-me se Mr. Alec Davis voltaria para me assombrar, se eu jogasse uma pedra na urna que tem em cima de sua sepultura — inquietou-se Jerry.

— Mrs. Davis voltaria — disse Faith, rindo. — Ela fica só nos observando na igreja, como um gato observa os ratos. Domingo passado eu fiz uma careta para o sobrinho dela e ele me fez uma também, e vocês deviam ter visto a cara que ela fez para mim. Aposto que deve ter puxado a orelha *dele* quando saíram. Mrs. Marshall Elliott me disse que não devemos ofendê-la de maneira nenhuma, ou eu teria feito uma careta para ela também!

— Dizem que Jem Blythe mostrou a língua para ela uma vez e Mrs. Davis nunca mais chamou o pai dele, que é médico, nem sequer quando o marido estava morrendo — disse Jerry. — Pergunto-me como devem ser as crianças Blythe.

— Eu gostei da aparência deles — disse Faith. As crianças do pastor estavam na estação, na tarde em que chegaram os Blythe.

— *Especialmente* a aparência de Jem — frisou Faith.

— Na escola, dizem que Walter é mariquinhas — comentou Jerry.

— Eu não acredito nisso — protestou Una, que tinha achado Walter muito bonito.

— Bem, a questão é que ele escreve poesias. Bertie Shakespeare me contou que Jem ganhou o prêmio que o professor ofereceu ano passado, por escrever um poema. A mãe de Bertie achou que *ele* devia ter ganhado o prêmio, por causa de seu nome, mas Bertie disse que não conseguiria escrever uma poesia nem que disso dependesse a salvação de sua alma, independentemente do nome que tem.

— Suponho que vamos conhecê-los quando começarmos a frequentar a escola — refletiu Faith. — Espero que as meninas sejam boazinhas. Não gosto da maioria das meninas por aqui. Até mesmo as simpáticas são entediantes. Mas, as gêmeas Blythe parecem divertidas. Eu achava que os gêmeos sempre eram idênticos, mas não são. Acho que a ruiva é a mais querida.

— Gosto da aparência da mãe deles — disse Una, com um ligeiro suspiro. Una invejava as mães de todas as crianças. Ela tinha apenas seis anos quando a mãe morreu, mas conservava algumas preciosas recordações, entesouradas em sua alma como joias, de abraços ao entardecer e brincadeiras ao amanhecer, de olhares cheios de amor, uma voz terna e a risada mais doce e alegre.

— Dizem que ela não é como as outras pessoas — comentou Jerry.

— Mrs. Elliott diz que é porque ela nunca cresceu de verdade — refletiu Faith.

— Ela é mais alta que Mrs. Elliott.

— Sim, sim, mas é por dentro... Mrs. Elliott diz que Mrs. Blythe continua sendo uma menina por dentro.

— O que é este cheiro? — interrompeu Carl, cheirando o ar.

Todos eles o sentiram. Um aroma delicioso chegou, flutuando no quieto ar vespertino, e vinha da direção do pequeno vale que ficava debaixo da colina onde ficava a reitoria.

— Esse cheiro me deu fome — disse Jerry.

— Só comemos pão com melado no almoço e "outra vez" frio no jantar — queixou-se Una. Tia Martha costumava ferver um grande pedaço de cordeiro no início da semana e o servia todos os dias, frio e gorduroso, até que acabasse. Faith, em um momento de inspiração, havia posto o nome do prato de "outra vez", e assim a "iguaria" era conhecida na casa pastoral.

— Vamos ver de onde vem esse cheiro? — propôs Jerry.

As crianças se levantaram num salto, correram pelo gramado com a despreocupação típica dos cachorrinhos, pularam a cerca e seguiram colina abaixo pelo terreno coberto de musgo, guiadas pelo saboroso aroma, que se tornava mais forte a cada passo. Alguns minutos depois, chegaram ofegantes ao santuário do Vale do Arco-íris, onde as crianças Blythes estavam a ponto de dar graças pela comida e comer.

Detiveram-se com timidez. Una lamentou que tivessem sido tão precipitados, mas Di Blythe estava acostumada a lidar com situações mais complexas que a presente. A menina deu um passo à frente e disse, com um sorriso de camaradagem:

— Acho que sei quem vocês são — disse ela. — Vocês são da casa pastoral, não são?

Faith assentiu e o rosto se encheu de covinhas.

— Sentimos o cheio e nos perguntamos o que poderia ser.

— São trutas fritas. Vocês têm que nos ajudar a comê-las — convidou Di.

— Talvez não tenha o suficiente nem para vocês — disse Jerry, olhando com apetite para a bandeja de lata.

— Temos bastante... três por pessoa — respondeu Jem. — Sentem-se.

Não foi necessária mais cerimônia e todos se sentaram nas pedras musgosas. A celebração foi alegre e extensa. Nan e Di teriam provavelmente morrido se soubessem o que Faith e Una sabiam perfeitamente bem: que Carl tinha dois ratinhos no bolso da jaqueta. Mas, elas nunca souberam, então isso nunca as afetou.

Existe maneira melhor de conhecer as pessoas do que comendo juntas? Quando acabou a última truta, as crianças da casa pastoral e as crianças de Ingleside eram amigas e aliadas. Haviam se conhecido desde sempre. Os que pertenciam à raça de José se reconheciam quando se viam. Os Blythes contaram a história de seus breves passados e as crianças da casa pastoral ouviram sobre Avonlea e Green Gables, sobre as tradições do Vale do Arco-íris e sobre a casinha junto à costa, onde Jem havia nascido. As crianças de Ingleside ouviram sobre Maywater, onde os Merediths viviam antes de virem para Glen, sobre a adorada boneca com um olho só de Una e o galo de estimação de Faith.

Faith se ressentia do fato de as pessoas rirem por ela ter um galo como mascote. Ela gostou dos Blythes porque eles aceitaram tal fato sem fazer comentários.

— Um galo bonito como Adam é um animalzinho de estimação tão bom quanto um gato ou um cachorro, eu acho — disse ela. — Se fosse um canário, ninguém ficaria impressionado. E eu o criei desde que era um pintinho bem pequeninho, amarelinho. Mrs. Johnson, de Maywater, que me deu. Uma doninha tinha matado todos os irmãozinhos dele. Coloquei o nome Adam nele por causa do marido de Mrs. Johnson. Eu nunca gostei de bonecas ou de gatos. Gatos são muito furtivos e bonecas são *mortas*.

— Quem vive na casa lá em cima? — perguntou Jerry.

— As Misses West, Rosemary e Ellen — respondeu Nan. — Di e eu vamos ter aula de música com Miss Rosemary esse verão.

Una olhou para as afortunadas gêmeas, com olhos cujo anseio era muito gentil para converter-se em inveja. *Oh, se ela ao menos pudesse ter aulas de música!* Era um dos sonhos de sua vidinha secreta. Mas, ninguém jamais pensou em algo assim.

— Miss Rosemary é tão doce e sempre se veste tão bem — disse Di. — Tem os cabelos da mesma cor que o caramelo de melado — agregou com melancolia, pois Di, assim como sua mãe, não se resignava com suas madeixas avermelhadas.

— Eu gosto da Miss Ellen também — declarou Nan. — Sempre me dava caramelos quando vinha à igreja. Mas, Di tem medo dela.

— Tem as sobrancelhas tão escuras e a voz tão profunda — explicou Di. — Oh, como Kenneth Ford tinha medo dela quando era pequeno! A mamãe conta que o primeiro domingo que Mrs. Ford o trouxe à igreja, Miss Ellen estava lá, sentada bem atrás deles. E, no instante em que a viu, Kenneth se pôs a gritar e a gritar, até que Mrs. Ford teve que levá-lo para fora.

— Quem é Mrs. Ford? — perguntou Una, intrigada.

— Oh, a família Ford não mora aqui, eles passam apenas os verões na ilha. Mas, não virão para cá esse ano. Eles vivem na casinha lá embaixo, na costa do porto, onde papai e mamãe viviam antes. Como queria que vocês conhecessem Persis Ford. Ela parece uma pintura.

— Eu ouvi falar de Mrs. Ford — interrompeu Faith. — Bertie Shakespeare

Drew me contou a história. Esteve casada durante quatorze anos com um homem morto e, então, ele ressuscitou.

— Que bobagem! — exclamou Nan. — Não foi assim. Bertie Shakespeare nunca entende nada direito. Eu conheço a história completa e um dia vou contar, mas não agora, pois é muito longa e já está na hora de irmos para casa. A mamãe não gosta que estejamos fora de casa nessas noites tão úmidas.

Ninguém se importava se as crianças da casa pastoral estivessem fora, no ar úmido ou não. Tia Martha já estava na cama e o pastor ainda estava profundamente imerso em especulações relativas à imortalidade da alma, para recordar da mortalidade do corpo. Mas, eles também foram para casa, sonhando com bons momentos que estavam por vir.

— Acho que o Vale do Arco-íris é ainda mais bonito que o cemitério — disse Una. — E eu simplesmente amo os queridos Blythes. *É tão bom* quando você pode amar as pessoas, porque com muita frequência *não se pode*. O papai disse em seu sermão, no domingo passado, que devemos amar todo mundo. Mas, como é possível? Como podemos amar Mrs. Alec Davis?

— Oh, o papai disse aquilo apenas no púlpito — disse Faith, com ligeireza. — Ele é sensato demais para realmente pensar isso fora do púlpito.

As crianças Blythe retornaram para Ingleside, exceto Jem, que escapou por um momento, numa expedição solitária para um cantinho remoto do Vale do Arco-íris. Ali, cresciam as flores de maio e Jem jamais se esquecia de levar um buquê para a mãe, enquanto elas durassem.

CAPÍTULO V

O advento de Mary Vance

— Este é justo um daqueles dias em que parece que algo vai acontecer — disse Faith, sensibilizada pelo encanto do ar cristalino e das colinas azuis. Abraçou a si mesma, encantada, e dançou uma quadrilha sobre a tumba em formato de banco, que pertencia ao velho Hezekiah Pollock, para o espanto de duas senhoras idosas que estavam passando justo quando Faith saltava em um pé só ao redor da pedra, agitando os braços no ar.

— E essa daí — resmungou uma das senhoras — é a filha do nosso pastor.

— O que mais se pode esperar da família de um viúvo? — murmurou a outra. E então as duas abanaram a cabeça.

Era sábado bem cedo, e os Merediths tinham saído para um mundo umedecido pelo orvalho, com a deliciosa consciência de um dia de descanso. Eles nunca tinham o que fazer num final de semana. Até mesmo Nan e Di Blythe tinham certas tarefas domésticas para realizarem aos sábados pela manhã, mas as filhas da casa pastoral eram livres para perambular desde a alvorada até o orvalhado entardecer, se assim lhes aprouvesse. Isso agradava a Faith, mas Una sentia uma amarga e secreta humilhação, pois nunca aprendiam a fazer nada. As outras meninas de sua turma na escola sabiam cozinhar, costurar e tricotar, e ela era apenas uma pequena ignorante.

Jerry sugeriu que saíssem para explorar. Então, foram passear pelo bosque de abetos, pegando Carl no caminho, que estava de joelhos sobre a grama empapada, estudando suas queridas formigas. Além do bosque, saíram no pasto de Mr. Taylor, salpicado com os fantasmas brancos dos dentes-de-leão. Em um rincão afastado havia um velho celeiro dilapidado, onde Mr. Taylor às vezes guardava o excedente de sua colheita de feno, mas que nunca era usado com outro propósito. Até ali avançaram as crianças Meredith e ficaram perambulando no andar de baixo durante vários minutos.

— O que foi isso? — sussurrou Una, de repente.

Todos pararam para escutar. Ouvia-se um fraco, mas claro, farfalhar no andar de cima do palheiro. Os Merediths se entreolharam.

— Tem alguma coisa lá em cima — disse Faith em um sussurro.

— Vou subir para ver o que é — anunciou Jerry, decidido.

— Oh, por favor, não! — implorou Una, agarrando o braço do irmão.

— Eu vou.

— Então vamos todos — declarou Faith.

Os quatro subiram a escada cambaleante, Jerry e Faith intrépidos, Una pálida de medo e Carl um pouco distraído, pensando na possibilidade de encontrar um morcego no andar de cima. O garoto ansiava ver um morcego durante o dia.

Assim que chegaram, viram o que estava fazendo o ruído, e a visão os deixou mudos por alguns instantes.

Em uma espécie de ninho no palheiro, havia uma menina encolhida, como se tivesse acabado de despertar de um sonho. Quando viu as outras crianças, a menina se colocou de pé, um pouco trêmula, e pela resplandecente luz do sol que penetrava através da janela coberta por teias de aranha, viram que o rosto delgado e bronzeado dela estava muito pálido. Tinha duas tranças de cabelo liso, espesso, cor de palha, e olhos muito estranhos, "olhos brancos", pensaram as crianças da reitoria, que os encaravam desafiantes e lastimosos. Eram mesmo de um azul tão pálido que pareciam quase brancos, especialmente quando contrastados com o estreito anel escuro que circulava a íris. A menina estava descalça e sem nada na cabeça. Usava um velho vestido xadrez descolorido e rasgado, muito curto e justo para ela. Quanto à idade, poderia ter qualquer uma, julgando pela carinha pálida, mas pela altura poderia ter algo perto dos doze anos.

— Quem é você? — perguntou Jerry.

A menina olhou ao redor, como se estivesse buscando uma forma de escapar. Então pareceu se render, com um pequeno calafrio de desespero.

— Eu sou Mary Vance — respondeu.

— De onde você vem? — continuou Jerry.

Em vez de responder, Mary se sentou, ou melhor, deixou-se cair sobre o feno e começou a chorar. Imediatamente, Faith correu na direção de Mary e abraçou os ombros delgados e trêmulos da menina.

— Pare de incomodá-la — Faith ordenou a Jerry. Então, abraçou a garotinha. — Não chore, querida. Conte-nos qual é o problema. *Somos* amigos.

— Estou com tanta... tanta... fome — gemeu Mary. — Não... não como nada desde quinta-feira de manhã. Só bebi um pouquinho de água do riacho que tem ali.

As crianças da reitoria se entreolharam, aterrorizadas. Faith levantou-se num salto.

— Agora mesmo você vai vir para a reitoria e vai comer alguma coisa antes de dizer mais uma palavra.

Mary se encolheu.

— Oh... eu não posso. O que seu pai e sua mãe vão dizer? Além disso, vão me mandar de volta.

— Nós não temos mãe e nosso pai não vai se importar com você. Nem a tia Martha. Vamos, estou dizendo.

Faith bateu o pé, impaciente. Será que essa menina estranha iria insistir em morrer de fome praticamente às portas da casa pastoral?

Mary se rendeu. Ela estava tão fraca que mal conseguiu descer as escadas, mas de alguma maneira conseguiram fazer com que ela descesse. Fizeram-na cruzar o campo, até chegarem à cozinha da reitoria. A tia Martha, atarefada com a comida, como todos os sábados, nem reparou na menina. Faith e Una correram para a despensa e despojaram-na de tudo que havia de comestível: um pouco de "outra vez", pão, manteiga, leite e uma torta duvidosa. Mary Vance atacou a comida vorazmente e sem críticas, enquanto as crianças do pastor ficaram ao redor, observando-a. Jerry percebeu que a menina tinha uma boca bonita e belíssimos dentes brancos, bem alinhados. Faith decidiu, com secreto horror, que Mary não usava nenhuma peça de roupa por baixo, além do vestido descolorido e rasgado. Una estava cheia de pura compaixão e Carl, de um divertido assombro, e todos eles, de curiosidade.

— Vamos até o cemitério e nos conte tudo sobre você — ordenou Faith, quando o apetite de Mary deu sinais de retroceder. Mary não estava nem um pouco contrária agora. A comida devolvera sua vivacidade natural e havia soltado uma língua nada relutante.

— Vocês não vão contar ao seu pai ou a nenhuma outra pessoa o que eu contar para vocês? — questionou a menina, ao ser entronada na sepultura de Mr. Pollock. De frente a ela, as crianças do pastor se alinharam sobre outra sepultura. Ali havia tempero, mistério e aventura. Alguma coisa *havia* acontecido.

— Não, não vamos contar.

— Vocês juram?

— Juramos.

— Bem, eu fugi. Eu estava morando com Mrs. Wiley, do outro lado do porto. Conhecem Mrs. Wiley?

— Não.

— Bem, melhor para vocês que não a conheçam. É uma mulher terrível. Minha nossa, como eu a odeio! Fazia-me trabalhar até morrer, não me dava o suficiente para comer e costumava me bater quase todos os dias. Olhem aqui.

Mary arregaçou as mangas rasgadas e estendeu os bracinhos esqueléticos. As mãozinhas fininhas, rachadas praticamente até a carne, estavam cheias de escoriações. As crianças da reitoria estremeceram. O rosto de Faith inflamou de indignação. Os olhos azuis de Una se encheram de lágrimas.

— Na quarta-feira à noite, ela me bateu com um pau — disse Mary, em tom indiferente. — Foi porque deixei a vaca chutar o balde de leite. Como eu ia saber que a maldita vaca iria dar um chute no balde?

Um estremecimento nada desagradável percorreu os ouvintes. Nunca sonhariam em usar palavras tão dúbias, mas era instigante ouvir alguém utilizá-las, e uma menina, ainda por cima. Certamente, essa Mary Vance era uma criatura interessante.

— Não me estranha que você tenha fugido — afirmou Faith.

— Oh, não fugi porque ela me bateu. Uma surra era coisa de todos os dias. Estava desgraçadamente acostumada a isso. Não senhor, fazia uma semana que eu queria fugir, pois descobri que Mrs. Wiley ia alugar a fazenda e ir morar em Lowbridge, e ia me dar para uma prima dela, que mora na estrada para Charlottetown. Eu não ia aguentar *isso*. Essa outra era muito pior que Mrs. Wiley. Mrs. Wiley me emprestou para a tal prima por um mês no verão passado e eu prefiro viver com o próprio Diabo a viver com ela.

— Minha nossa! — um deles exclamou.

— Então, tomei a decisão de fugir. Eu tinha economizado setenta centavos, que Mrs. John Crawford *havia me pagado* na primavera, por plantar batatas para ela. Mrs. Wiley não sabia nada sobre isso. Ela estava visitando a prima quando *eu as plantei*. Pensei em vir para Glen e comprar uma passagem para Charlottetown, e tentar arranjar trabalho por lá. Sou muito trabalhadora, isso eu posso afirmar. Não tem nenhuma gota de preguiça no *meu corpo*. Então, eu fugi na quinta-feira de manhã, antes que Mrs. Wiley acordasse, e caminhei até Glen. Isso dá dez quilômetros. E quando cheguei na estação, descobri que tinha perdido meu dinheiro. Não sei como, não sei onde. De qualquer maneira, já tinha perdido mesmo. E eu não soube mais o que fazer. Se eu voltasse para a velha lady Wiley, ela iria acabar comigo. Então, fui me esconder no velho celeiro.

— E o que você vai fazer agora? — questionou Jerry.

— Não sei. Suponho que terei que voltar e tomar meu remédio amargo. Agora que estou com o estômago forrado, acho que posso suportar.

Mas, havia medo por trás da bravata nos olhos de Mary. Subitamente, Una passou de uma tumba para a outra e envolveu o braço nos ombros de Mary.

— Não volte. Apenas fique aqui conosco.

— Oh, Mrs. Wiley vai me caçar até me encontrar! — afirmou Mary. — É provável que já esteja no meu encalço. Poderia ficar aqui até ela me encontrar, eu suponho, se vocês não se importarem. Fui uma maldita estúpida em pensar que podia escapar. Ela é capaz de encontrar uma doninha na toca. Mas, eu me sentia tão infeliz...

A voz de Mary tremeu, mas a menina ficou envergonhada por demonstrar fraqueza.

— Tenho levado uma vida de cão nesses últimos quatro anos — explicou, desafiante.

— Já está há quatro anos com Mrs. Wiley?

— Aham. Ela me tirou do orfanato de Hopetown quando eu tinha oito anos.

— É o mesmo orfanato de onde veio Mrs. Blythe! — exclamou Faith.

— Fiquei dois anos no orfanato. Fui deixada lá quando eu tinha seis anos. Minha mãe se enforcou e meu pai cortou a garganta.

— Santo Deus! Por quê? — perguntou Jerry.

— Por causa da bebida — disse Mary, laconicamente.

— E você não tem mais nenhum parente?

— Nenhum maldito parente, que eu saiba. Alguma vez devo ter tido. Colocaram-me os nomes de meia dúzia de parentes. Meu nome completo é Mary Martha Lucilla Moore Ball Vance. Já viu um nome maior que esse? Meu avô era um homem rico. Aposto que era mais rico que o avô de *vocês*. Mas, meu pai gastou tudo bebendo e minha mãe fez sua parte. *Eles* costumavam me bater também. Ah, já me bateram tanto que acho que até gosto.

Mary sacudiu a cabeça. Adivinhou que as crianças da reitoria estavam sentindo pena por causa das surras e não queria que tivessem pena. Queria ser invejada. Olhou ao redor com alegria. Seus estranhos olhos, agora que a opacidade da fome os havia abandonado, estavam brilhantes. Iria mostrar àquelas criaturinhas que personagem ela era.

— Já estive muito doente — disse, orgulhosa. — Não são muitas as crianças que tiveram o que eu tive. Tive escarlatina, erisipela, sarampo, coqueluche e pneumonia.

— Já teve alguma doença mortal? — perguntou Una.

— Não sei — disse Mary, duvidosa.

— Claro que não — caçoou Jerry. — Se você tem uma doença mortal, você morre.

— Ah, bom, nunca morri exatamente — disse Mary —, mas cheguei perto uma vez. Acharam que eu tinha morrido e estavam me preparando para o enterro, quando reagi.

— Como é estar quase morta? — perguntou Jerry, curioso.

— Como nada. Não soube de nada até muitos dias depois. Foi quando eu tive pneumonia. Mrs. Wiley não ia chamar um médico... disse que não ia ter tal gasto com uma servente. A velha tia Christina MacAllister me tratou com cataplasmas. Ela que me curou. Mas, às vezes, penso que teria sido melhor que eu tivesse morrido, para acabar logo de vez com tudo isso. Estaria melhor.

— Se você fosse para o Céu, suponho que sim — disse Faith, não muito convencida.

— Bem, e que outro lugar há para ir? — quis saber Mary, com a voz intrigada.

— Tem o Inferno, sabe — respondeu Una, baixando a voz e abraçando Mary, para diminuir o horror da sugestão.

— Inferno? O que é isso?

— Ora, é onde vive o Diabo — explicou Jerry. — Você sabe quem ele é... já falou sobre ele.

— Oh, sim, mas não sabia que ele vivia em algum lugar. Pensava que ele ficava andando por aí. Mr. Wiley costumava mencionar o Inferno quando estava vivo. Estava sempre mandando as pessoas para lá. Eu achava que era algum lugar em New Brunswick, de onde ele veio.

— O Inferno é um lugar terrível — disse Faith, com a dramática satisfação que nascia nela ao falar sobre coisas espantosas. — As pessoas más vão para lá quando morrem, e queimam no fogo eterno para sempre e sempre.

— Quem lhe disse isso? — perguntou Mary, com incredulidade.

— Está na Bíblia. E Mr. Isaac Crothers nos contou, na Escola Dominical de Maywater. Ele era um ancião, um pilar na igreja, e sabia tudo. Mas, você não precisa se preocupar. Se for boazinha, você vai para o Céu; e se for má, parece que iria preferir ir para o Inferno.

— Eu não iria preferir — protestou Mary, com decisão. — Não importa quão má eu fosse, não iria querer queimar e queimar. Sei como é isso. Uma vez, peguei um atiçador tinindo de quente, por acidente. O que se deve fazer para ser bom?

— Deve ir para a igreja, para a Escola Dominical, e ler sua Bíblia; orar todas as noites e doar dinheiro para as missões — disse Una.

— Parece que são muitas exigências — disse Mary. — Algo mais?

— Você deve pedir perdão a Deus pelos pecados que já cometeu.

— Mas eu nunca comi... cometi nenhum — disse Mary. — De qualquer maneira, o que é pecado?

— Oh, Mary, deve ter cometido algum. Todo mundo comete. Você nunca contou uma mentira?

— Nossa, um montão — disse Mary.

— Esse é um pecado terrível! — disse Una, com grande solenidade.

— Você está querendo dizer... — quis saber Mary — que vou ser mandada para o Inferno por contar uma mentira de vez em quando? Ora, eu *preciso*... contar.

Mr. Wiley teria quebrado cada osso do meu corpo uma vez, se eu não tivesse contado uma mentira. Mentiras já me salvaram de várias surras, posso assegurá-los disso.

Una suspirou. Eram muitas dificuldades para que ela pudesse resolver. Ela estremeceu ao pensar em ser punida cruelmente. Era muito provável que ela também tivesse mentido. Una apertou a mãozinha calosa de Mary.

— Esse é o único vestido que você tem? — perguntou Faith, cuja natureza alegre se recusava a se deter em assuntos desagradáveis.

— Eu só coloquei este vestido porque não servia para nada — disse Mary, enrubescendo. — Mrs. Wiley tinha me comprado roupas e eu não queria ficar devendo nada para ela. Eu sou muito honesta. Se ia fugir, não ia trazer nada que pertencesse a *ela,* e que tivesse algum valor. Quando eu crescer, vou ter um vestido de cetim azul. As roupas de vocês não parecem muito elegantes. Achei que os filhos de pastores sempre andavam bem-vestidos.

Estava claro que Mary tinha caráter e era sensível com respeito a alguns pontos. Mas, havia um curioso e rústico encanto nela que cativava a todos. Mary foi levada para o Vale do Arco-íris, naquela tarde, e apresentada aos Blythes como uma "amiga nossa, que mora no outro lado do porto, que está nos visitando". Os Blythes a aceitaram sem questionamentos, talvez porque agora estivesse aparentemente respeitável. Depois do jantar, durante o qual a tia Martha havia cochilado e Mr. Meredith estivera em um estado de semiconsciência enquanto refletia sobre seu sermão de domingo, Faith tinha convencido Mary a usar um de seus vestidos, assim como outros artigos do vestuário. Com o cabelo cuidadosamente trançado, Mary podia passar tolerantemente bem. Era uma aceitável companheira de brincadeiras, pois conhecia jogos novos e excitantes, e sua conversa não carecia de graça. De fato, algumas de suas expressões fizeram com que Nan e Di se olhassem com desconfiança.

Não estavam bem certas do que a mãe delas iria pensar sobre Mary, mas sabiam muito bem o que Susan diria. Entretanto, Mary era uma visitante da reitoria, então não haveria problemas.

Quando chegou a hora de dormir, surgiu o problema de onde Mary iria repousar.

— Não podemos colocá-la no quarto de hóspedes, sabe — disse Faith para Una, perplexa.

— Não tenho bichos na minha cabeça! — exclamou Mary, em tom injuriado.

— Oh, não quis dizer *isso* — protestou Faith. — O quarto de hóspedes está todo revirado. Os ratos cavaram um enorme buraco no colchão de plumas e fizeram um ninho. Descobrimos quando a tia Martha colocou o rev. Mr. Fisher, de Charlottetown, ali para dormir, na semana passada. *Ele* logo descobriu. Então, o papai teve que dar a ele sua cama e dormir no sofá do escritório. A tia Martha não teve tempo de arrumar o colchão do quarto de hóspedes ainda, é o que ela diz; então, *ninguém* pode dormir ali, não importa quão limpas estejam suas cabeças. E nosso quarto é tão pequeno, e a cama tão minúscula, que você não pode dormir conosco.

— Eu posso voltar para a palha do velho celeiro por esta noite, se me emprestarem uma coberta — disse Mary, filosoficamente. — Estava um pouco frio na noite passada, mas se não fosse por isso, já dormi em camas piores.

— Oh não, não, não vai fazer isso — disse Una. — Já elaborei um plano, Faith. Lembra-se daquele pequeno catre que tinha no quarto do sótão, com o velho colchão, que o último pastor deixou ali? Vamos levar as roupas de cama do quarto de hóspedes e fazer uma cama para Mary ali. Você não se incomodaria de dormir no sótão, não é, Mary? Fica bem em cima do nosso quarto.

— Qualquer lugar me serve. Nossa, eu nunca tive um lugar decente para dormir, em toda a minha vida. Eu dormia no sótão em cima da cozinha de Mrs. Wiley. O telhado passava chuva no verão e neve no inverno. Minha cama era um colchão de palha. Não vão me achar nem um pouco exigente na hora de dormir.

O sótão da reitoria era um lugar longo e baixo, cheio de sombras, com o teto inclinado. Ali, prepararam uma cama para Mary, com os lençóis delicadamente embainhados, e a colcha bordada que Cecilia Meredith havia feito uma vez, com tanto orgulho, para o quarto de hóspedes, e que ainda sobrevivia às lavagens duvidosas da tia Martha. Desejaram boa noite umas às outras, e o silêncio caiu sobre a casa pastoral. Una estava quase dormindo quando ouviu um som no quarto acima, que a fez se sentar de repente.

— Escute, Faith... Mary está chorando — sussurrou. Faith não respondeu, pois já estava dormindo. Una desceu da cama e, vestindo sua camisolinha branca, cruzou o corredor e subiu as escadas até o sótão. O rangido do piso deu amplo aviso de sua chegada. Quando chegou ao canto, tudo estava a um silencioso clarão do luar e, no catre, só se via um vulto, no meio.

— Mary — sussurrou Una.

Não houve resposta.

Una se aproximou da cama e ergueu a colcha.

— Mary, eu sei que você está chorando. Eu a ouvi. Está se sentindo sozinha?

Mary de repente se mexeu, mas não disse nada.

— Posso me deitar com você? Estou com frio — perguntou Una, tremendo por causa do ar frio, pois a pequena janela do sótão estava aberta e a noite soprava o áspero alento da costa norte.

Mary deu lugar e Una se encolheu ao lado dela.

— *Agora*, não vai se sentir sozinha. Não devíamos ter deixado você sozinha aqui na primeira noite.

— Eu não estava me sentindo sozinha — disse Mary, fungando.

— Por que estava chorando, então?

— Oh, estava apenas pensando nas coisas, sozinha. Pensei que tinha que voltar à casa da Mrs. Wiley... e apanhar por ter fugido... e... e... em ir para o Inferno por ter contado mentiras. Tudo isso me deixou escandalosamente preocupada.

— Oh, Mary! — exclamou a pobre Una, entristecida. — Não acredito que Deus vá mandar você para o Inferno por contar mentiras, pois não sabia que era errado. *Ele não* faria isso. Ora, Ele é bom e gentil. Claro que você não deve mais contar mentiras, agora que sabe que é errado.

— Se não puder contar mentiras, o que vai ser de mim? — perguntou Mary, com um soluço. — *Você* não entende. Não sabe nada dessas coisas. Você tem um lar e um pai gentil, apesar de parecer que não está totalmente ali. Mas, de qualquer maneira, ele não bate em você, e você tem o suficiente para comer, apesar de aquela tia de vocês não saber *nada* sobre cozinhar. Ora, este é o primeiro dia na minha vida que senti como se tivesse comido o suficiente. Tenho sido maltratada por toda a minha vida, a não ser pelos dois anos que passei no orfanato. Lá, eles não me batiam, e não era de todo ruim, apesar de que a supervisora era mal-humorada. Sempre parecia disposta a arrancar minha cabeça. Mas, Mrs. Wiley era um perfeito terror, isso é o que *ela* é, e morro de medo de pensar em voltar para ela.

— Talvez você não tenha que voltar. Talvez possamos pensar em alguma saída. Vamos nós duas pedir a Deus que a salve de ter que voltar para Mrs. Wiley. Você faz oração, não é, Mary?

— Oh, sim, sempre digo um verso antigo antes de ir para a cama — respondeu Mary, com indiferença. — Mas, nunca pensei em pedir nada em particular. Ninguém neste mundo jamais se preocupou comigo, então achei que Deus também não iria. Ele deve se preocupar mais com você, considerando que você é filha do pastor.

— Ele se preocuparia exatamente igual por você, Mary, estou certa disso — afirmou Una. — Não importa de quem você é filha. Você deve apenas pedir a Ele... e Ele o fará.

— Está bem — concordou Mary. — Não vai fazer mal, mesmo que não faça bem. Se você conhecesse Mrs. Wiley assim como eu conheço, não acharia que Deus iria querer se meter com ela. De qualquer maneira, não vou mais chorar por causa disso. Isto é muito melhor que a noite passada naquele velho celeiro, com os ratos correndo de um lado para o outro. Olhe o farol de Four Winds. Não é lindo?

— Essa é a única janela de onde conseguimos vê-lo — informou Una. — Eu adoro ficar aqui, observando-o.

— Você gosta? Eu também. Eu conseguia vê-lo do sótão dos Wiley, e era o único consolo que eu tinha. Quando estava dolorida das surras e olhava para o farol, eu me esquecia dos lugares onde sentia dor. Pensava nos barcos que navegavam para longe, muito longe, e desejava estar em um deles, navegando para algum lugar distante... longe de tudo. Nas noites de inverno, quando o farol não brilhava, me sentia sozinha de verdade. Diga-me, Una, por que vocês estão sendo tão bons para mim, mesmo eu sendo uma estranha?

— Porque é o correto. A Bíblia nos diz para sermos bondosos com todos.

— Ah, diz? Bem, acho que a maioria das pessoas não leva isso muito a sério. Eu não me lembro de ninguém que tenha sido bondoso comigo antes... juro pela minha vida, que não. Diga-me, Una, não são bonitas as sombras na parede? Parecem um bando de pássaros dançando. Una, gosto de todos vocês, também dos meninos Blythe e da Di, mas não gostei da Nan. Ela é orgulhosa.

— Oh, não, Mary, ela não é nem um pouco orgulhosa — defendeu Una, vivamente, a amiga. — Nem um pouquinho.

— Não me diga? Qualquer uma que ande com a cabeça erguida daquele jeito *é* orgulhosa. Não gosto dela.

— Todos *nós* gostamos muito dela.

— Oh, suponho que vocês gostam mais dela do que de mim? — disse Mary, com ciúmes. — Não gostam?

— Ora, Mary. Nós conhecemos a Nan há várias semanas e só conhecemos você há algumas horas — gaguejou Una.

— Então, você gosta mais dela? — insistiu Mary, furiosa. — Está certo! Pode gostar dela o tanto que quiser. Não me importo. Posso sobreviver muito bem sem você.

Lançou-se contra a parede do sótão, com um golpe.

— Oh, Mary — disse Una, passando um terno braço sobre as costas inflexíveis de Mary —, não fale assim. Eu *gosto* tanto de você. E você me faz sentir tão mal.

Não houve resposta. De imediato, Una se pôs a soluçar. Instantaneamente, Mary se virou novamente e a envolveu em um abraço de urso.

— Cale-se — ordenou Mary. — Não fique chorando por causa do que eu disse. Fui cruel como o Diabo ao falar dessa maneira. Eu tinha que ser esganada viva. Vocês todos estão sendo tão bons para mim. Acho que vocês gostariam de qualquer pessoa mais do que de mim. Eu mereço cada surra que levei. Cale-se agora. Se você continuar chorando, vou sair caminhando até o porto vestindo esta camisola, e vou me afogar.

Diante dessa terrível ameaça, Una engoliu os soluços. Mary enxugou as lágrimas da amiguinha, com o babado de renda do travesseiro do quarto de hóspedes, e a perdoada e a perdoadora se encolheram juntas novamente, com a harmonia restaurada, para observar as sombras das folhas da vinha na parede iluminada pela lua, até que dormiram.

E, no escritório abaixo, o rev. John Meredith caminhava com expressão absorta e olhos resplandecentes, pensando em sua mensagem do dia seguinte, sem saber que em cima de seu próprio teto havia uma pequena alma desamparada, que tropeçava na obscuridade e na ignorância, cercada pelo terror e por dificuldades excessivamente grandes para que ela pudesse enfrentar, nessa luta desigual com um mundo indiferente.

CAPÍTULO VI

Mary fica na casa pastoral

As crianças do pastor levaram Mary Vance para a igreja no dia seguinte. A princípio, Mary colocou objeções à ideia.

— Você não frequentava a igreja do outro lado do porto? — perguntou Una.

— Pode apostar que sim. Mrs. Wiley não se incomodava muito em ir para a igreja, mas eu ia todos os domingos que conseguia escapar. Ficava extremamente agradecida de poder ir a um lugar onde podia me sentar um pouquinho. Mas, não posso ir à igreja com este vestido tão rasgado.

Essa dificuldade desapareceu quando Faith ofereceu seu segundo melhor vestido emprestado.

— Está um pouco desbotado e estão faltando dois botões, mas acho que vai servir.

— Vou costurar os botões em um instantinho — prometeu Mary.

— Não no domingo — objetou Una, chocada.

— Claro. Quanto melhor o dia, melhor a tarefa. Dê-me linha e agulha, e olhe para o outro lado, se você for tão melindrosa.

As botas de Faith, de ir para a escola, e um velho chapéu de veludo preto, que pertencera a Cecilia Meredith, completaram a vestimenta de Mary, e para a igreja ela foi. Seu comportamento foi bastante convencional e, ainda que alguns membros tenham se perguntado quem seria a menina desalinhada que acompanhava as crianças da casa pastoral, a criança não atraiu muita atenção. Mary ouviu o sermão com decoro e cantou com entusiasmo. A menina tinha, ao que parecia, uma voz clara e potente, e um bom ouvido.

"Seu sangue pode limpar as *violetas*", entonava Mary, com entusiasmo. Mrs. Kimmy Milgrave, sentada no banco à frente do assento pertencente à casa pastoral, virou-se bruscamente e encarou a menina dos pés à cabeça. Mary, com espírito de travessura, para espanto de Una, mostrou a língua para Mrs. Milgrave.

— Não consegui resistir — declarou Mary, depois do culto. — Por que aquela mulher ficou me encarando daquela maneira? Que modos! Estou *contente* por ter mostrado a língua para ela. Uma pena que não botei a língua mais para fora ainda. Ah, eu vi Rob MacAllister, que mora do outro lado do porto. Será que ele vai contar à Mrs. Wiley que me viu?

Mas, nenhuma Mrs. Wiley apareceu e, em alguns dias, as crianças se esqueceram dela. Mary era aparentemente um agregado permanente da casa pastoral. Mas, recusava-se a ir para a escola com os outros.

— Não. Já terminei minha educação — dizia ela, quando Faith insistia para que fosse. — Frequentei a escola durante quatro invernos, desde que vim morar com Mrs. Wiley, e obtive tudo que buscava. Estava farta de ser eternamente chamada à atenção, por não ter feito minhas tarefas de casa. *Eu não tinha* tempo de fazer as tarefas de casa.

— Nosso professor não vai chamar a sua atenção. Ele é muito bom — insistiu Faith.

— Bom, mas eu não vou. Sei ler e escrever, e fazer contas com frações. Não preciso de mais nada. Vão vocês, que eu fico em casa. Não precisam ficar com medo de que eu vá roubar alguma coisa. Eu juro que sou honesta.

Enquanto os outros estavam na escola, Mary se ocupava de limpar a casa pastoral. Em poucos dias, a casa havia se tornado um lugar completamente diferente. O piso dos aposentos estava varrido, o mobiliário limpo da poeira, e tudo colocado no lugar. Mary remendou o colchão do quarto de hóspedes, costurou os botões que faltavam, fez cuidadosos remendos nas roupas e até mesmo invadiu o escritório com uma vassoura e um espanador, e ordenou que Mr. Meredith saísse enquanto ela limpava. Mas, havia um departamento no qual tia Martha não permitia que houvesse interferências. Tia Martha podia estar surda e quase cega, e ser muito infantil, mas estava decidida a manter a despensa em suas próprias mãos, apesar dos ardis e estratagemas de Mary.

— Vou dizer, se a velha Martha *me* deixasse cozinhar, vocês teriam refeições decentes — disse a menina, com indignação, para as crianças do pastor. — Não teria mais "outra vez", e não teria mais mingau engrumado e nem leite azul. O que ela *faz* com todo o creme?

— Ela dá para o gato. É o gato dela, sabe — informou Faith.

— Minha vontade era *gatear* a cara dela! — exclamou Mary, com amargura. — Não gosto de gatos, de qualquer maneira. São animais do Diabo, se vê em seus olhos. Bom, se a velha Martha não vai me deixar, não vai deixar e pronto, eu suponho. Mas, me dá nos nervos ver boa comida sendo desperdiçada.

Quando saíam da escola, sempre iam brincar no Vale do Arco-íris. Mary se recusava a brincar no cemitério. Declarou que tinha medo de fantasmas.

— Fantasmas não existem — declarou Jem Blythe.
— Ah, não me diga?!
— Você já viu algum?
— Centenas deles — assegurou Mary, prontamente.
— E como são? — perguntou Carl.
— Espantosos. Todos vestidos de branco, com mãos e cabeças de esqueletos — respondeu Mary.
— E o que você fez? — questionou Una.
— Corri como o Diabo — respondeu Mary. Mas, se deparou com o olhar de Walter e ruborizou. Mary tinha muito respeito por Walter. Ela havia dito para as meninas da reitoria que os olhos de Walter a deixavam nervosa.

— Recordo todas as mentiras que já contei na minha vida, quando olho para aqueles olhos — disse ela —, e desejo que não tivesse contado.

Jem era o favorito de Mary. Quando ele a levou até o sótão em Ingleside e lhe mostrou a coleção de curiosidades que o capitão Jim Boyd lhe havia deixado, sentiu-se imensamente satisfeita e lisonjeada. Mary também conquistou por completo o coração de Carl, com seu interesse em besouros e formigas. Não se podia negar que Mary se dava melhor com os meninos do que com as meninas. Mary conseguiu armar uma briga séria com Nan Blythe no segundo dia.

— Sua mãe é uma bruxa — disse ela a Nan, com desprezo. — Mulheres ruivas sempre são bruxas.

Depois teve uma briga com Faith por causa do galo. Mary disse que o rabo do galo era muito curto. Faith replicou, furiosa, que em sua opinião, Deus sabia qual devia ser o tamanho do rabo de um galo. Ficaram "sem se falar" um dia inteiro por causa disso. Mary tratava a boneca careca e sem um olho de Una com toda a consideração. Mas, quando Una lhe mostrou seu outro tesouro precioso, a pintura de um anjo carregando um bebê, provavelmente para o Céu, Mary declarou que para ela parecia muito mais um fantasma. Una escapou para o quarto e começou a chorar. Mas, Mary foi buscá-la e a abraçou, arrependida, implorando-lhe perdão. Ninguém conseguia ficar muito tempo brigado com Mary, nem mesmo Nan, que era mais propensa a guardar rancores e nunca perdoou completamente o insulto feito à sua mãe. Mary era divertida. Sabia e contava as mais emocionantes histórias de fantasmas. Os encontros no Vale do Arco-íris tornaram-se, sem a menor dúvida, mais divertidos depois de sua chegada. Mary aprendeu a tocar a harpa do judeu e, logo, eclipsou o talento de Jerry.

— Ainda não achei nada que eu não possa fazer, quando meto na cabeça que vou fazer — declarou Mary.

Mary raramente perdia a oportunidade de congratular-se. Ensinou-os a fazer "bolsas de ar", com as espessas folhas de sedum vistoso que florescia no velho jardim dos Bailey; iniciou-os nas saborosas qualidades das "ervas amargas", que cresciam nos nichos do muro do cemitério; e, com os dedos longos e flexíveis, conseguia fazer maravilhosas imagens de sombras nas paredes. E, quando todos iam coletar goma no Vale do Arco-íris, Mary sempre pegava a "maior mascada", e se vangloriava por isso. Havia momentos em que a odiavam, e outros momentos em que a amavam. Mas, em todos os momentos a achavam interessante. Então, se submetiam mansamente ao seu autoritarismo e, ao cabo de duas semanas, passaram a sentir como se a menina sempre estivera entre eles.

— É estranhíssimo que Mrs. Wiley não tenha vindo atrás de mim — disse Mary. — Não entendo.

— Talvez, não vá se incomodar com você — aventurou-se Una. — Então, você poderia seguir vivendo aqui.

— Não há lugar suficiente para mim e a velha Martha nesta casa — disse Mary, sombriamente. — É muito bom ter comida suficiente para comer. Com frequência me questionava como seria se isso acontecesse, mas sou muito exigente com a comida. E, além do mais, cedo ou tarde Mrs. Wiley vai chegar aqui. É certo que tem uma surra me esperando. Durante o dia não penso muito nisso, mas de noite, meninas, quando estou sozinha no sótão, fico pensando, pensando, até que por fim quase desejo que ela venha logo, para terminar tudo de uma vez por todas. Não sei se uma boa surra seria muito pior do que a dúzia que já vivi na imaginação, desde que fugi. Algum de vocês já apanhou?

— Não, claro que não! — protestou Faith, com indignação. — Papai jamais faria algo assim.

— Não sabem que estão vivas — disse Mary, suspirando, parte com inveja, parte com superioridade. — Não imaginam o que eu já passei. E suponho que os Blythes também nunca levaram uma surra!

— Nã...ã...ã... o, acho que não. Mas, *acho* que devem ter levado umas palmadas quando eram pequenos.

— Palmadas não são nada — disse Mary, com desdém. — Se só tivessem me dado umas palmadas, eu ia achar que estavam me acariciando. Bem, este não é um mundo justo. Não me importaria de levar minha cota de punições, mas já levei mais malditas surras do que devia.

— Não é certo dizer essa palavra, Mary — disse Una, com reprovação. — Você me prometeu que não diria mais.

— Ah, para... — respondeu Mary. — Se você imaginasse algumas das palavras que *poderia* dizer se quisesse, não armaria tal escândalo por causa de "maldita". E sabe muito bem que não contei mais nenhuma mentira desde que cheguei aqui.

— E sobre esses fantasmas que você disse que viu? — questionou Faith.

Mary ruborizou.

— Isso é diferente — disse com ar desafiador. — Eu sabia que vocês não iam acreditar nessas histórias e nem era minha intenção que acreditassem. E eu realmente vi algo estranho uma noite, quando estava passando pelo cemitério do outro lado do porto, juro por minha vida. Não sei se era um fantasma ou a velha égua branca de Sandy Crawford, mas me pareceu muito estranho, e eu digo a vocês, saí dali correndo, com toda a energia das minhas pernas.

CAPÍTULO VII

Um episódio "peixoso"

Rilla Blythe ia caminhando, orgulhosa e talvez com um pouco de afetação, pela "rua" principal de Glen, subindo a colina da casa pastoral e levando com cuidado uma cestinha de morangos temporãos, que Susan havia induzido à suculência em um dos cantinhos ensolarados de Ingleside. Susan recomendara a Rilla que não entregasse a cesta para ninguém, além da tia Martha ou de Mr. Meredith. Rilla, então, muito orgulhosa por terem lhe confiado semelhante tarefa, estava decidida a cumprir à risca as instruções que recebera.

Susan tinha vestido a menina primorosamente, com um vestidinho branco, engomado e bordado, que trazia uma fita azul atada à cintura e sapatilhas decoradas com contas. Os longos cachos arruivados estavam brilhantes e Susan lhe dera permissão para que usasse o melhor chapéu, por deferência à casa pastoral. Estava vestida de forma excessivamente elaborada, o que tinha mais a ver com o gosto de Susan do que o de Anne, e a alminha de Rilla se vangloriava com o esplendor de sedas, rendas e flores. Estava muito orgulhosa de seu chapéu e, talvez, ao subir a colina da casa do pastor, pudéssemos dizer que seu passo era pomposo.

Talvez tenha sido o passo pomposo ou o chapéu, ou ambos, que tiraram do sério Mary Vance, que se balançava no portão do jardim. Para piorar, o humor de Mary já estava instável naquele momento. Tia Martha tinha se recusado a deixá-la descascar batatas e ordenara que saísse da cozinha.

— Agh! Você vai servir as batatas com pedaços de casca pendurados e meio cruas, como de costume! Ah, como vai ser bom presenciar o seu funeral — gritou Mary.

A menina saiu da cozinha com uma batida tão forte na porta, que até Mr. Meredith sentiu a vibração no escritório e pensou, distraído, que seguramente devia ter sido um levíssimo terremoto. Mas, logo retornou para o sermão.

Mary desceu do portão e confrontou a novíssima donzela de Ingleside.

— O que você tem aí? — quis saber Mary, tentando pegar a cesta.

Rilla resistiu.

— É para o *xenhor Mereditx* — disse Rilla.

— Dê-me. *Eu vou* entregar para ele — disse Mary.

— Não. *Xuxan dixe* que não era para entregar para ninguém, além *to* Mr. *Mereditx* ou a tia Martha — insistiu Rilla.

Mary a encarou aridamente.

— Você acha que é alguma coisa, não acha, toda vestida como uma bonequinha? Olhe para mim. Meu vestido está todo esfarrapado e eu não me importo! Prefiro estar toda maltrapilha a estar vestida como uma bonequinha. Vá para casa e diga a eles que a coloquem numa caixinha de cristal. Olhe para mim... olhe para mim... olhe para mim!

Mary executou uma dança frenética ao redor da desolada e atônita Rilla, agitando sua saia esfarrapada e vociferando: "Olhe para mim... olhe para mim" até que Rilla ficou tonta. Mas, quando a visitante tentou escapulir pelo portão, Mary atirou-se novamente à sua frente.

— Dê-me essa cesta — ordenou com uma careta. Mary era mestra na arte de "fazer caretas" e conseguia dar ao rosto um aspecto grotesco e sobrenatural, em meio ao qual seus estranhos e brilhantes olhos brancos resplandeciam com efeito espectral.

— Não! — balbuciou Rilla, assustada, porém firme. — Deixe-me passar, Mary *Vanx*.

Mary a deixou por um minuto e olhou ao seu redor. Do outro lado do portão havia um pequeno "cavalete", no qual estavam secando uma dúzia de grandes bacalhaus. Um dos membros da igreja de Mr. Meredith o havia presenteado com os peixes, talvez em lugar da cota que supostamente deveria pagar para o ordenado do pastor, mas nunca pagava. Mr. Meredith o agradeceu e logo esqueceu completamente o pescado, que prontamente teria estragado se não fosse pela incansável Mary, que o preparou para o processo de secagem. Ela mesma tinha armado o "cavalete" para colocá-los ao sol.

Mary teve uma inspiração diabólica. Correu para o "cavalete" e tomou o maior dos peixes: um peixe enorme, murcho, quase maior que ela. Com um grito estridente, lançou-se sobre a aterrorizada Rilla, brandindo o estranho míssil. A coragem de Rilla a abandonou. Ser surrada com um peixe seco era algo tão impensável que Rilla não pôde suportar. Com um grito, soltou a cesta e saiu correndo. As belíssimas frutas, que Susan havia selecionado com tanto esmero para o pastor, rolaram em uma torrente rosada sobre a trilha empoeirada e foram pisoteadas pelos pés voadores da perseguidora e da perseguida. Para Mary, a cesta e seu conteúdo já não importavam mais. Só pensava como era delicioso dar a Rilla Blythe o maior susto de sua vida. Ia ensiná-la a não vir andando toda pomposa, por causa de suas roupas elegantes.

Rilla correu colina abaixo e seguiu pela rua. O pavor conferiu asas aos seus pés, mas a menina mal conseguiu se manter à frente de Mary, que corria entorpecida por sua própria risada, mas com fôlego suficiente para emitir alaridos apavorantes, agitando o bacalhau no ar. Cruzaram pela principal rua de Glen, enquanto as pessoas corriam para as janelas e portões para ver o que estava acontecendo. Mary percebeu que estava causando uma tremenda sensação e aproveitou cada momento. Rilla, cega pelo terror, e sem fôlego, sentia que não conseguiria mais correr. Dentro de um instante, aquela menina terrível estaria em cima dela, com o bacalhau. Neste momento, a pobre criatura tropeçou e caiu em uma poça de lama no final da rua, justo quando Miss Cornelia saía do armazém de Carter Flagg.

Com um único olhar, Miss Cornelia captou toda a situação, assim como Mary. A última se deteve em sua corrida desenfreada e, antes que Miss Cornelia pudesse dizer qualquer coisa, Mary tinha dado a volta e estava correndo colina acima, na mesma velocidade com que havia descido. Miss Cornelia apertou os lábios de forma ameaçadora, mas sabia que não tinha sentido tentar persegui-la. Em vez disso, recolheu a pobre Rilla, despenteada e chorosa, e a levou para casa. A menina estava desconsolada. O vestido, as sapatilhas e o chapéu estavam arruinados, e o orgulho de seus seis anos de idade tinha sido terrivelmente ferido.

Susan, pálida por causa da indignação, ouviu a história contada por Miss Cornelia, sobre a façanha de Mary Vance.

— Oh, aquela atrevida! — oh, a atrevidinha! — dizia enquanto carregava Rilla, para ser lavada e confortada.

— Esse assunto já foi longe demais, querida Anne — disse Miss Cornelia, resoluta. — Algo precisa ser feito. *Quem* é essa criatura que vive na casa pastoral, e de onde ela veio?

— Pelo que entendi, é uma garotinha do outro lado do porto, que está visitando as crianças — respondeu Anne, que conseguia enxergar o lado cômico da perseguição do bacalhau e, secretamente, achava que Rilla era um pouco vaidosa e que precisava de uma lição ou outra.

— Conheço todas as famílias do outro lado do porto que frequentam a nossa igreja e aquela diabinha não pertence a nenhuma delas — retorquiu Miss Cornelia. — Veste-se com farrapos e, quando vai à igreja, usa as roupas velhas de Faith Meredith. Tem algum mistério aí e eu vou investigar, já que parece que ninguém mais fará isso. Creio que ela foi responsável pelos ocorridos no bosque de abetos de Warren Mead, no outro dia. Ficou sabendo que o susto que a mãe levou causou-lhe um desmaio?

— Não. Soube que Gilbert foi chamado para examiná-la, mas não soube qual tinha sido o problema.

— Bom, você sabe que ela tem o coração frágil. E um dia, na semana passada, quando estava sozinha na varanda, ouviu os gritos mais terríveis de "assassino" e "socorro" vindos do bosque, gritos realmente assustadores, querida Anne. O coração dela falhou. Warren mesmo os ouviu no celeiro e o rapaz foi direto ao bosque para investigar. Então, encontrou todas as crianças da casa pastoral sentadas em um tronco de árvore caído, gritando "assassino" a plenos pulmões. Contaram a ele que estavam apenas brincando e não pensaram que alguém poderia ouvi-los. Estavam apenas brincando de emboscadas indianas. Warren voltou para casa e encontrou a pobre mãe inconsciente na varanda.

Susan, que tinha retornado, erguia o nariz de modo desdenhoso.

— Acho que ela estava bem longe de estar inconsciente. Faz quarenta anos que ouço falar do coração frágil de Amelie Warren. Já era assim quando tinha vinte anos. Ela adora armar um rebuliço e chamar o médico, e qualquer desculpa já causa o efeito desejado.

— Creio que Gilbert não considerou o ataque muito sério — comentou Anne.

— Oh, isso é bem provável — disse Miss Cornelia. — Mas, o assunto deu muito o que falar, e o fato da família Mead ser metodista torna tudo ainda muito pior. O que vai ser daquelas crianças? Às vezes, não consigo dormir à noite, pensando nelas, querida Anne. Francamente, me pergunto se elas comem o suficiente, pois o pai delas está tão imerso em seus sonhos que nem sempre se lembra de que têm estômago. E aquela velha preguiçosa não se importa em cozinhar o que devia. Aquelas crianças estão se tornando selvagens e, agora que a escola está terminando, vão ficar piores do que nunca.

— Elas realmente se divertem — disse Anne, rindo ao recordar algumas ocorrências do Vale do Arco-íris que tinham chegado aos seus ouvidos. — E elas são todas valentes, francas, leais e genuínas.

— Isso é uma grande verdade, querida Anne, e quando a gente pensa em todos os problemas provocados na igreja, pelos jovens fofoqueiros e mentirosos do último pastor, me sinto inclinada a passar por alto muitas das atitudes dos Merediths.

— Ao final das contas, querida Mrs. Dr. Blythe, eles são ótimas crianças — disse Susan. — Há muito do pecado original neles, isso tenho que admitir, mas talvez seja melhor assim, porque senão seriam insuportáveis por serem muito doces. Só não acho certo que eles brinquem no cemitério e vou me manter firme nisso.

— Mas eles realmente brincam muito tranquilamente no cemitério — disse Anne, para desculpá-los. — Não correm e gritam como em outros lugares, como os berros que soltam lá no Vale do Arco-íris. Apesar de ter a sensação de que a minha trupe tem uma grande parte da responsabilidade. Ontem à noite, tiveram a simulação de uma batalha e eles mesmos tinham que "rugir", pois não tinham artilharia, foi o que Jem disse. Ele está naquela fase em que os meninos anseiam ser soldados.

— Bem, graças a Deus, Jem nunca será um soldado — disse Miss Cornelia. — Eu nunca estive de acordo que nossos rapazes fossem resolver essa rusga na África do Sul. Mas, já terminou e é provável que jamais venha a acontecer algo parecido. Acho que o mundo está se tornando mais sensato. Quanto aos Merediths, já disse muitas vezes, e digo novamente: se Mr. Meredith tivesse uma esposa, tudo ficaria bem.

— Na semana passada, ele foi duas vezes visitar a casa da família Kirk, foi o que me contaram — insinuou Susan.

— Bem — assentiu Miss Cornelia, pensativa —, como regra, não aprovo que um pastor se case com alguém de sua congregação. Em geral, isso pode torná-lo mimado. Mas, nesse caso não causaria danos, pois todos gostam de Elizabeth Kirk e ninguém mais está ansiando pelo cargo de madrasta daquelas crianças. Até mesmo as meninas Hill se recusam a concorrer a esse cargo. Ninguém as surpreendeu tentando capturar Mr. Meredith. Elizabeth seria uma boa esposa, se o ministro a escolhesse. Mas, o problema é que ela é realmente feia, querida Anne, e Mr. Meredith, por mais distraído que seja, tem bom olho para as moças bonitas, como é típico dos homens. Ele não é tão espiritual quando se trata disso, acredite-me.

— Elizabeth Kirk é uma boa pessoa, mas dizem que há pessoas que já estiveram a ponto de morrer no quarto de hóspedes da mãe dela, querida Mrs. Dr. Blythe — comentou Susan, sombriamente. — Se eu achasse que tinha qualquer direito de expressar uma opinião com relação a um assunto tão solene quanto o de um pastor, diria que a prima de Elizabeth, Sarah, que mora do outro lado do porto, seria uma esposa muito melhor para Mr. Meredith.

— Ora, Sarah Kirk é uma metodista! — exclamou Miss Cornelia, como se Susan tivesse sugerido uma mulher da tribo dos Cóis[7] para ser a nova senhora da reitoria.

---

7 - Os Cóis ou Khoi, são um grupo de pessoas Khoisan nativas do sudoeste da África, que praticam a agricultura. [N.E.]

— Provavelmente se tornaria presbiteriana, se fosse se casar com Mr. Meredith — retorquiu Susan.

Miss Cornelia negou com a cabeça. Evidentemente, para ela a questão era: uma vez metodista, sempre metodista.

— Sarah Kirk está absolutamente fora de questão — declarou, convencida. — Bem como Emmeline Drew, apesar de que a família Drew está toda tentando promover a união. Estão, literalmente, jogando a pobre Emmeline na cabeça do pastor e ele nem se dá conta.

— Emmeline Drew não tem bom senso, devo reconhecer — disse Susan. — Ela é o tipo de mulher, querida Mrs. Dr. Blythe, que coloca uma bolsa de água quente na sua cama, em uma noite de cão, e fica ofendida porque você não a agradeceu. E a mãe dela era uma péssima dona de casa. Nunca ouviu a anedota do pano de pratos? Um dia, ela perdeu o pano de pratos. Mas, no dia seguinte, o encontrou. Oh, sim, querida Mrs. Dr. Blythe, ela o encontrou dentro do ganso, na hora da refeição, misturado com o recheio. A senhora acha que uma mulher assim poderia ser a sogra de um pastor? Eu não acho. Mas, sem dúvida, era melhor que eu estivesse remendando as calças do pequeno Jem, do que fazendo fofocas sobre meus vizinhos. Ele rasgou de cima a baixo na noite passada, no Vale do Arco-íris.

— Onde está o Walter? — perguntou Anne.

— Temo que não esteja fazendo nada de bom, querida Mrs. Dr. Blythe. Ele está no sótão, escrevendo algo no caderno. E, nesse semestre, não foi tão bem em Matemática como deveria, me disse o professor. E eu sei muito bem a razão. Ele fica escrevendo versos bobos, quando deveria estar fazendo contas. Temo que aquele garoto vai ser um poeta, querida Mrs. Dr. Blythe.

— Ele já é um poeta, Susan.

— Bem, a senhora leva isso muito calmamente, querida Mrs. Dr. Blythe. Suponho que seja a melhor maneira, quando a pessoa tem força para se resignar. Eu tive um tio que começou como um poeta e terminou como um mendigo. Nossa família tinha muita vergonha dele.

— Parece que você não tem uma opinião muito elevada sobre os poetas, Susan — disse Anne, rindo.

— E quem é que tem, querida Mrs. Dr. Blythe? — perguntou Susan, em genuíno assombro.

— E o que me diz sobre Milton e Shakespeare? E os poetas da Bíblia?

— Contaram-me que Milton não se dava muito bem com a esposa e Shakespeare não era muito respeitável em algumas ocasiões. E, quanto à Bíblia, claro que as coisas eram diferentes naqueles tempos sagrados, apesar de que nunca tive uma opinião muito elevada sobre o Rei Davi, diga o que quiser dizer. Nunca vi sair nada de bom ao escrever poesias e espero e oro para que o abençoado menino deixe essa inclinação. Do contrário, veremos o que o azeite de fígado de bacalhau pode fazer.

CAPÍTULO VIII

Miss Cornelia intervém

No dia seguinte, Miss Cornelia se apresentou na reitoria e interrogou Mary, que sendo uma pessoinha de considerável discernimento e astúcia, contou sua história de forma simples e verdadeira, com uma absoluta falta de queixas ou presunção. Miss Cornelia ficou mais favoravelmente impressionada do que esperava ficar, mas considerou que tinha o dever de ser severa.

— Você acha — disse em tom severo — que demonstrou gratidão para essa família, que até agora tem sido tão boa para você, ao insultar e perseguir uma amiguinha deles, como fez ontem?

— Sim, foi muita crueldade da minha parte — admitiu Mary, sem dificuldade. — Não sei o que me possuiu. Aquele bendito bacalhau estava à mão. Mas, depois eu me arrependi muito, chorei muito à noite, quando fui me deitar, eu juro. Pergunte a Una se não chorei. Não quis dizer a ela qual era a razão, pois estava muito envergonhada e, então, ela chorou também, pois temia que alguém tivesse ferido os meus sentimentos. Imagina, justo eu que não tenho sentimentos dignos de serem feridos. O que me preocupa é que Mrs. Wiley não tenha vindo me caçar. Não é típico dela.

Miss Cornelia pensou mesmo que era um pouco estranho, mas limitou-se a admoestar Mary com dureza, para que não tomasse mais liberdades com o bacalhau do pastor, e dirigiu-se a Ingleside para informar o progresso da interrogação.

— Se a história que a menina contou é verdadeira, temos que investigar esse assunto — informou. — Sei algumas coisas sobre essa tal de Mrs. Wiley, acredite. Marshall a conhecia bem, quando vivia do outro lado do porto. No verão passado, o ouvi dizendo algo sobre Mrs. Wiley e sobre uma menina de orfanato, provavelmente essa mesma Mary. Disse-me, que alguém lhe contou, que essa mulher estava matando a menina de tanto trabalhar, e quase não lhe dava nada para comer ou vestir. Sabe, querida Anne, sempre foi meu costume não interferir nos assuntos deles, nem me misturar com aquela gente do outro lado do porto. Mas, amanhã vou mandar Marshall lá para averiguar a verdade, se ele puder. *E, então,* falarei com o pastor. Veja bem, querida Anne, os Merediths encontraram essa menina, literalmente, morrendo de fome, no antigo celeiro de James Taylor. Tinha passado a noite ali, com frio e fome, e solitária. E a gente dormindo, aquecidos em nossas camas, depois de um bom jantar.

— Pobrezinha — disse Anne, imaginando um de seus queridos bebês com frio, fome e solitários, em tais circunstâncias. — Se a tratavam mal lá, Miss Cornelia, não deve ser levada de volta para esse lugar. Eu fui uma órfã em situação muito similar.

— Vamos ter que consultar os responsáveis pelo orfanato de Hopetown — pontuou Miss Cornelia. — Mas, a questão é que não podemos deixá-la na casa pastoral. Só Deus sabe o que aquelas pobres crianças podem aprender com ela. Pelo que entendi, já ouviram a menina praguejar. Mas, imagine, a menina está ali há duas semanas e Mr. Meredith nem se deu conta disso! Como pode um homem assim ter uma família? Ora, querida Anne, ele devia ser um monge.

Duas noites depois, Miss Cornelia estava de volta a Ingleside.

— Aconteceu algo incrível! — exclamou. — Mrs. Wiley foi encontrada morta em sua cama, na manhã seguinte à fuga de Mary. Fazia anos que a senhora sofria com problemas de coração e o médico lhe advertira que poderia acontecer algo a qualquer momento. Tinha dado folga ao empregado e não havia mais ninguém na casa. Alguns vizinhos a encontraram no dia seguinte. Estranharam a ausência da menina, mas acharam que Mrs. Wiley tinha mandado Mary para a casa da prima, que mora perto de Charlottetown, como dissera que iria fazer. A prima não foi ao funeral e ninguém jamais descobriu que Mary não estava com ela. As pessoas com quem Marshall conversou lhe contaram algumas coisas sobre a forma como Mrs. Wiley tratava a menina, que, segundo ele, o fizeram ferver o sangue. Sabe, Marshall perde a cabeça quando fica sabendo de alguém que maltrata crianças. Dizem que a açoitava sem dó, até pela menor falta ou erro. Algumas pessoas pensaram em escrever às autoridades do orfanato, mas os assuntos dos outros não são da conta de ninguém, portanto, não fizeram nada.

— Lamento que essa Wiley esteja morta — grunhiu Susan, com ferocidade. — Gostaria de ter ido até o outro lado do porto, para lhe dizer exatamente o que eu penso. Deixando a criança morrer de fome e batendo nela, querida Mrs. Dr. Blythe! Como a senhora bem sabe, estou de acordo com uns bons tapas, mas nada além disso. E o que vai ser dessa pobre criança agora, Mrs. Marshall Elliott?

— Suponho que tenha que ser mandada de volta a Hopetown — disse

Miss Cornelia. — Creio que, por aqui, aqueles que poderiam querer uma criada já têm uma. Vou fazer uma visita a Mr. Meredith e dizer a ele minha opinião sobre todo esse assunto.

— Não tenho a menor dúvida de que ela irá, querida Mrs. Dr. Blythe — comentou Susan, depois que Miss Cornelia partiu. — Nada pode detê-la. Não deixaria nem mesmo de arrebentar a cúpula da igreja, se colocasse isso na cabeça. Mas, não consigo entender como Cornelia Bryant pode falar com o pastor daquele jeito. Ela o trata como se fosse uma pessoa qualquer.

Quando Miss Cornelia partiu, Nan Blythe saiu da rede onde estava encolhida, estudando a lição, e saiu de fininho até o Vale do Arco-íris. Os outros já estavam reunidos ali. Jem e Jerry estavam brincando do jogo das malhas, com velhas ferraduras que pegaram emprestadas do ferreiro de Glen. Carl estava perseguindo formigas numa colina ensolarada. Walter, deitado de bruços entre as samambaias, estava lendo em voz alta para Mary, Di, Faith e Una um maravilhoso livro de mitologia, onde havia os fascinantes relatos de Preste John[8] e o Judeu Errante[9], varinhas divinas e homens com rabos; sobre Schamir, a minhoca que partia rochas ao meio e abria o caminho para o tesouro de ouro; sobre as Ilhas da Fortuna, e donzelas-cisne. Foi um grande choque para Walter saber que Guilherme Tell[10] e Gelert também eram mitos; e a história sobre o Bispo Hatto o manteria desperto toda aquela noite, mas as que mais gostava eram as histórias do Flautista de Hamelin[11] e o Santo Graal[12]. Leu todas as histórias emocionado, enquanto os sinos nas Árvores Amantes tilintavam, agitados pelo vento de verão, e a frescura das sombras do entardecer se apoderava do vale.

— Diga lá, não são mentiras interessantes? — comentou Mary, admirada, quando Walter fechou o livro.

— Não são mentiras — disse Di, indignada.

— Não vai me dizer que são verdades? — questionou Mary, incrédula.

---

8 - Preste John foi um lendário soberano cristão do Oriente, que detinha funções de patriarca e rei. Dizia-se que era um homem virtuoso, e um governante generoso. O reino de Preste John foi objeto de uma busca que instigou a imaginação de gerações de aventureiros, mas que sempre permaneceu fora de seu alcance. [N.T.]
9 - O Judeu Errante, também chamado de Aasvero, Asvero ou Ashver, é um personagem mítico que faz parte da tradição oral cristã. Diz a lenda que Ahsverus foi contemporâneo de Jesus e trabalhava num curtume ou oficina de sapateiro em Jerusalém, numa das ruas por onde passavam os condenados à morte por crucificação, carregando suas cruzes. Na sexta-feira da Paixão, Jesus, passando por aquele mesmo caminho, carregando sua cruz, teria sido importunado com ironias, ou agredido verbal e fisicamente pelo coureiro Ahsverus. Jesus, então, o teria amaldiçoado, condenando-o a vagar pelo mundo, sem nunca morrer, até Sua volta, no fim dos tempos. [N.T.]
10 - Guilherme Tell foi um herói lendário do início do século XIV, de disputada autenticidade histórica, que se pensa ter vivido no cantão de Uri, na Suíça. [N.T.]
11 - O Flautista de Hamelin é um conto folclórico escrito pela primeira vez pelos Irmãos Grimm, e que narra um desastre incomum acontecido na cidade de Hamelin, na Alemanha, em 26 de junho de 1284. [N.T.]
12 - Santo Graal é uma expressão medieval que designa normalmente o cálice usado por Jesus Cristo na Última Ceia e onde, na literatura, José de Arimateia colheu o sangue de Jesus durante a crucificação. [N.T.]

— Não — não exatamente. São como aquelas histórias de fantasma que você contou. Não são verdade, mas você não esperava que acreditássemos, então não eram mentiras.

— Essa história sobre a varinha mágica não é mentira? — disse Mary. — O velho Jake Crawford, que mora do outro lado do porto, pode fazer a mesma mágica. Mandam chamá-lo de todas as partes, quando querem cavar um poço. E acho que conheço o Judeu Errante.

— Oh, Mary — disse Una, assombrada.

— É sério. Juro pela minha vida. Um dia, no outono passado, apareceu um velho na casa de Mrs. Wiley. Ele parecia velho o bastante para ter *qualquer* idade. A velha estava perguntando a ele sobre postes de cedro, se achava que eram duráveis. E o homem disse: "Se duram? Duram mil anos. Eu sei, porque os usei duas vezes". Ora, se ele tinha dois mil anos, quem ia ser senão o Judeu Errante?

— Não acho que o Judeu Errante iria se associar com uma pessoa como Mrs. Wiley — rebateu Faith, de forma decisiva.

— Eu adoro a história do Flautista de Hamelin — disse Di —, e a mamãe também. Eu sempre lamento pelo pobre menino aleijado, que não conseguiu acompanhar os outros e ficou fora da montanha. Deve ter ficado tão desapontado. Acho que pelo resto da vida ele deve ter se questionado que coisa maravilhosa devia ter perdido, e desejado ter podido entrar com os outros.

— Mas, como a mãe do menino aleijado deve ter ficado contente! — disse Una, com suavidade. — Acho que ela deve ter passado a vida toda triste porque o filho era deficiente. Talvez, até chorasse por isso. Mas, nunca mais lamentaria, nunca mais. Ficaria contente por ele ser aleijado, pois esse tinha sido o motivo porque não tinha perdido o filho.

— Algum dia — manifestou Walter, sonhador, olhando para o céu ao longe —, o Flautista de Hamelin virá por essa colina e descerá até o Vale do Arco-íris, tocando uma alegre e doce melodia. E eu o seguirei... o seguirei até a costa, até o mar, para longe de todos vocês.

— Não creio que eu queira ir — disse Jem —, mas você, sim, vai ansiar por ir.

— E será uma aventura incrível e é evidente que eu não vou querer ir. E *terei* de ir. A música me chamará, chamará, chamará, até que não tenha outra alternativa *a não ser* segui-lo.

— Nós todos iremos — exclamou Di, inflamando-se nas chamas da imaginação de Walter, e chegando quase a acreditar que podia ver a figura zombeteira do místico Flautista, que se afastava pelo escuro e distante extremo do vale.

— Não. Vocês ficarão aqui sentadas, esperando — disse Walter, com seus grandes e esplêndidos olhos cheios de um estranho brilho. — Vão esperar pelo nosso regresso. E, talvez, não voltemos, pois não podemos voltar enquanto o Flautista estiver tocando. Pode ser que nos leve por todo o mundo. E ainda assim vocês vão seguir sentadas aqui, *esperando*.

— Ei, pare com isso! — exclamou Mary, estremecendo. Não fale assim, Walter Blythe. Você me dá medo. Quer que eu comece a chorar? Posso até ver o horrendo Flautista se afastando cada vez mais e vocês, meninos, os seguindo, e nós, meninas, sentadas aqui sozinhas, esperando. Não sei por que isso acontece. Eu nunca fui muito do tipo chorona, mas assim que você começa com suas histórias, sempre me dá vontade de chorar.

Walter sorriu, em triunfo. O garoto gostava de exercer esse poder sobre os companheiros. Brincar com seus sentimentos, despertar seus temores, comover suas almas. Satisfazia algum instinto dramático que existia nele. Mas, por baixo de seu triunfo, experimentava a estranha e fria sensação de um temor misterioso. O Flautista de Hamelin tinha parecido muito real para ele, como se o leve véu que ocultava o futuro tivesse, por um momento, se erguido na noite iluminada pelas estrelas do Vale do Arco-íris, e lhe fosse permitido ter um delicado vislumbre dos anos por vir.

Carl, vindo da terra das formigas, se aproximou e trouxe todos eles de volta ao território dos fatos reais.

— As formigas são tão interessantes! — exclamou Mary, contente por escapar do sombrio jugo do Flautista. — Carl e eu observamos aquele formigueiro no cemitério durante todo o sábado à tarde. Nunca pensei que existisse tantas coisas sobre os insetos. Olha, mas são coisinhas briguentas. Algumas delas gostam de comprar briga por qualquer motivo, pelo que eu pude ver. E algumas delas são covardes. Ficavam tão assustadas que se enrolavam como bolas e deixavam as outras brigarem. Algumas delas são preguiçosas e não querem trabalhar. Vimos como fugiam do trabalho. E teve uma formiga que morreu de tristeza, porque a outra foi assassinada. Ela não quis trabalhar... não quis comer... e então morreu... eu juro por deeeee...ixa eu me calar...

Fez-se, então, um silêncio chocante. Todos sabiam que Mary não tinha começado a dizer "deixa eu me calar". Faith e Di trocaram olhares que poderiam ter sido creditados à própria Miss Cornelia. Walter e Carl pareceram desconfortáveis e os lábios de Una tremeram.

Mary se mexeu, também desconfortável.

— É que me escapou, antes que eu pensasse. Foi mesmo. Digo, tão certo quanto eu vivo, e engoli a metade. Vocês daqui são muito impressionáveis, ao que me parece. Queria que vocês tivessem ouvido os Wileys quando tinham uma briga.

— Damas não dizem esse tipo de coisas — disse Faith, com um recato que não lhe era usual.

— Não está certo — sussurrou Una.

— Eu não sou nenhuma dama — disse Mary. — Que chance eu já tive de ter sido uma dama? Mas, não voltarei a dizer isso, se puder evitar. Eu prometo.

— Além disso — disse Una —, você não pode esperar que Deus responda suas orações, se você toma o Seu nome em vão, Mary.

— Não espero que Ele responda as minhas orações de maneira nenhuma — disse Mary, com pouca fé. — Faz uma semana que tenho pedido a Ele para acertar esse assunto da Wiley e Deus não fez nada. Vou desistir.

E, neste momento, Nan chegou, ofegante.

— Oh, Mary, tenho novidades para você. Mr. Elliott esteve do outro lado do porto e você não imagina o que ele descobriu! Mrs. Wiley faleceu. Foi encontrada morta na cama, na manhã depois que você fugiu. Então, você nunca mais vai ter que voltar para ela.

— Morta! — exclamou Mary, estupefata. E logo estremeceu.

— Você acha que minhas orações têm alguma coisa a ver com isso? — perguntou a menina, suplicante, dirigindo-se a Una. — Se tiver, eu nunca mais vou orar novamente, enquanto viver. Ora, ela pode voltar para me assombrar.

— Não, não, Mary — disse Una, consolando-a —, não teve nada a ver. Ora, Mrs. Wiley morreu muito tempo antes que você começasse a orar sobre isso.

— É, isso é — disse Mary, recuperando-se do pânico. — Mas, vou lhe dizer, levei um susto. Não iria gostar de pensar que eu orei pela morte de alguém. Não pensava na morte dela quando orava. Não me parecia que ela fosse do tipo de gente que morria. Mrs. Elliott disse alguma coisa sobre mim?

— Ela disse que é provável que você tenha que voltar ao orfanato.

— Foi o que eu pensei — disse Mary, com tristeza. — E, então, eles vão me entregar de novo, provavelmente para alguém assim como Mrs. Wiley. Bem, suponho que eu poderei suportar. Sou durona.

— Vou orar para que você não tenha que voltar — sussurrou Una, enquanto Mary e ela caminhavam de volta para a casa pastoral.

— Pode fazer o que quiser — disse Mary, com decisão —, mas juro que eu não vou orar. *Me* dá muito medo essa história de orar. Olha o que aconteceu. Se Mrs. Wiley *tivesse* morrido depois que eu comecei a orar, isso teria sido por minha culpa.

— Oh, não, não teria sido culpa sua — disse Una. — Quem me dera eu conseguisse explicar melhor as coisas — o papai conseguiria, se você conversasse com ele, Mary.

— Nem pensar! Não sei o que pensar do seu pai, essa é a verdade. Ele passa ao meu lado em plena luz do dia e nem me vê. Não sou orgulhosa, mas também não sou um capacho!

— Oh, Mary, esse é só o jeito do papai. Na maior parte do tempo ele também não nos enxerga. Está sempre pensando profundamente, isso é tudo. E eu *vou* orar para que Deus permita que você fique em Four Winds, porque eu gosto de você, Mary.

— Tudo bem. Só não me conte de mais ninguém morrendo por causa das orações — disse Mary. — Eu gostaria de ficar em Four Winds. Gosto daqui, e gosto do porto e do farol. E gosto de vocês e dos Blythes. Vocês são os únicos amigos que já tive na vida e odiaria ter de deixá-los.

CAPÍTULO IX

Una intervém

Miss Cornelia teve sua entrevista com Mr. Meredith, que provou ser uma espécie de choque para o distraído cavalheiro. Pontuou a ele, sem muita consideração, a negligência de seu dever, ao permitir que uma órfã como Mary Vance entrasse na família e se relacionasse com os filhos, sem conhecer ou questionar nada sobre ela.

— Não digo que possa ter causado muito dano, é claro — concluiu ela. — Essa menina Mary não é o que se pode chamar de má, afinal de contas. Tenho conversado com seus filhos e com os Blythes, e pelo que deduzi não há muito que possa ser dito contra a menina, a não ser que é dada a falar de maneira informal e não usa um vocabulário muito refinado. Mas, imagine o que poderia ter acontecido se ela fosse como algumas dessas crianças de orfanato que conhecemos? O senhor bem sabe o que aquela pobre criança que Jim Flagg tinha ensinou aos filhos dele.

Mr. Meredith sabia e se sentiu sinceramente chocado por seu próprio descuido sobre o assunto.

— Mas, o que devemos fazer, Mrs. Elliott? — perguntou, impotente. — Não podemos colocar a pobre criança para fora. Devemos tomar conta dela.

— Mas, é claro! Devemos escrever para as autoridades do orfanato de Hopetown imediatamente. Enquanto isso, suponho que ela poderia ficar mais alguns dias aqui, até que recebamos a resposta. Mas, mantenha os olhos e ouvidos abertos, Mr. Meredith.

Susan teria morrido de horror na mesma hora, se ouvisse Miss Cornelia repreendendo um pastor. Mas, Miss Cornelia partiu envolta na cálida satisfação do dever cumprido e, naquela noite, Mr. Meredith pediu que Mary viesse até seu escritório. Mary obedeceu, morta de medo. Porém, teve a maior surpresa de sua pobre e infeliz vida. Aquele homem, de quem ela tinha tido tanto pavor, era a alma mais gentil e bondosa que já conhecera. Antes que pudesse compreender o que estava acontecendo, Mary se encontrou contando todos os seus problemas e recebendo em troca muitas demonstrações de simpatia e terna compreensão, como jamais lhe teria ocorrido imaginar. Mary saiu do escritório com o rosto e os olhos tão suavizados, que Una quase não a reconheceu.

— Seu pai é uma boa pessoa quando está acordado — comentou com um gesto que a duras penas não se tornou um soluço. — É uma pena que não se desperte com tanta frequência. Ele me disse que eu não tinha culpa da morte de Mrs. Wiley, mas que devo tentar pensar em suas qualidades, e não nos defeitos dela. Não sei que qualidades ela tinha, a não ser que mantinha a casa limpa e fazia uma manteiga de primeira. Eu sei que quase perdi meus braços esfregando o velho piso da cozinha, com os nós da madeira e tudo. Mas, qualquer coisa que seu pai me disser, a partir de hoje, para mim estará bem.

Entretanto, Mary provou ser uma companheira bastante sem graça nos dias seguintes. Confidenciou a Una que quanto mais pensava em ter que voltar ao orfanato, mais odiava a ideia. Una queimava os neurônios pensando em alguma maneira de evitar esse fim, mas foi Nan Blythe que veio em resgate, com uma surpreendente solução.

— Mrs. Elliott mesma poderia ficar com Mary. Ela tem uma boa casa, bem grande, e Mr. Elliott sempre diz que ela precisa de ajuda. Seria um lugar esplêndido para Mary. Ela teria apenas que se comportar.

— Oh, Nan, você acha que Mrs. Elliott aceitaria ficar com ela?

— Não faria nenhum mal se perguntássemos — disse Nan.

A princípio, Una não achou que conseguiria. Ela era tão tímida, que pedir um favor a qualquer pessoa se tornava uma agonia. E tinha verdadeiro pavor da agitada e energética Mrs. Elliott. Gostava muito dela e sempre desfrutava das visitas que faziam à casa da boa senhora, mas ir até ela e pedir que adotasse Mary Vance parecia tal nível de presunção, que o espírito tímido de Una fraquejava.

Quando as autoridades de Hopetown escreveram a Mr. Meredith dizendo que ele deveria enviar Mary imediatamente, a menina chorou até dormir naquela noite, no quarto do sótão, e Una armou-se de desesperada coragem. Na noite seguinte, Una saiu escondida da reitoria e tomou a estrada do porto. No Vale do Arco-íris se ouviam as risadas alegres, mas não era para ali que levavam seus passos. Estava terrivelmente pálida e tão terrivelmente solene. Tão séria ela estava que não reparava nas pessoas que encontrava, e a velha Mrs. Stanley Flagg ficou bufando e disse que Una Meredith seria tão distraída como o pai quando crescesse.

Miss Cornelia vivia no meio do caminho entre Glen e a Ponta de Four Winds, numa casa cujo matiz original de verde reluzente havia diluído até chegar num agradável cinza esverdeado. Marshall Elliott plantara árvores ao redor da casa, um jardim de rosas e uma cerca de abetos. Era um lugar muito diferente do que havia sido anos atrás. As crianças do pastor e as crianças de Ingleside adoravam ir ali. Era uma belíssima caminhada até a antiga estrada do porto e sempre havia uma lata cheia de biscoitos no final do caminho.

O mar nebuloso respingava suavemente na areia. Três grandes botes se moviam sobre a água no porto, como grandes gaivotas brancas, enquanto uma escuna estava entrando pelo canal. O mundo em Four Winds estava embebido em uma cor resplandecente, numa sutil canção, que causava um estranho encantamento, e todos deviam estar felizes neste ambiente. Mas, quando Una chegou ao portão de Miss Cornelia, suas pernas praticamente se negavam a levá-la adiante.

Miss Cornelia estava sozinha na varanda. Una tinha a esperança de que Mr. Elliott estivesse em casa. Ele era tão grande, cordial e vivaz, e Una se sentiria alentada por sua presença. A filhinha do pastor se sentou no banquinho que Miss Cornelia trouxe, e tentou comer o bolinho que ela lhe ofereceu. O bolinho ficou preso na garganta, mas Una o engoliu em desespero, temendo que Miss Cornelia ficasse ofendida. Não conseguia falar. Una continuava muito pálida e seus grandes olhos azul-escuros pareciam tão pesarosos, que Miss Cornelia concluiu que a criança estava com algum problema.

— No que está pensando, minha querida? — perguntou. — Está acontecendo alguma coisa, isso é evidente.

Una, com ímpeto, engoliu o último pedaço do bolinho.

— Mrs. Elliott, a senhora não gostaria de ficar com Mary Vance? — perguntou, resumidamente.

Miss Cornelia a encarou, desconcertada.

— Eu?! Ficar com Mary Vance! Quer que ela venha morar aqui?

— Sim, ficar com ela, adotá-la — disse Una, ansiosa, ganhando coragem, agora que já tinha quebrado o gelo. — Oh, Mrs. Elliott, *por favor*, fique com ela! Mary não quer voltar para o orfanato, chora todas as noites por causa disso. Ela tem muito medo de ser mandada para um lugar ruim, como o anterior. E ela é *tão* inteligente, não há nada que Mary não possa fazer. Sei que a senhora não se arrependerá, se ficar com ela.

— Nunca pensei em tal coisa — enfatizou Miss Cornelia, um pouco relutante.

— A senhora *não pode nem* pensar no assunto? — implorou Una.

— Mas, querida, eu não preciso de ajuda. Sou completamente capaz de fazer todo o serviço que há para ser feito aqui. E nunca pensaria em adotar uma menina, ainda que precisasse de ajuda.

A luz se apagou dos olhos de Una. Seus lábios tremeram. Una se sentou novamente no banquinho, compondo uma patética figurinha de desapontamento, e começou a chorar.

— Não... querida... não! — exclamou Miss Cornelia, preocupada, pois não suportava magoar uma criança. — Não digo que *não vou* ficar com ela. Mas, a ideia é tão nova que me deixou totalmente desconcertada. Preciso pensar.

— Mary é *tão* inteligente — Una voltou a dizer.

— Hum! Isso eu já ouvi dizer. Ouvi falar que ela pragueja também. É verdade?

— Nunca a ouvi praguejar *de fato* — balbuciou Una, desconfortável. — Mas, temo que ela *possa* fazê-lo, se quiser.

— Eu acredito em você! Ela diz sempre a verdade?

— Creio que sim, a não ser quando tem medo de uma surra.

— E ainda assim, você quer que eu fique com ela!

— Alguém tem que ficar com ela — soluçou Una. — Alguém tem que cuidar dela, Mrs. Elliott.

— Isso é verdade. Talvez, *seja* meu dever tomar conta dela — disse Miss Cornelia, com um suspiro. — Bem, terei que conversar com Mr. Marshall sobre isso. Então, não diga nada sobre o assunto a ninguém. Vamos, coma outro bolinho, querida.

Una pegou mais um bolinho e o comeu com melhor apetite.

— Eu gosto muito de bolinhos — confessou. — A tia Martha nunca faz nenhum tipo para a gente. Mas, Miss Susan, de Ingleside, sim. E, às vezes, ela nos deixa comer um prato cheio no Vale do Arco-íris. Sabe o que eu faço quando estou faminta por bolinhos e não tenho nenhum, Mrs. Elliott?

— Não, querida, o quê?

— Eu pego o velho livro de receitas da mamãe e leio a receita de bolinho e as outras receitas. Parecem *tão* apetitosas. Eu sempre faço o mesmo quando estou com fome, especialmente quando temos "outra vez" para o jantar. *Então*, eu leio a receita de frango frito e do ganso assado. A mamãe preparava todas essas coisas deliciosas.

— Aquelas crianças da casa pastoral ainda vão morrer de fome, se Mr. Meredith não se casar — disse Miss Cornelia, com indignação, ao marido, depois que Una foi embora. — Mas, ele não se casa, o que vamos fazer? E você acha que devemos ficar com essa menina Mary, Marshall?

— Sim, fique com ela — disse Marshall, lacônico.

— Típico de um homem — disse a esposa, impotente. — Fique com ela, como se isso fosse tudo. Há mil coisas a serem consideradas, acredite-me.

— Fique com ela e consideraremos tudo depois, Cornelia — disse o marido.

Ao final, Miss Cornelia realmente decidiu ficar com Mary Vance e foi primeiro anunciar sua decisão aos habitantes de Ingleside.

— Esplêndido! — exclamou Anne, encantada. — Estava desejando que fizesse exatamente isso, Miss Cornelia. Queria que essa pobre menina tivesse uma boa casa. Eu fui uma pequena órfã sem lar, assim como Mary Vance.

— Não me parece que essa Mary seja e nem vá ser como você — retorquiu Miss Cornelia, sombria. — É um gato de outra raça. Mas, ela é também um ser humano, com uma alma imortal para salvar. Tenho um catecismo mais curto e uma mão firme, e vou cumprir meu dever para com ela, agora que coloquei minha mão no arado, acredite.

Mary recebeu a notícia com imensa satisfação.

— É melhor sorte do que eu esperava — disse.

— Você terá que se comportar bem com Mrs. Elliott — disse Nan.

— Bem, eu posso fazer isso — replicou Mary. — Sei como me comportar quando quero, assim como você, Nan Blythe.

— Não deve dizer palavras feias, sabe, Mary — disse Una, com preocupação.

— Suponho que ela morreria espantada, se eu dissesse — disse Mary, sorrindo, com um brilho nada divino em seus olhos brancos. — Mas, você não precisa se preocupar, Una. Vou ficar "caladinha" depois dessa. Vou falar igual a uma donzela.

— Nem contar mentiras — lembrou Faith.

— Nem mesmo para escapar de uma surra? — rogou Mary.

— Mrs. Elliott *jamais* vai lhe dar uma surra. *Jamais!* — exclamou Di.

— Não vai? — questionou Mary, com ceticismo. — Se alguma vez me encontrar em um lugar onde não me surrem, vou crer que estou no Céu. Não tenham medo que eu conte mentiras, nesse caso. Não gosto de mentir — prefiro não o fazer, se não for necessário.

No dia antes da partida de Mary da casa pastoral, as crianças organizaram um piquenique em homenagem a ela, no Vale do Arco-íris, e naquela noite todas as crianças do pastor lhe presentearam com algo de seu escasso depósito de tesouros, para que guardasse como recordação. Carl lhe deu sua arca de Noé e Jerry lhe deu sua segunda melhor harpa de boca. Faith lhe deu uma pequena escova de cabelo com um espelho na parte de trás, que Mary sempre tinha considerado muito linda. Una ficou indecisa entre uma bolsinha bordada com contas ou uma alegre pintura de Daniel na Cova dos Leões e, finalmente, ofereceu a Mary o direito de escolha. Mary ansiava de verdade pela bolsinha bordada, mas sabia o quanto Una a adorava, então lhe disse:

— Pode me dar o Daniel. Eu o prefiro, porque sou encantada pelos leões. Só queria que tivessem comido o Daniel. Teria sido mais emocionante.

Na hora de dormir, Mary convenceu Una a dormir com ela.

— Esta é a última vez — disse ela —, e está chovendo hoje à noite, e eu odeio dormir lá sozinha quando está chovendo, por causa do cemitério. Não me importo nas noites agradáveis, mas em uma noite como esta não consigo ver mais que a chuva caindo nos velhos sepulcros, e o vento na janela faz uns barulhos, como se os defuntos estivessem tentando entrar, e choram porque não conseguem.

— Eu gosto de noites chuvosas — disse Una, quando estavam encolhidas no quartinho do sótão —, e as meninas Blythe também.

— Eu não me importo quando não estou perto de cemitérios — disse Mary. — Se eu estivesse sozinha aqui, não pararia de chorar, tamanha a solidão que sentiria. Lamento muitíssimo estar deixando todos vocês.

— Mrs. Elliott vai deixar você vir brincar no Vale do Arco-íris com frequência, tenho certeza — afirmou Una. — E você *vai* ser uma boa menina, não vai, Mary?

— Oh, vou tentar — suspirou Mary. — Mas, não vai ser fácil ser boazinha. Por dentro, eu quero, mas não é fácil para mim, como é para você. Vocês não tiveram parentes tão salafrários como eu tive.

— Mas, sua família deve ter tido algumas virtudes, além dos defeitos — argumentou Una. — Você tem que viver segundo as virtudes e não levar em consideração os defeitos.

— Não creio que tivessem alguma virtude — disse Mary, sombria. — Ao menos nunca soube de nenhuma. Meu avô tinha dinheiro, mas dizem que era um patife. Não, vou ter que começar do zero e fazer o melhor que eu puder.

— E Deus vai ajudá-la, sabe, Mary, se você pedir a Ele.

— Isso eu não posso garantir.

— Oh, Mary! Você sabe que pedimos a Deus para lhe dar uma casa e Ele deu.

— Não entendo o que Deus tem a ver com isso — retorquiu Mary. — Foi você que colocou essa ideia na cabeça de Mrs. Elliott.

— Mas, Deus colocou essa ideia no *coração* dela. Por mais que eu tenha colocado a ideia na *cabeça* de Mrs. Elliott, não teria servido de nada sem a intervenção de Deus.

— Bem, pode ser — admitiu Mary. — Veja bem, não tenho nada contra Deus, Una. Estou disposta a dar uma chance a Ele. Mas, para ser sincera, acho que Ele parece muito com seu pai, distraído e sem prestar atenção em ninguém na maior parte do tempo. Às vezes, ele desperta de repente e então se torna muito bom, amável e sensato.

— Oh, Mary, não! — exclamou Una, horrorizada. — Deus não é nem um pouco como o papai. Quero dizer, Ele é mil vezes mais bondoso e gentil.

— Se Ele for bom como o seu pai, está muito bom para mim — disse Mary. — Quando seu pai falou comigo, senti que jamais poderia voltar a fazer maldades.

— Como eu gostaria que você tivesse conversado com meu pai sobre Deus — suspirou Una. — Ele poderia explicar tudo isso muito melhor que eu.

— Ora, farei isso da próxima vez que ele despertar — prometeu Mary. — Naquela noite que ele falou comigo no escritório, me mostrou claramente que minhas orações não mataram Mrs. Wiley. Minha consciência tem estado tranquila desde então, mas tomo muito cuidado ao orar. Acho que os antigos versos são os mais seguros. Olha, Una, a mim parece que se a gente tem que rogar a alguém, seria melhor rezar ao Diabo, e não a Deus. Deus é bom, conforme o que você diz, então Ele não vai nos fazer nada de mal, mas pelo que sei, o Diabo precisa ser pacificado. Acho que a maneira mais sensata seria dizer a *ele*: "Bom, Diabo, por favor, não me deixe cair em tentação. Apenas me deixe em paz, por favor". Não concorda?

— Oh, não, não, Mary! Tenho certeza de que não está certo rezar ao Diabo. E não serviria de nada, pois ele é mau. Poderia irritá-lo e seria pior que nunca.

— Bem, a respeito desse assunto de Deus — insistiu Mary, com teimosia —, como nem eu nem você podemos resolver o assunto, não tem sentido ficarmos discutindo, até que tenhamos oportunidade de descobrir a verdade. Vou fazer o melhor que der sozinha, até descobrir.

— Se a mamãe estivesse viva, ela poderia nos contar tudo — afirmou Una, com um suspiro.

— Queria que ela estivesse viva — disse Mary. — Não sei o que vai ser de vocês, crianças, quando eu for embora. Pelo menos, *tentem* deixar a casa minimamente ajeitada. A maneira como as pessoas falam sobre a casa é escandalosa. E, quando vocês menos esperarem, seu pai vai se casar novamente, e aí que vocês vão estar mal.

Una ficou perplexa. A ideia de seu pai se casando novamente nunca tinha passado por sua cabeça. Não gostou da ideia, mas permaneceu em silêncio, estremecendo diante da notícia.

— Madrastas são criaturas *horríveis* — continuou Mary. — Poderia gelar seu sangue, se fosse lhe contar tudo que sei sobre elas. As crianças Wilson, que viviam em frente à casa de Mrs. Wiley, tinham uma madrasta. Ela era tão má com eles quanto Mrs. Wiley era para mim. Será terrível se você tiver uma madrasta.

— Tenho certeza de que não vai acontecer — disse Una, trêmula. — Meu pai não vai se casar com mais ninguém.

— Ele será importunado até fazer isso, eu acho — disse Mary, em um tom tenebroso. — Todas as solteironas deste lugar estão atrás dele. Não se pode fazer nada contra elas. E a pior coisa das madrastas é que elas sempre colocam o pai contra os filhos. Ele nunca mais vai se importar com vocês. Sempre vai tomar o partido dela e dos filhos dela. Sabe, a madrasta fará que ele acredite que vocês são todos maus.

— Queria que você não tivesse me dito isso, Mary — gemeu Una. — Faz com que me sinta tão infeliz.

— Só queria adverti-la — respondeu Mary, demonstrando um pouco de arrependimento. — Claro, seu pai é tão distraído que pode ser que nem chegue a pensar em se casar novamente. Mas, é melhor estar preparada.

Muito tempo depois, quando Mary já dormia serenamente, Una jazia desperta, com os olhos ardendo por causa das lágrimas. Oh, que horror seria se o papai fosse se casar com alguém que o fizesse odiá-la, e Jerry, Faith e Carl! Não poderia suportar isso, não poderia!

Mary não havia instilado nenhum veneno do tipo que Miss Cornelia temia, nas mentes das crianças da casa pastoral. Entretanto, tinha contribuído, com a melhor das intenções, para causar um dano. Mas, Mary agora dormia tranquilamente e Una jazia insone, enquanto a chuva caía e o vento gemia ao redor da velha casa de paredes cinza. E o reverendo John Meredith se esquecera de ir para a cama, pois estava absorto lendo a história da vida de Santo Agostinho. O acinzentado do amanhecer havia chegado quando terminou o livro e subiu as escadas, debatendo os problemas de dois mil anos atrás. A porta para o quarto das meninas estava aberta e o reverendo viu Faith deitada dormindo, rosada e formosa. Perguntou-se onde estaria Una. Talvez, tivesse ido "pousar" na casa das meninas Blythe. Ela ia de vez em quando e para Una era algo especial. John Meredith suspirou. Sentiu que o paradeiro de Una não devia ser um mistério para ele. Cecilia teria cuidado melhor da filha.

Se ao menos Cecilia ainda estivesse ao seu lado! Como era alegre e bonita! Como a velha casa pastoral em Maywater havia ecoado suas canções! E tinha partido tão repentinamente, levando consigo a música e a risada, e deixando apenas o silêncio — tão subitamente que ele nunca havia superado a sensação de perplexidade. Como *Cecilia*, tão bela e vívida, podia ter morrido?

    A ideia de um segundo matrimônio nunca tinha se apresentado a John Meredith seriamente. Tinha amado a esposa tão profundamente que acreditava que jamais poderia gostar de outra mulher. Tinha a vaga ideia de que não faltava muito para que Faith crescesse o suficiente para tomar o lugar da mãe. Até lá, ele devia fazer o melhor possível sozinho. John suspirou e foi para o quarto, onde a cama seguia desfeita. Tia Martha tinha se esquecido de arrumar e Mary não tinha se atrevido a arrumá-la, pois a senhora havia proibido a menina de entrar no quarto do pastor. Mas, Mr. Meredith não percebeu que a cama estava bagunçada. Seus últimos pensamentos foram sobre Santo Agostinho.

CAPÍTULO X

As meninas da casa pastoral limpam a residência

— Ahh! — exclamou Faith, sentando-se na cama com um estremecimento. — Está chovendo. Odeio os domingos de chuva. Domingo já é entediante o bastante, mesmo quando o tempo está bom.

— Não devemos pensar que o domingo é entediante — disse Una, sonolenta, tentando despertar-se por completo, com a confusa convicção de que havia dormido muito.

— Mas *pensamos*, sabe — disse Faith, com candura. — Mary Vance diz que quase todos os domingos são tão entediantes que ela podia se pendurar numa corda pelo pescoço.

— Devíamos gostar mais dos domingos do que Mary Vance — disse Una, com remorso. — Somos os filhos do pastor.

— Quem dera fôssemos filhos do ferreiro — protestou Faith em tom irritado, procurando pelas meias. — Dessa maneira, as pessoas não iam esperar que fôssemos melhores do que outras crianças. Olhe os buracos nos meus joelhos. Mary coseu minhas roupas muito bem antes de ir embora, mas estão piores do que nunca agora. Una, levante-se. Não posso arrumar o café da manhã sozinha. Oh, minha nossa! Queria que papai e o Jerry estivessem em casa. Não pensava que pudéssemos sentir tanta falta do papai, pois não o vemos muito quando está em casa. E, ainda assim, parece que está faltando *tudo*. Devo correr e ver como está tia Martha.

— Ela está melhor? — questionou Una, quando Faith retornou.

— Não, não está. Continua gemendo com a desgraça. Talvez, seja melhor chamar o Dr. Blythe. Mas, ela diz que não, que nunca foi examinada por um médico na vida e que não vai começar agora. Diz que os médicos vivem para envenenar as pessoas. Será que isso é verdade?

— Não, claro que não — disse Una, com indignação. — Tenho certeza de que o Dr. Blythe não envenena ninguém.

— Bem, vamos ter que friccionar as costas da tia Martha novamente, depois do café da manhã. É melhor que não coloquemos as flanelas tão quentes quanto colocamos ontem.

Faith riu da recordação. Estiveram a ponto de escaldar a pele das costas da pobre tia Martha. Una suspirou. Mary Vance teria sabido a temperatura exata das flanelas para costas doloridas. Mary sabia tudo. Elas não sabiam nada. E como poderiam aprender, senão mediante à amarga experiência que, naquela oportunidade, tinha sofrido a desafortunada tia Martha?

Na segunda feira anterior, Mr. Meredith tinha partido para Nova Scotia, para passar alguns poucos dias de folga, levando Jerry consigo. Na quarta-feira, a tia Martha fora repentinamente acometida por uma recorrente e misteriosa enfermidade, a qual ela sempre chamava de "a desgraça", que com quase absoluta certeza sempre a atacava nos momentos mais inconvenientes. Não conseguia se levantar da cama, pois qualquer movimento lhe causava profunda agonia. Faith e Una preparavam as refeições e a atendiam como podiam. Quanto menos se falasse na comida que preparavam, melhor. Ainda assim, não era muito pior do que a comida da tia Martha. Muitas mulheres na cidade teriam ficado contentes em vir ajudar, mas tia Martha proibiu que informassem sua situação.

— Vocês têm que se esforçar até que eu consiga me levantar — gemeu a tia. — Graças a Deus o John não "tá" aqui. Tem bastante carne cozida fria e pão, e vocês podem tentar fazer o mingau.

As meninas tinham realmente tentado, mas, até o momento, sem muito êxito. No primeiro dia, tinha ficado muito ralo. No dia seguinte, ficou tão grosso que se podia cortar em fatias. E nos dois dias tinha ficado queimado.

— Eu odeio mingau — disse Faith, furiosa. — Quando eu tiver minha própria casa, *jamais* vou servir nem um pouquinho de mingau.

— O que seus filhos vão comer, então? — perguntou Una. — Crianças precisam comer mingau, senão não crescem. É o que todo mundo diz.

— Vão ter que se virar sem isso, ou vão ficar anões — replicou Faith, com teimosia. — Una, tome aqui, você mexe o mingau enquanto eu ponho a mesa. Se deixar de mexer um minuto, essa coisa horrorosa vai queimar. São nove e meia. Vamos nos atrasar para a Escola Dominical.

— Não vi ninguém passar pela rua ainda — disse Una. — Não vai ter muita gente. Veja só como está chovendo. E quando não há sermão, as pessoas que moram longe não vêm para trazer os filhos.

— Vá chamar o Carl — disse Faith.

Carl, ao que parecia, estava com dor de garganta, provocada por ter se molhado no pântano do Vale do Arco-íris na noite anterior, enquanto perseguia as libélulas. Tinha chegado em casa com as meias e botas ensopadas e passara a tarde toda sem se trocar. O garoto não conseguira comer nada no café da manhã e Faith o convencera a voltar para a cama. As irmãs deixaram a mesa como estava e foram para a Escola Dominical. Não havia ninguém na sala de aula quando chegaram e, por fim, não chegou ninguém. As meninas esperaram até as onze horas e então voltaram para casa.

— Parece que também não tinha ninguém na Escola Dominical dos metodistas — comentou Una.

— Eu fico *feliz* — disse Faith. — Odiaria pensar que os metodistas têm vantagem sobre os presbiterianos no quesito ir à Escola Dominical, mesmo em domingos chuvosos. Mas, também não havia pregador na igreja deles hoje, então é provável que a Escola Dominical seja à tarde.

Una lavou a louça, fazendo um excelente trabalho, pois tinha aprendido com Mary Vance. Faith varreu o chão de maneira duvidosa e descascou batatas para o jantar, cortando o dedo no processo.

— Como gostaria de comer outra coisa no jantar, além de "outra vez" — suspirou Una. — Estou tão farta dessa comida. Os Blythes nem imaginam o que seja "outra vez". E nós *nunca* temos pudim para comer. Nan diz que Susan iria desmaiar se eles não comessem pudins aos domingos. Por que nós não somos como as outras pessoas, Faith?

— Eu não quero ser como as outras pessoas — disse Faith, rindo, atando o dedo que estava sangrando. — Gosto de ser eu mesma. É mais interessante. Jessie Drew é tão boa dona de casa quanto a mãe, mas você iria gostar de ser tão estúpida quanto ela?

— Mas, nossa casa não é como deveria ser. Foi o que Mary Vance disse. Ela falou que as pessoas comentam como nossa casa é desordenada.

Faith teve uma inspiração.

— Nós vamos limpá-la! — exclamou ela. — Vamos começar amanhã. É uma excelente oportunidade, pois, como tia Martha está acamada, não vai poder interferir. Vamos fazer com que fique adorável e limpa, para quando o papai chegar em casa, como estava quando Mary foi embora. *Qualquer um* pode varrer, tirar o pó e limpar as janelas. As pessoas não vão mais falar da gente. Jem Blythe diz que são só as velhotas que comentam, mas os comentários doem tanto quanto se fossem de outras pessoas.

— Espero que o clima esteja bom amanhã — disse Una, cheia de entusiasmo. — Oh, Faith, será esplêndido ter a casa toda limpa e ser igual às outras pessoas!

— Espero que a desgraça nas costas da tia Martha dure até amanhã —

desejou Faith. — Do contrário, não vamos conseguir fazer nadinha.

O cordial anseio de Faith foi concedido. O dia seguinte encontrou tia Martha ainda incapaz de se levantar. Carl também continuava doente e foi fácil convencê-lo a permanecer na cama. Nem Faith nem Una suspeitaram da gravidade da doença do garoto; uma mãe vigilante teria mandado chamar um médico imediatamente, mas ali não havia nenhuma mãe e o pobre Carl, com a garganta dolorida, dor de cabeça e bochechas avermelhadas, enrolou-se nos lençóis retorcidos e sofreu sozinho, consolado em parte pela companhia de uma lagartixa verde no bolso do pijama esfarrapado.

O mundo exalava o resplendor de um sol de verão, depois da chuva. Era um dia inigualável para faxina, e Faith e Una puseram alegremente as mãos à obra.

— Vamos limpar a sala de jantar e a sala de estar — disse Faith. — Será melhor que a gente não se meta no escritório e lá em cima não importa tanto. A primeira coisa é tirarmos tudo para fora.

De acordo com o planejado, tudo foi retirado da casa. O mobiliário foi empilhado na varanda e no jardim, e o muro do cemitério metodista ficou alegremente coberto com tapetes. Seguiu-se uma orgia de escovas, com o intento de tirar a poeira, que era a parte de Una, enquanto Faith limpava as janelas da sala de jantar, quebrando um vidro e rachando outros dois no processo. Una contemplou o resultado, duvidosa.

— Por alguma razão, não parecem estar muito limpas — disse. — As janelas de Mrs. Elliott e de Susan brilham e cintilam.

— Não importa. Essas deixam passar a luz do sol do mesmo jeito — respondeu Faith, com alegria. — Elas *têm* que estar limpas, depois de todo o sabão e água que usei, e é isso que importa. Agora já passa das onze, então vou enxugar essa bagunça do chão e vamos lá para fora. Você tira o pó dos móveis e eu vou sacudir os tapetes. Farei isso no cemitério, pois não quero encher o jardim de pó.

Faith se divertiu sacudindo os tapetes. Ficar em pé sobre a tumba de Hezekiah Pollock, batendo e sacudindo os tapetes, era realmente divertido. Se bem que era certo que o presbítero Abraham Clow e sua esposa, que passaram em sua espaçosa charrete com assento duplo, pareceram encará-la em austera desaprovação.

— Não é um espetáculo terrível? — disse o presbítero Abraham, em tom solene.

— Eu jamais teria acreditado se não tivesse visto com meus próprios olhos — disse a esposa do presbítero, ainda mais solene.

Faith sacudiu alegremente um capacho na direção dos Clow. Não a preocupou o fato de que o presbítero e a esposa não lhe retribuíram a saudação. Todos sabiam que o presbítero Abraham nunca mais tinha sorrido, desde que fora nomeado Superintendente da Escola Dominical, quatorze anos antes. Mas, doeu o fato de que Minnie e Adella Clow não retornaram à sua saudação. Faith gostava de Minnie e de Adella. Depois das Blythe, elas eram as melhores amigas da escola e Faith ajudava Adella a fazer suas contas de Matemática. Que demonstração de gratidão! As amigas a desprezavam porque estava sacudindo tapetes em um antigo cemitério, onde, como disse Mary Vance, fazia anos que nenhuma alma era enterrada. Faith saltitou até a varanda, onde encontrou Una muito desanimada, pois as meninas Clow não a saudaram também.

— Suponho que estejam zangadas por algum motivo — disse Faith. — Talvez estejam com inveja, porque brincamos tanto no Vale do Arco-íris com os Blythes. Bem, espere até voltarem as aulas e Adella venha me pedir que eu mostro como fazer contas! Vamos ficar quites. Venha, vamos colocar as coisas de volta. Estou extremamente exausta e não creio que os aposentos da casa fiquem muito melhor do que quando começamos. Ainda que eu tenha tirado muito pó no cemitério. Eu *odeio* faxina.

Eram duas horas quando as exaustas meninas terminaram os dois aposentos. Comeram qualquer coisa na cozinha e começaram a lavar a louça logo em seguida. Mas, Faith acabou decidindo mergulhar em um novo livro de histórias que Di Blythe lhe havia emprestado e esteve ausente do mundo até a hora do pôr do sol. Una levou uma xícara de chá forte para Carl, mas o encontrou dormindo, então encolheu-se na cama de Jerry e também foi dormir. Entretanto, uma estranha história percorria Glen St. Mary, e os habitantes do vilarejo se questionavam seriamente sobre o que deviam fazer com as crianças da casa pastoral.

— Já passou do limite do gracioso, acredite-me — disse Miss Cornelia para o marido, suspirando profundamente. — A princípio, não conseguia acreditar. Miranda Drew trouxe a história da Escola Dominical metodista essa tarde, e eu apenas ignorei. Mas, a esposa do presbítero Abraham contou que ela e o marido viram com os próprios olhos.

— Viram o quê? — questionou Marshall.

— Faith e Una Meredith não foram à Escola Dominical essa manhã e *limparam a casa* — disse Miss Cornelia, com ênfase desesperada. — Quando o presbítero Abraham voltava para casa, vindo da igreja, pois tinha ficado para trás para arrumar os livros da biblioteca, viu as meninas sacudindo tapetes no cemitério metodista. Nunca mais vou conseguir encarar um metodista.

Imagine o escândalo que será!

E um escândalo realmente foi, que crescia mais e mais conforme se espalhava, até que os habitantes do outro lado do porto ficaram sabendo que as crianças da reitoria não apenas limparam a casa e lavaram a roupa no domingo, mas tinham coroado o dia de trabalho com um piquenique no cemitério, enquanto acontecia a Escola Dominical dos metodistas. A única família que permaneceu em abençoada ignorância sobre o terrível escândalo foi a própria casa pastoral. No dia que Faith e Una fielmente creram que era terça-feira, voltou a chover, e permaneceu chovendo nos três dias seguintes; ninguém se aproximou da casa pastoral. Os habitantes da casa pastoral não foram a lugar nenhum. Poderiam ter cruzado o nebuloso Vale do Arco-íris para irem até Ingleside, mas toda a família Blythe, menos Susan e o doutor, tinha viajado para visitar Avonlea.

— Só temos mais isso de pão — disse Faith —, e já acabou o "outra vez". Se a tia Martha não melhorar logo, *o que* vamos fazer?

— Podemos comprar pão na vila, e temos o bacalhau que a Mary secou — disse Una. — Mas, não sabemos como cozinhá-lo.

— Ah, isso é fácil! — disse Faith, rindo. — Temos que fervê-lo, e é isso.

E então elas ferveram, mas como não ocorreu às meninas deixá-lo de molho com antecedência, o peixe estava salgado demais para comer. Naquela noite, ficaram com muita fome, mas no dia seguinte seus problemas foram sanados. A luz do sol voltou a brilhar sobre o mundo. Carl estava melhor e a "desgraça" da tia Martha a abandonou tão subitamente quanto havia aparecido. O açougueiro passou pela reitoria e espantou a fome. Para coroar tudo, os Blythes voltaram para casa e, naquela tarde, eles, as crianças da casa pastoral e Mary Vance voltaram a honrar seu encontro vespertino no Vale do Arco-íris, onde as margaridas flutuavam sobre a relva como espíritos do orvalho e as sinetas nas Árvores Amantes tintilavam como badaladas de fadas no crepúsculo perfumado.

CAPÍTULO XI

Uma terrível descoberta

— Bem, agora, sim vocês aprontaram — foi a saudação de Mary quando se reuniu aos amigos no Vale. Miss Cornelia estava em Ingleside, mantendo um agonizante conclave com Anne e Susan, e Mary esperava que a sessão fosse longa, porque tinham se passado duas semanas desde a última vez que tinha recebido permissão para se divertir com os amigos no querido Vale do Arco-íris.

— Aprontamos o quê? — perguntaram todos, menos Walter, que estava sonhando acordado, como de costume.

— Refiro-me apenas às crianças da casa pastoral — esclareceu Mary. — Foi horrível o que aprontaram. Eu não teria feito uma coisa dessas por nada deste mundo, e isso porque eu nem fui criada numa casa pastoral. Na realidade, não fui criada *em lugar nenhum,* apenas cresci, nada mais.

— O que *nós* fizemos? — perguntou Faith, intrigada.

— Que fizeram? E ainda *perguntam*! É horrível o que fala essa gente. É certo que seu pai está arruinado nesta congregação. Jamais conseguirá se recuperar, pobre homem! Todos colocam a culpa nele, o que não é justo. Mas, nada *é de fato* justo neste mundo. Vocês deviam estar envergonhadas.

— Mas, o que *nós fizemos*? — perguntou Una, desolada. Faith não disse nada, mas os olhos encaravam Mary como um relâmpago dourado de desprezo.

— Oh, não se façam de inocentes — disse Mary, de maneira seca. — Todo mundo sabe o que vocês fizeram.

— Eu não sei — Jem Blythe se interpôs com indignação. — Que eu não pegue você fazendo Una chorar, Mary Vance. *Do que*, especificamente, você está falando?

— Suponho que não saiba, considerando que recém chegou do Oeste — respondeu Mary, um pouco mais calma. Jem sempre conseguia manejá-la. — Mas, todos os outros sabem. É melhor que acreditem em mim.

— Sabem o quê?

— Que Faith e Una não foram à Escola Dominical no domingo passado e *deram uma faxina na casa*.

— Ora, isso não é verdade! — Faith e Una exclamaram, negando apaixonadamente.

Mary as encarou com altivez.

— Não pensei que fossem negar, depois da maneira como *me* repreenderam por mentir — disse ela. — Que adianta negar, dizendo que não limparam a casa? Todo mundo sabe o que fizeram. O presbítero Clow e a esposa pegaram vocês no flagra. Alguns dizem que isso vai causar um racha na igreja, mas eu não iria tão longe. Vocês são *boa gente*.

Nan Blythe se levantou e abraçou Faith e Una, que estavam atordoadas.

— Elas foram gente boa o bastante para recebê-la, alimentá-la e vesti-la, quando você estava faminta no celeiro do Mr. Taylor, Mary Vance — disse ela. — Muito *agradecida* que você é, isso bem se vê.

— *Eu sou* muito grata — retorquiu Mary. — Você saberia, se me ouvisse defendendo Mr. Meredith a torto e a direito. Minha língua está doendo de tanto falar em favor dele esta semana. Já disse uma e outra vez que não é culpa dele que as filhas estavam faxinando a casa no domingo. Ele não estava em casa e elas sabiam o que estavam fazendo.

— Mas não limpamos no domingo — protestou Una. — Foi na *segunda-feira* que limpamos a casa. Não foi, Faith?

— Claro que foi — concordou Faith, com olhos reluzentes. — Nós fomos à Escola Dominical, apesar de toda aquela chuva, e ninguém mais foi, nem mesmo o presbítero Abraham, mesmo com toda essa conversa de cristãos convenientes.

— Foi no sábado que choveu — disse Mary. — Domingo fez um dia lindíssimo. Eu não fui à Escola Dominical porque estava com dor de dente, mas todo mundo foi, e viu os móveis de vocês no jardim. E o presbítero Abraham e a esposa viram você sacudindo os tapetes no cemitério.

Una se sentou em meio às margaridas e começou a chorar.

— Olha aqui — interveio Jem, muito decidido —, temos que esclarecer isso tudo. *Alguém* cometeu um erro. No domingo o *tempo estava bom*, Faith. Como você pôde confundir o sábado com o domingo?

— O culto de oração foi na quinta-feira à noite! — exclamou Faith. — E Adam caiu na panela de sopa na sexta-feira, quando o gato da tia Martha o perseguia, e arruinou o jantar. E, no sábado, havia uma cobra no sótão e Carl a capturou com um pau e a tirou para fora, e no domingo choveu. Ai está!

— O culto de oração foi na quarta-feira à noite — afirmou Mary. — O presbítero Baxter era o responsável por conduzir a reunião, mas não podia ir na quinta-feira à noite, então mudaram para a quarta-feira. Vocês pularam um dia, Faith Meredith, e *trabalharam* no domingo.

De repente, Faith explodiu em uma gargalhada.

— Suponho que tenha sido isso mesmo. Que piada!

— Não é uma piada para o seu pai — disse Mary, com seriedade.

— Vai ficar tudo bem quando as pessoas descobrirem que foi apenas um engano — disse Faith, sem preocupação. — Vamos explicar o ocorrido.

— Você pode explicar até cansar — disse Mary —, mas uma mentira vai correr mais rápido e chegar mais longe que você. *Eu já vi* mais do mundo e sei bem como as coisas funcionam. Além disso, a maioria das pessoas não vai acreditar que foi um erro.

— Vão acreditar se eu disser — insistiu Faith.

— Você não vai conseguir dizer para todo mundo — opinou Mary. — Não, eu afirmo que você desgraçou o seu pai.

A noite de Una estava arruinada diante dessa desesperadora reflexão, mas Faith se recusava a permitir que tal situação a fizesse se sentir desconfortável. Além do mais, ela tinha um plano que faria tudo ficar bem. Então, deixou o passado e seus erros para trás e se entregou aos deleites do presente. Jem se afastou para pescar e Walter regressou de seu devaneio e dedicou-se a descrever os bosques do Céu. Mary aguçou os ouvidos e escutou com reverência. Apesar de seu assombro com relação a Walter, desfrutava de seu "papo como de livro". Sempre lhe causava uma sensação agradável. Walter tinha passado o dia lendo Coleridge[13], e imaginava um céu onde:

"Havia jardins reluzentes com regatos sinuosos onde floresciam árvores carregadas de incenso. E havia bosques tão antigos quanto as colinas, que rodeavam ensolarados prados de verdor".

— Não sabia que tinha bosques no Céu — disse Mary, com um suspiro profundo. — Achei que só havia ruas, e ruas, *e ruas.*

— É claro que há bosques — disse Nan. — Mamãe não consegue viver sem árvores, nem eu, então qual seria o objetivo de ir para o Céu, se não tivesse árvores?

— Também tem cidades — disse o jovem sonhador —, cidades esplêndidas, coloridas, da mesma cor do pôr do sol, com torres de safira e cúpulas matizadas.

13 - Coleridge foi um poeta, crítico e ensaísta inglês. [N.T.]

São construídas com ouro e diamantes. Ruas inteiras de diamantes, refulgentes como o sol. Nas praças, há fontes de cristal beijadas pela lua, e em todos os lugares há botões de asfódelo, as flores do céu.

— Fantástico! — exclamou Mary. — Eu vi a rua principal de Charlottetown uma vez e me pareceu impressionante, mas suponho que não é nada se comparada com o Céu. Bem, tudo soa maravilhoso como você conta, mas não será um pouco entediante também?

— Ah, suponho que vamos poder nos divertir um pouco, quando os anjos estiverem de costas — disse Faith em tom agradável.

— O Céu é *toda diversão* — declarou Di.

— A Bíblia não diz isso! — exclamou Mary, que tinha lido tanto a Bíblia nas tardes de domingo, sob a vigilância de Miss Cornelia, que se considerava agora uma verdadeira autoridade no assunto.

— A mamãe diz que a linguagem da Bíblia é figurativa — interveio Nan.

— Isso quer dizer que não é verdade? — perguntou Mary, esperançosa.

— Não, não exatamente, mas eu acho que significa que o Céu será justo, como a gente quer que seja.

— Eu gostaria que fosse exatamente como o Vale do Arco-íris — disse Mary —, com todos vocês para tagarelar e brincar. *Isto* para mim já basta. De qualquer maneira, não podemos ir para o Céu até que estejamos mortos e, talvez, nem assim, então para que vamos nos preocupar? Aí vem o Jem com uma cesta de trutas e é minha vez de fritá-las.

— Tínhamos que saber mais sobre o Céu do que o Walter, pois somos a família do pastor — declarou Una naquela noite, enquanto caminhavam para casa.

— E nós *sabemos*, mas Walter consegue *imaginar* as coisas — disse Faith. — Mrs. Elliott diz que ele puxou isso da mãe.

— Como queria que não tivéssemos nos enganado sobre o domingo — suspirou Una.

— Não se preocupe com isso. Elaborei um grande plano para explicar toda a história, para que todos saibam — tranquilizou Faith. — Espere até amanhã à noite.

CAPÍTULO XII

Uma explicação e um desafio

O reverendo Dr. Cooper pregou em Glen St. Mary na noite seguinte e a igreja presbiteriana estava repleta de gente, tanto de perto quanto de longe. O reverendo doutor era considerado um orador muito eloquente e, levando em conta o antigo provérbio de que um pastor deve levar suas melhores roupas para a cidade, e os melhores sermões para o campo, ele fez um discurso muito erudito e impressionante. Mas, quando as pessoas foram para casa naquela noite não foi sobre o Dr. Cooper que conversaram. Esqueceram-se completamente do sermão.

O Dr. Cooper havia concluído sua prédica com um apelo ardente, enxugado a transpiração da ampla fronte: "Oremos", como era conhecido por dizer, e tinha orado, como havia dito. Houve uma breve pausa. Na igreja de Glen St. Mary, se conservava ainda o antigo costume de fazer a coleta de ofertas depois do sermão, e não antes, principalmente porque os metodistas tinham adotado a nova moda e Miss Cornelia e o presbítero Clow não aceitariam jamais seguir o costume iniciado pelos metodistas. Charles Baxter e Thomas Douglas, a quem cabia a tarefa de passar as sacolas, estavam a ponto de se levantar. A organista tinha pegado a partitura do hino e os membros do coral, aquecido a voz. De repente, Faith Meredith se levantou do banco pertencente à família pastoral e se dirigiu ao púlpito, encarando a estupefata audiência.

Miss Cornelia começou a se levantar de seu lugar, mas voltou a se sentar. O banco dela estava no fundo e percebeu que independentemente do que Faith tivesse a intenção de fazer ou dizer, já estava meio feito e dito antes que ela pudesse alcançar a menina. Era inútil tornar a exibição pior do que já iria ser. Com um olhar angustiado para Mrs. Dr. Blythe e outro para o diácono Warren, da Igreja metodista, Miss Cornelia se resignou a contemplar outro escândalo.

"Se a criança estivesse, pelo menos, vestida decentemente", gemeu em seu espírito.

Faith, que tinha derramado tinta no seu melhor vestido, havia, sem se abalar, colocado um dos vestidos mais velhos, que estava agora cor-de-rosa desbotado. Havia uma ponta rasgada na saia, que tinha sido remendada com linha de algodão escarlate e a bainha tinha sido descosida, deixando aparecer uma borda de tecido de cor vibrante ao redor da saia. Mas, Faith não estava pensando em suas roupas. De repente, sentiu-se nervosa. O que parecera fácil na imaginação era bem difícil na realidade. Confrontada por todos aqueles olhares fixos e inquisitivos, Faith esteve a ponto de perder a coragem. As luzes estavam tão fortes, o silêncio aterrador, que achou que não conseguiria falar, afinal. Mas, *era o que deveria fazer*. Seu pai *tinha que* ser livrado de todas as suspeitas. Só que as palavras *se negavam* a obedecê-la.

Sentada no banco, o rostinho puro como pérola de Una a contemplava, cheio de adoração. As crianças dos Blythes estavam atônitas. Na parte de trás, embaixo da galeria, Faith viu a doce bondade do sorriso de Miss Rosemary West e o ar divertido de Miss Ellen. Mas, nada disso a ajudou. Foi Bertie Shakespeare Drew quem salvou a situação. Bertie Shakespeare, que estava sentado no banco da frente da galeria, fez uma careta zombeteira para Faith. Ela prontamente lhe devolveu uma careta ainda pior e, em sua fúria por ter recebido uma careta do menino, se esqueceu de sua surpresa. Recobrou a voz e falou clara e corajosamente.

— Preciso dar uma explicação — disse — e quero fazer isso agora, porque todos que ouviram sobre isso antes vão ouvir o que tenho a dizer agora. As pessoas estão dizendo que Una e eu ficamos em casa no domingo passado para limpá-la, em vez de irmos para a Escola Dominical. Bem, nós realmente ficamos, mas não foi por querer. Confundimos o dia da semana. Foi tudo culpa do presbítero Baxter — sensação no banco da família Baxter —, porque ele mudou o dia do culto de oração para quarta-feira à noite e, então, pensamos que quinta era sexta e seguimos assim até que pensamos que sábado era domingo. Carl estava doente na cama e tia Martha também, então não puderam corrigir nosso erro. Fomos para a Escola Dominical no sábado, com toda aquela chuva, e ninguém mais foi. E, então, tivemos a ideia de limpar a casa na segunda-feira, para que os fofoqueiros parassem de comentar como a reitoria estava suja — sensação geral em toda a igreja —, e a limpamos. Eu sacudi os tapetes no cemitério metodista porque era um lugar conveniente, e não porque quisesse faltar com o respeito aos mortos. Não foram os mortos que criaram caso por causa disso, foram os vivos. E não está certo que nenhum de vocês culpe o meu pai por isso, porque ele nem estava em casa, e não sabia de nada. Além disso, nós achávamos que era segunda-feira. Meu pai é o melhor pai do mundo e nós o amamos com todo nosso coração.

A bravata de Faith terminou em um soluço. Desceu as escadas correndo e saiu, com um suspiro, pela porta lateral da igreja. Ali, a noite de verão, cheia de estrelas, a confortou e percebeu aliviar a ardência que sentia nos olhos e na garganta. Faith se sentiu muito feliz. A terrível explicação havia passado e todos sabiam agora que o pai não devia ser responsabilizado pelo que fizeram, e que Una e ela não eram tão arteiras a ponto de terem limpado a casa sabendo que era domingo.

Dentro da igreja, as pessoas olhavam, atônitas, umas para as outras, mas Thomas Douglas se levantou e começou a caminhar pelo corredor, com uma expressão concentrada no rosto. Seu dever era claro: recolher as ofertas mesmo que caísse o céu abaixo. E as ofertas foram recolhidas; o coral cantou o hino, com a desoladora convicção de que a canção saía destonada, e o Dr. Cooper anunciou o hino final e pronunciou a bênção, com muito menos unção do que de costume. O reverendo doutor tinha senso de humor e a performance de Faith o havia divertido. Além disso, John Meredith era bem conhecido entre os círculos presbiterianos.

Mr. Meredith voltou para casa na tarde seguinte, mas antes de sua chegada Faith já tinha conseguido escandalizar Glen St. Mary mais uma vez. Como reação à intensidade e à tensão do domingo, Faith estava, na segunda-feira, especialmente tomada do que Miss Cornelia teria chamado de um "espírito endiabrado". Isso a levou a desafiar Walter Blythe a atravessar a rua principal montado em um porco, enquanto ela montava em outro.

Os porcos em questão eram dois animais altos e magros, que supostamente pertenciam ao pai de Bertie Shakespeare, e que rondavam a estrada ao lado da reitoria há algumas semanas. Walter não queria atravessar Glen St. Mary montado em um porco, mas ele devia fazer o que Faith Meredith o desafiara a fazer. Tomaram a colina abaixo e atravessaram o vilarejo, Faith rindo descontroladamente em cima de sua montaria aterrorizada e Walter vermelho, morto de vergonha. Passaram junto ao pastor, que estava chegando em casa, vindo da estação. John, que estava um pouco menos distraído e sonhador que de costume, devido a uma conversa que teve no trem com Miss Cornelia, que sempre o despertava temporariamente, viu as crianças e achou que deveria chamar a atenção de Faith e dizer que esse comportamento não era apropriado. Mas, quando chegou em casa, havia esquecido o incidente trivial. Passaram pela Mrs. Alec Davies, que deu um grito de horror, e passaram pela Miss Rosemary West, que riu e suspirou. Finalmente, antes que os porcos entrassem no pátio traseiro de Bertie Shakespeare, para não saírem dali nunca mais, tão grande tinha sido o susto que levaram, Faith e Walter saltaram, justo no momento em que o doutor e Mrs. Blythe passavam juntos por ali.

— Então, é assim que você cria seus meninos? — disse Gilbert, com zombeteira severidade.

— Talvez eu os mime um pouco — disse Anne, arrependida —, mas, ah, Gilbert, quando penso na minha própria infância, antes da minha chegada a Green Gables, não tenho coragem de ser muito severa. Quanta necessidade eu tinha de amor e diversão. Eu era uma pequena criada sem amor, que nunca podia brincar! Já as crianças se divertem tanto com as crianças da casa pastoral!

— E o que me diz dos pobres porcos? — questionou Gilbert.

Anne tentou parecer séria, mas não conseguiu.

— Acha mesmo que eles foram machucados? — disse ela. — Não acho que nada possa machucar aqueles animais. Este verão eles incomodaram toda a vizinhança e os Drews *não fazem questão* de prendê-los. Mas, vou ter uma conversa com Walter, se eu conseguir não cair na gargalhada.

Miss Cornelia veio até Ingleside naquela noite, para compartilhar seus sentimentos sobre o ocorrido no domingo à noite. Para sua surpresa, descobriu que Anne não compartilhava da mesma opinião sobre a performance de Faith.

— Eu achei que houve algo muito valente no feito de se colocar em pé diante da igreja cheia de gente para confessar — disse Anne. — Ela estava notavelmente morrendo de medo, entretanto, estava decidida a livrar o pai de toda a culpa. E eu a amo por ter feito isso.

— Ah, é claro que as intenções da pobre menina eram boas — assentiu Miss Cornelia, suspirando —, mas de todo jeito foi uma coisa horrível de se fazer e está causando mais falatório do que a faxina no domingo. *Aquilo* já estava deixando de ser sensação e *isso* fez com que começasse tudo de novo. Rosemary West pensa como você, ela disse na noite passada, ao sair da igreja, que foi um ato de valentia da menina, mas ela sentiu pena de Faith também. Miss Ellen considerou tudo uma boa piada e disse que fazia anos que não se divertia tanto na igreja. É claro que *elas* não se importam, são episcopais. Mas, nós, presbiterianos, sentimos muito. Além do mais, havia muita gente do hotel lá naquela noite e muitos metodistas. Mrs. Leander Crawford chorou, de tão mal que ficou. E Mrs. Alec Davis disse que a pequena atrevida devia levar uma surra.

— Mrs. Leander Crawford está sempre chorando na igreja — disse Susan, com desdém. — Chora por cada coisa emocionante que o pastor diz. Mas, raramente a senhora vê o nome dela na lista de dizimistas, querida Mrs. Dr. Blythe. As lágrimas são mais baratas. Tentou comentar comigo uma vez que tia Martha era uma dona de casa desleixada e tive vontade de dizer:

"Todo mundo sabe que a senhora tem preparado massas para seus bolos na pia da cozinha, Mrs. Leander Crawford!". Mas, eu não disse, querida Mrs. Dr. Blythe, porque tenho muito respeito por mim mesma para condescender a discutir com gente como ela. Mas, eu poderia contar coisas piores sobre Mrs. Leander Crawford, se fosse uma dessas fofoqueiras. E, quanto a Mrs. Alec Davis, se tivesse comentado isso comigo, querida Mrs. Dr. Blythe, sabe o que eu teria dito? Teria dito: "Não tenho dúvidas de que a senhora gostaria de dar uma surra em Faith, Mrs. Davis, mas jamais terá a oportunidade de surrar a filha de um pastor, nem neste mundo nem no porvir".

— Se a pobre Faith tivesse, pelo menos, decentemente vestida — voltou a lamentar Miss Cornelia —, não teria sido tão ruim. Mas, aquele vestido estava horrível, enquanto estava de pé no púlpito.

— Mas, estava limpo, querida Mrs. Dr. Blythe — disse Susan. — Elas *são* crianças limpinhas. Podem ser descuidadas e imprudentes, querida Mrs. Dr. Blythe, e não estou dizendo que não são, mas *jamais* se esquecem de lavar atrás das orelhas.

— Só de pensar em Faith esquecendo que dia era domingo — insistiu Miss Cornelia. — Vai ser tão descuidada e pouco prática quanto o pai quando crescer, acredite. Creio que Carl teria se dado conta, se não estivesse doente. Não sei o que ele teve de errado, mas acho que é bem provável que estivesse comendo aquelas amoras que crescem no cemitério. Não é de se admirar que fizeram mal. Se eu fosse um metodista, tentaria ao menos deixar meu cemitério limpo.

— Sou da opinião de que Carl come apenas as azedas que crescem no dique — disse Susan, esperançosa. — Não creio que o filho de *qualquer* pastor deveria comer as amoras que crescem sobre as sepulturas. A senhora sabe que não seria tão mal, querida Mrs. Dr. Blythe, comer algo que cresce no muro do cemitério.

— A pior coisa da apresentação da noite passada foi a careta que Faith fez para alguém que estava na congregação, antes de começar — continuou Miss Cornelia. — O presbítero Clow afirma que foi para ele. E você *soube* que Faith foi vista montada em um porco hoje?

— Eu a vi. Walter estava com ela. Eu dei uma pequena, *bem pequeninha*, bronca nele por causa disso. Walter não me disse muito, mas me deu a impressão de que foi ideia dele e que Faith não foi culpada.

— Eu não posso acredito *nisso*, querida Mrs. Dr. Blythe! — exclamou Susan, de armas em punho. — É bem típico do Walter tomar para si a culpa. Mas, a senhora sabe tão bem quanto eu, querida Mrs. Dr. Blythe, que aquela criança abençoada jamais teria pensado em montar num porco, ainda que escreva poesias.

— Oh, não há dúvida de que a ideia nasceu na cabeça de Faith Meredith — disse Miss Cornelia. — E não digo que lamento que esses velhos porcos de Amos Drew tenham recebido o que merecem, pelo menos uma vez. Mas, a filha do pastor!

— E o filho do doutor?! — disse Anne, imitando o tom de Miss Cornelia. E, então, riu. — Querida Miss Cornelia, eles são apenas crianças. E a senhora *sabe* que não fizeram nada de mal. Eles são apenas descuidados e impulsivos, como eu também fui um dia. Eles vão crescer e se tornar adultos sérios e discretos, como eu cheguei a me tornar.

Miss Cornelia riu também.

— Há momentos, querida Anne, em que sei, pelo seu olhar, que *sua* seriedade é algo que você veste como um traje, e que na realidade está morrendo de vontade de fazer algo inconsequente e infantil outra vez. Bem, me sinto alentada. Por alguma razão, as conversas com você sempre me causam esse efeito. Agora, quando vou visitar Barbara Samson é exatamente o contrário. Ela me faz sentir que está tudo errado e que sempre vai estar. Mas, é claro, viver a vida toda com um homem como Joe Samson não deve ser precisamente uma alegria.

— É uma coisa muito estranha pensar que ela se casou com Joe Samson, depois de todas as oportunidades que teve — comentou Susan. — Ela tinha muitos pretendentes quando era jovem. Costumava se gabar comigo de que tinha vinte e um pretendentes, e ainda Mr. Pethick.

— O que significa isso sobre Mr. Pethick?

— Bem, ele era uma espécie de acompanhante permanente, querida Mrs. Dr. Blythe, mas não se podia considerá-lo exatamente como um namorado. Na realidade, não tivera intenções de nenhum tipo. Vinte e um pretendentes, e eu nunca tive nenhum! Mas Barbara, depois de passar pelo bosque, escolheu, afinal, a vara torta. E, ainda assim, dizem que o marido faz biscoitos de levedura melhor que ela, e Barbara sempre pede que ele prepare quando tem visita para o chá.

— O que me lembra de que tenho convidados para o chá amanhã e devo ir para casa para amassar o pão — disse Miss Cornelia. — Mary diz que consegue amassar, e eu não duvido. Mas, enquanto eu estiver viva e puder me mover, vou amassar meu próprio pão, acredite.

— Como está indo a Mary? — perguntou Anne.

— Não tenho nada que criticar sobre ela — declarou Miss Cornelia, com ar um pouco austero. — Está ganhando um pouco de carne nos ossos e é limpa e respeitosa, apesar de que tem muito mais nessa menina do que posso imaginar. É uma garotinha astuta. Nem se cutucar por mil anos conseguiria chegar ao fundo da mente dessa menina, acredite! Com relação ao trabalho, eu nunca vi ninguém igual. Ela *devora* o trabalho. Mrs. Wiley pode ter sido cruel com ela, mas ninguém pode dizer que a forçava a trabalhar. Mary nasceu uma trabalhadora. Às vezes, me pergunto o que se gastará primeiro, as pernas ou a língua. Não tenho trabalho suficiente para me manter fora de confusão nesses dias. Vou ficar realmente feliz quando voltarem as aulas, pois terei novamente o que fazer. Mary não quer ir para a escola, mas fiquei firme e disse que ela tem que ir. *Não* vou permitir que os metodistas digam que a impedi de ir à escola para refestelar-me no ócio.

CAPÍTULO XIII

A casa na colina

No extremo mais baixo do Vale do Arco-íris, próximo ao pântano, em uma clareira resguardada por bétulas, havia uma pequena nascente, sempre fria e puramente cristalina, que nunca deixava de verter água. Poucas pessoas sabiam de sua existência. As crianças da casa pastoral e as de Ingleside sabiam, pois conheciam tudo sobre o vale encantado. De vez em quando iam até lá beber água e a nascente figurava em muitas das brincadeiras como uma fonte de alguma história antiga.

Anne a conhecia e a amava, pois de certa maneira a fazia se recordar de sua amada Bolha da Dríade, em Green Gables. Rosemary West também a conhecia e para ela era também uma fonte de uma história antiga. Dezoito anos antes, ela estivera sentada junto à nascente, em um entardecer de primavera, ouvindo o jovem Martin Crawford gaguejar uma confissão de fervente amor juvenil. Rosemary sussurrara seu próprio segredo e eles se beijaram e, junto à nascente, juraram amor eterno. O casal nunca mais estivera ali, pois Martin tinha zarpado para sua viagem fatal pouco tempo depois. Entretanto, para Rosemary West sempre foi um lugar sagrado, santificado por aquela hora imortal de juventude e de amor. Cada vez que passava por ali, se aproximava da nascente, para ter um encontro secreto com um antigo sonho, um sonho cuja dor há muito desaparecera, restando apenas a inesquecível doçura.

A nascente estava escondida. Podíamos passar a dez passos dela sem suspeitar de sua existência. Duas gerações atrás, um enorme pinheiro tinha caído, quase atravessando-a. Da árvore, não restava mais que o tronco esfarelado de onde cresciam frondosas samambaias, formando assim um teto verde e uma manta de renda para a água. Junto a ele se erguia um bordo com um tronco curiosamente retorcido e nodoso, que rastejava pelo solo por um trecho, antes de elevar-se até os ares, formando dessa maneira um assento encantador. E o mês de setembro havia enrolado um cachecol de pálidos ásteres azul-fumo no arredor da clareira, escondendo ainda mais a nascente.

Uma noite, ao regressar de visitas pastorais pelo caminho que cruzava os campos no Vale do Arco-íris, John Meredith se afastou da trilha para beber água na pequena nascente. Walter Blythe havia mostrado a ele uma tarde, alguns dias antes, e os dois tiveram uma longa conversa sentados no banco de bordo. Sob uma capa de timidez e aparente indiferença, John Meredith tinha um coração de menino. Quando era pequeno, o chamavam de Jack, apesar de que em Glen St. Mary ninguém teria acreditado nisso. Walter e ele simpatizaram muito um com o outro e conversaram sem reservas. Mr. Meredith abriu caminho até os recônditos sagrados e selados da alma do rapazinho, onde nem sequer Di havia estado. Desde aquela hora amigável seriam amigos e Walter soube que jamais voltaria a sentir medo do pastor.

— Nunca acreditei que fosse possível conhecer de verdade um pastor — foi o que contou para a mãe naquela noite.

John Meredith bebeu água com a mão branca e delicada, cuja pegada firme sempre surpreendia as pessoas que não o conheciam, e então se sentou no assento de bordo. John não estava com pressa de ir para casa; aquele era um belíssimo lugar e ele se sentia mentalmente cansado depois de uma roda de conversas pouco inspiradoras com pessoas boas, porém tolas. A lua estava se erguendo. O Vale do Arco-íris era visitado pelo vento e as estrelas vigilavam apenas onde ele estava, mas ao longe, desde o extremo mais alto, vinham as alegres notas de risadas e vozes infantis.

A beleza etérea dos ásteres sob a luz do luar, o suave resplendor da pequena nascente, o delicado sussurro do riacho, a graça oscilante das samambaias, tudo tecia uma branca magia ao redor de John Meredith. Ele se esqueceu das preocupações com a congregação e dos problemas espirituais; os anos o deixaram; John era novamente o estudante de Teologia e as rosas de junho floresciam vermelhas e fragrantes na escura e majestosa cabeça de sua Cecilia. Sentado li, sonhou como qualquer menino. E, naquele propício momento, Rosemary West deixou a trilha lateral e parou ao lado dele, naquele lugar traiçoeiro, tecedor de encantos. John Meredith ficou de pé quando a jovem se aproximou e ele a viu — a viu *verdadeiramente* — pela primeira vez.

John a encontrara uma ou duas vezes em sua igreja e a cumprimentara com um aperto de mão distraído, como fazia com qualquer pessoa a quem encontrava ao passar pelo corredor. Nunca tinha visto Rosemary em outro lugar, pois as West eram episcopais, com laços congregacionais em Lowbridge, e nunca havia surgido a oportunidade para visitá-las. Antes desta noite, se tivessem perguntado a John Meredith qual era a aparência de Rosemary West, ele não teria tido a menor ideia. Mas, jamais se esqueceria de como a via neste momento, como apareceu a ele, em meio à magia da luz do luar, junto à nascente.

Rosemary não se parecia nada com Cecilia, que sempre tinha sido seu ideal de beleza feminina. Cecilia era pequena, morena e vivaz. Rosemary West era alta, loira e plácida. No entanto, John Meredith pensou que jamais tinha visto uma mulher tão bonita.

A jovem não usava chapéu e seus cabelos dourados — cabelos de um cálido dourado, "cor de caramelo de melado", como Di Blythe bem o definira — estavam presos em brilhantes cachos ao redor da cabeça. Tinha grandes e tranquilos olhos azuis, que pareciam sempre afáveis, uma fronte alva e alta, e um rosto de feições delicadas.

Rosemary West sempre tinha sido definida como uma "mulher doce". Era tão doce que nem mesmo seu ar majestoso e aristocrático havia lhe conferido a reputação de presunçosa, o que seria inevitável no caso de qualquer outra pessoa em Glen St. Mary. A vida lhe ensinara a ser valente e paciente, a amar e a perdoar. Tinha visto como o navio que levava seu amado zarpava do porto de Four Winds, em direção ao pôr do sol. Mas, ainda que esperasse durante muito tempo, nunca mais o viu regressar. Aquela vigília lhe havia roubado a infância dos olhos, mantendo, ainda assim, a juventude de uma maneira maravilhosa. Talvez fosse porque Rosemary parecia sempre preservar essa atitude de fascinada admiração com relação à vida, que a maioria de nós deixa para trás, esquecida na infância — uma atitude que não fazia apenas com que Rosemary parecesse jovem, mas que derramava uma aprazível ilusão de juventude sobre a consciência de todos que conversavam com ela.

John Meredith se sobressaltou pela beleza de Rosemary e a moça pela presença de John. Rosemary nunca imaginou que encontraria alguém naquela remota nascente, muito menos o eremita da casa pastoral de Glen St. Mary. Rosemary quase deixou cair todos os livros que trazia para casa, da Biblioteca de Glen, e então, para dissimular sua confusão, contou uma dessas mentirinhas inconsequentes, que até as melhores mulheres contam de vez em quando.

— Eu... vim para beber um gole de água — gaguejou ela, em resposta ao sério "boa noite, Miss West" proferido por Mr. Meredith. Sentiu-se uma tola imperdoável e ansiou por ir embora. Mas, John Meredith não era um homem vaidoso e sabia que provavelmente ela teria se sobressaltado até mesmo se tivesse se encontrado com o presbítero Clow daquela maneira inesperada. A confusão de Rosemary tranquilizou o pastor, que se esqueceu da timidez. Além disso, até mesmo o mais tímido dos homens pode, às vezes, se tornar audacioso sob a luz da lua.

— Permita que eu arrume um copo para a Miss — disse o pastor, sorrindo. Havia uma xícara ali por perto, se ele soubesse, uma xícara azul descascada e sem asa, escondida debaixo do bordo pelas crianças do Vale do Arco-íris. Mas, o pastor não sabia, então foi até uma das bétulas e arrancou um pedacinho da casca branca. Dobrou a casca com habilidade e formou uma xícara triangular, encheu-a com a água da nascente e entregou-a a Rosemary.

A jovem a pegou e bebeu até a última gota, como punição pela mentira, pois não estava com um mínimo de sede. Beber um copo cheio de água, quando não se está com sede, era, de fato, um suplício. Entretanto, a memória dessa ocasião seria muito agradável para Rosemary. Nos anos posteriores, ela carregaria consigo a sensação de que tinha algo sacramental naquela água. Talvez esse fato se desse por causa da atitude do pastor quando Rosemary devolveu o copo a ele. John se agachou novamente, encheu o copo e bebeu a água. Foi puramente acidental o fato de que ele pousou os lábios no mesmo lugar em que Rosemary tinha pousado os seus, e a moça sabia disso. Não obstante, o ato teve, para ela, um curioso significado. Os dois beberam do mesmo copo. Rosemary recordou, de forma infundada, que uma velha tia costumava dizer que quando duas pessoas bebiam do mesmo recipiente, suas vidas futuras estariam ligadas de alguma forma, para o bem ou para o mal.

John Meredith segurou a xícara, indeciso. Não sabia o que fazer com ela. O lógico a fazer seria jogá-la fora, mas por alguma razão não queria fazer isso. Rosemary estendeu a mão para pegá-la.

— O senhor me deixaria ficar com ela? — perguntou. — O senhor a fez com tanta habilidade. Nunca vi ninguém fazer uma xícara de casca de bétula como as que meu irmãozinho fazia, há muito tempo... antes de morrer.

— Aprendi a fazê-las quando era menino, num acampamento de verão. Um velho caçador me ensinou — explicou Mr. Meredith. — Permita-me carregar seus livros, Miss West?

Rosemary se assustou e outra vez contou uma mentira, afirmando que não estavam tão pesados. Mas, o pastor os tomou da mão dela, com ar de maestria, e começaram a caminhar juntos. Era a primeira vez que Rosemary passava algum tempo junto à nascente do vale sem pensar em Martin Crawford. A magia do encontro místico tinha sido quebrada.

A pequena trilha rodeava o pântano e logo subia a longa colina arborizada, sobre a qual vivia Rosemary. Adiante, através das árvores, se via a luz do luar brilhando sobre os planos campos de verão. Mas, a trilha era ensombrada e estreita. As árvores se fechavam acima da trilha e, depois do cair da noite, elas nunca se mostravam tão amigáveis com os seres humanos, como eram à luz do dia. Envolviam-se em si mesmas, distanciando-se dos humanos. Murmuravam e confabulavam furtivamente. Se nos estendessem a mão, o gesto seria hostil e vacilante. Pessoas caminhando entre as árvores, quando chegavam à escuridão, sempre tendiam a se aproximar instintiva e involuntariamente, formando uma aliança física e mental contra certos poderes sobrenaturais que os cercavam.

    O vestido de Rosemary roçava em John Meredith enquanto caminhavam. Nem mesmo um pastor distraído, que era, afinal, ainda um homem jovem, apesar de crer firmemente que tinha passado da fase do romance, poderia permanecer insensível ao encanto daquela noite, da trilha e da companhia.

    Não existe momento, em nossa vivência, em que seja prudente pensar que a vida terminou. Quando imaginamos que nossa história está finalizada, o destino tem a habilidade de virar a página e nos mostrar que há ainda mais um capítulo. Essas duas pessoas pensaram que seus corações pertenciam irrevogavelmente ao passado, mas ambos consideraram sua caminhada, subindo a colina, muito agradável. Rosemary não achou o pastor de Glen tão tímido e calado como lhe haviam dito. Ele não parecia achar difícil conversar cômoda e livremente com ela. As senhoras de Glen teriam ficado impressionadas se tivessem ouvido o pastor conversando. Mas, claro, a maioria das senhoras de Glen não falava sobre nada além de fofocas e o preço dos ovos, e John Meredith não estava interessado em nenhuma dessas coisas. Com Rosemary falou sobre livros, música, acontecimentos do mundo e um pouco sobre sua própria história. Ele descobriu que ela era capaz de entender e responder. Rosemary aparentemente possuía um livro que Mr. Meredith não tinha lido, e tinha interesse em ler. A jovem, então, ofereceu-se para emprestá-lo e, quando chegaram à velha casa na colina, o pastor resolveu entrar.

    A casa era uma antiga construção de pedra cinza, coberta de hera, através das quais a luz entrava na sala de estar, com afáveis piscadelas. A frente da casa estava orientada na direção de Glen, sobre o porto prateado pela luz da lua, e desde ali se viam as dunas de areia e o oceano gemente. Atravessaram um jardim que sempre parecia cheirar a rosas, mesmo que as rosas não estivessem florescendo. Havia uma irmandade de lírios no portão, uma faixa de ásteres em cada lado do amplo caminho de entrada e um cordão de abetos na borda da colina, atrás da casa.

    — A senhorita tem o mundo inteiro à sua porta — comentou John Meredith, com um profundo suspiro. — Que vista... que panorama! Às vezes, me sinto sufocado lá em Glen. Aqui a gente consegue respirar.

    — Hoje está tranquilo — disse Rosemary, rindo. — Se tivesse vento, ele o deixaria sem fôlego. Aqui em cima temos todo o ar que o vento trouxer. Este lugar deveria se chamar Four Winds, em vez de o Porto.

— Eu gosto do vento — declarou John. — Um dia sem vento me parece *morto*. Um dia ventoso me desperta — John deu uma risada consciente. — Nos dias tranquilos, eu tenho tendência a sonhar acordado. Deve conhecer minha fama, Miss West. Se na próxima vez que nos virmos eu não a cumprimentar, não pense que é por má educação. Por favor, compreenda que é apenas distração, e me perdoe. E, então, apenas fale comigo.

Eles encontraram Ellen West na sala de estar, quando entraram. Ellen deixou os óculos sobre o livro que estivera lendo e olhou para eles com ar de surpresa, pincelada com algo mais. Mas, cumprimentou Mr. Meredith com um amigável aperto de mãos. O pastor se sentou e começou a conversar com ela, enquanto Rosemary ia buscar o livro para ele.

Ellen West era dez anos mais velha do que Rosemary e era tão diferente que era difícil acreditar que as duas fossem irmãs. Ellen era morena e robusta, com cabelos pretos, sobrancelhas grossas e escuras, e olhos de um azul claro e acinzentado, como a água do golfo quando sopra um vento norte. Tinha aspecto severo e intimidatório, mas era, na realidade, muito jovial, com uma risada franca e vigorosa. Possuía uma voz profunda, suave e agradável, com uma sugestão de masculinidade. Ela tinha comentado uma vez com Rosemary que gostaria muito de ter uma conversa com esse pastor presbiteriano de Glen, para ver se ele conseguia dizer uma palavra para uma mulher, quando fosse pressionado. Tinha a oportunidade, agora, e começou o assunto sobre política mundial. Miss Ellen era uma leitora voraz e estivera devorando um livro sobre o Kaiser da Alemanha[14], e perguntou qual era a opinião de Mr. Meredith sobre ele.

— Um homem perigoso — foi a resposta do ministro.

— Eu acredito! — exclamou Miss Ellen. — Escreva o que eu digo, Mr. Meredith, esse homem vai declarar guerra contra alguém. *Arde* nele o desejo de brigar e vai fazer o mundo pegar fogo.

— Se a senhorita está dizendo que ele vai precipitar, de forma intencional, uma grande guerra, acho meio difícil — opinou Mr. Meredith. — O tempo em que aconteciam essas coisas ficou no passado.

— Deus o abençoe, mas acho que não passou — sussurrou Ellen. — Nunca fica no passado o dia em que os homens e as nações se transformam em animais e começam a guerrear. O milênio não está *tão* perto, Mr. Meredith, e o *senhor* não pensa que está, muito mais do que eu. Quanto ao Kaiser, escreva o

---

14 - Guilherme II foi o último imperador alemão e Rei da Prússia, de 1888 até sua abdicação em 1918, no final da Primeira Guerra Mundial. Guilherme dispensou o chanceler Otto von Bismarck em 1890 e liderou o Império Alemão para uma política bélica que ficou conhecida internacionalmente como "Novo Rumo", culminando no seu apoio a Áustria-Hungria durante a crise política de julho de 1914, que levou à Primeira Guerra. [N.T.]

que eu digo, ele vai armar a maior confusão — Miss Ellen falava, pressionando o livro de forma enfática com o dedo longo. — Sim, se ele não for cortado pela raiz, vai causar muita confusão. *Nós* viveremos para ver isso, o senhor e eu viveremos para ver isso, Mr. Meredith. E quem irá cortá-lo pela raiz? A Inglaterra deveria agir, mas não fará isso. *Quem* irá cortá-lo? Diga-me, Mr. Meredith?

Mr. Meredith não podia confirmar, mas imergiram em uma discussão sobre o militarismo alemão, que durou até muito tempo depois que Rosemary tinha achado o livro. Rosemary não disse nada, mas permaneceu sentada em uma cadeira atrás de Ellen, acariciando, meditativa, um enorme gato preto. John Meredith solucionava problemas cruciais na Europa com Ellen, mas olhava com mais frequência para Rosemary, e Ellen percebeu. Depois que Rosemary o acompanhou até a porta e voltou, Ellen se levantou e a encarou de forma acusadora.

— Rosemary West, esse homem tem a intenção de cortejá-la.

Rosemary estremeceu. As palavras de Ellen a atingiram como um golpe. Despojaram o agradável entardecer de todo seu encanto. Mas, não deixaria que Ellen percebesse o quanto estava magoada.

— Que bobagem — ela disse e riu, com uma pitada de exagerada indiferença. — Você acha pretendentes para mim em cada arbusto, Ellen. Ora, ele me contou toda a história da esposa esta noite, o quanto ela significava para ele, como a vida ficou vazia depois que ela deixou este mundo.

— Bem, essa pode ser a maneira *dele* de cortejar — retorquiu Ellen. — Pelo que entendi, os homens têm várias maneiras. Mas, não se esqueça de sua promessa, Rosemary.

— Não é necessário esquecer, nem lembrar nada — disse Rosemary, com ar um pouco estafado. — *Você* se esquece de que sou uma velha solteirona, Ellen? É apenas sua imaginação fraternal que ainda me vê jovem, viçosa e ameaçadora. Mr. Meredith quer ser um simples amigo, se é que quer tanto. Vai se esquecer de nós duas antes que chegue à reitoria.

— Não tenho objeção a que faça amizade com ele — concedeu Ellen —, mas não pode passar de amizade, lembre-se. Eu sempre suspeito dos viúvos. Não são propensos a ter ideias românticas sobre amizade. Estão dispostos a ir para os *finalmentes*. A respeito desse homem presbiteriano, por que dizem que ele é tímido? Ele não é nem um pouco tímido, ainda que possa ser distraído, tão distraído que se esqueceu de me dar boa noite, quando você começou a acompanhá-lo até a porta. É inteligente também. Há tão poucos homens nos arredores que podem falar algo com um pouco de sentido! Desfrutei desta noite. Não me importaria de vê-lo com mais frequência. Mas, sem flertes,

Rosemary, preste atenção, sem flertes.

Rosemary estava acostumada a ouvir as admoestações de Ellen sobre flertar, se conversasse por cinco minutos com qualquer homem disponível que tivesse menos que oitenta anos, e mais de dezoito. Sempre tinha rido da advertência, sem dissimular a graça que achava. Desta vez, não se divertiu, pelo contrário, sentiu-se irritada. Quem é que queria flertar?

— Não seja boba, Ellen — disse, com desacostumada rudeza, pegando sua lâmpada. Subiu as escadas sem desejar boa noite à irmã.

Ellen balançou a cabeça, duvidosa, e olhou para o gato preto.

— Por que ficou tão brava, Saint George? — perguntou. — Quando você mia é porque foi tocado, foi o que sempre ouvi, George. Mas, ela prometeu, Saint. Ela prometeu e nós, Wests, sempre mantemos a nossa palavra. Por isso, não importa que ele queira flertar, George. Ela prometeu. Não vou me preocupar.

Lá em cima, em seu quarto, Rosemary se sentou por um bom tempo, olhando pela janela através do jardim iluminado pela lua, até o porto distante e resplandecente. Sentia-se vagamente irritada e inquieta. De repente, estava cansada de sonhos desgastados. E, no jardim, as pétalas da última rosa vermelha foram espalhadas por um súbito vento. Terminava o verão, o outono havia chegado.

CAPÍTULO XIV

Mrs. Alec Davis faz uma visita

John Meredith caminhou lentamente até sua casa. A princípio, pensou um pouco sobre Rosemary, mas quando chegou ao Vale do Arco-íris, tinha se esquecido completamente dela e estava meditando sobre um ponto da teologia alemã mencionado por Ellen. Passou despercebido pelo Vale do Arco-íris. Os encantos do lugar não tinham valor, se comparados com a teologia alemã. Quando chegou à reitoria, foi diretamente para o escritório e tirou da biblioteca um pesado volume, para ver quem tinha razão, se era Ellen ou ele. Permaneceu imerso nesse labirinto até o amanhecer. Encontrou uma nova linha de especulação e a seguiu, como um servil rastreador, durante toda a semana, absolutamente perdido para o mundo, a congregação e a família. John lia dia e noite; esquecia-se de comer, quando Una não estava ali para arrastá-lo para as refeições; e não voltou a pensar em Rosemary ou Ellen. A velha Mrs. Marshall, que vivia do outro lado do porto, estava muito enferma e mandou buscá-lo, mas a mensagem permaneceu ignorada em sua mesa, juntando pó. Mrs. Marshall se recuperou, mas nunca mais o perdoou por isso. Um jovem casal veio até a reitoria para se casar e Mr. Meredith, com os cabelos despenteados, calçando pantufas e roupão desbotado, os casou. Distraidamente, o pastor começou lendo as palavras do serviço fúnebre para eles, e seguiu até chegar a "cinzas para cinzas e pó ao pó", antes de suspeitar vagamente que algo estava errado.

— Minha nossa! — disse, distraído. — É estranho...muito estranho.

A noiva, que estava muito nervosa, começou a chorar. O noivo, que não estava nem um pouco nervoso, começou a rir.

— Por favor, senhor, acho que o senhor está nos enterrando, em vez de nos casar — ele disse.

— Desculpem-me — disse Mr. Meredith, como se não importasse muito. Encontrou o texto para a cerimônia de matrimônio e a finalizou, mas a noiva nunca se sentiu realmente casada, pelo resto da vida.

John se esqueceu novamente do culto de oração, mas isso não teve muita importância, pois foi uma noite chuvosa e ninguém apareceu. Teria se esquecido até mesmo do culto de domingo, se não fosse por Mrs. Alec Davis. No sábado à tarde, tia Martha foi avisá-lo de que Mrs. Davis estava na sala e queria vê-lo. Mr. Meredith suspirou. Mrs. Davis era a única mulher na igreja de Glen St. Mary a quem ele francamente detestava. Infelizmente, ela era também a mais rica, e a junta de administradores o advertira para que não a ofendesse. Mr. Meredith raramente pensava em coisas tão mundanas como seu ordenado, mas os administradores eram mais práticos que o pastor. Além disso, eram astutos. Sem jamais mencionar o assunto dinheiro, conseguiram imbuir na mente de Mr. Meredith a convicção de que ele não deveria ofender Mrs. Davis. Do contrário, o pastor teria provavelmente se esquecido dela assim que tia Martha saísse do escritório. Mas, as coisas sendo como eram, largou seu Ewald[15] com um sentimento de irritação e cruzou o corredor até a sala.

Mrs. Davis estava sentada no sofá, olhando ao redor com um ar de arrogante desaprovação.

Que aposento tão vergonhoso! As janelas estavam descobertas. Mrs. Davis não sabia que Faith e Una haviam tirado as cortinas no dia anterior, para usá-las como cauda em seus trajes da corte, em uma das brincadeiras, e tinham se esquecido de colocá-las de volta. Mas, a acusação nos olhos da senhora não poderia ter sido mais furiosa, ainda que soubesse o motivo. As persianas estavam quebradas e arrebentadas. Os quadros nas paredes estavam tortos; os tapetes, enrugados; os vasos, cheios de flores murchas; o pó que cobria todos os móveis, aos montes, literalmente montes.

— A que ponto chegamos? — Mrs. Davis perguntou a si mesma e, então, comprimiu os lábios de sua feia boca.

Jerry e Carl estavam gritando e escorregando pelo corrimão quando ela entrou na sala. Os garotos não a viram entrando e continuaram gritando e escorregando, e Mrs. Davis estava convencida de que o faziam de propósito. O galo de estimação de Faith, que perambulava pelo corredor, parou à porta da sala e encarou a senhora. Como não gostou do que viu, não se atreveu a entrar. Mrs. Davis exalou uma interjeição desdenhosa. Bela reitoria, de fato, onde os galos desfilavam pelos corredores e encaravam as pessoas, sem um mínimo de vergonha.

— Fora, fora — ordenou Mrs. Davis, espantando-o com a sombrinha de seda cheia de babados.

Adam saiu. Ele era um galo prudente e Mrs. Davis havia destroncado o pescoço de tantos galos com as próprias mãos, no curso de seus cinquenta anos,

---

15 - Georg Heinrich August Ewald (1803 – 1875) foi um orientalista e teólogo alemão. [N.T.]

que parecia possuir um ar de executor ao redor de si. Adam se apressou pelo corredor, quando o pastor entrou.

Mr. Meredith ainda estava usando pantufas e roupão e os cabelos escuros caíam em mechas sobre a testa ampla. Mas, ele mantinha a postura do cavalheiro que era e Mrs. Davis, vestida em seda, chapéu emplumado, luvas de pelica e corrente de ouro, tinha a aparência do que era: uma mulher vulgar e descortês. Cada um deles sentiu o antagonismo da personalidade do outro. Mr. Meredith se encolheu, mas Mrs. Davis se preparou para a batalha. Ela tinha vindo à reitoria para fazer uma proposta ao pastor e não tinha a menor intenção de perder tempo com isso. Ia fazer-lhe um favor — um grande favor — e, quanto antes ele soubesse, melhor. Tinha passado o verão inteiro pensando e, por fim, tinha chegado a uma decisão. Isso era tudo que importava, pensou Mrs. Davis. Quando tomava uma decisão, *estava* decidido. Ninguém mais podia ter nenhuma outra opinião a respeito. Essa sempre tinha sido sua atitude. Quando decidira casar-se com Alec Davis, se casou com ele, e isso foi tudo. Alec nunca soubera como tinha acontecido, mas o que importava? Então, neste caso, Mrs. Davis tinha acertado tudo, para sua própria satisfação. Agora, só restava informar Mr. Meredith.

— O senhor poderia fechar aquela porta? — disse Mrs. Davis, desapertando a boca de leve, apenas o suficiente para se expressar, mas falando com aspereza. — Tenho algo importante a informar, mas não consigo dizer com essa gritaria no corredor.

Mr. Meredith fechou a porta, obediente, e então se sentou diante de Mrs. Davis. Ainda não estava totalmente consciente da presença dela. Sua mente ainda estava lutando com os argumentos de Ewald. Mrs. Davis percebeu o distanciamento do pastor e se irritou.

— Eu vim informá-lo, Mr. Meredith — disse, com agressividade —, que decidi adotar sua filha Una.

— Adotar... a... Una! — Mr. Meredith permaneceu encarando-a com o rosto inexpressivo, sem entender absolutamente nada.

— Sim. Passei um bom tempo meditando sobre o assunto. Desde a morte do meu marido, tenho pensado em adotar uma criança. Mas, parece tão difícil achar uma que seja adequada. Não são muitas as crianças que eu poderia trazer para dentro da *minha* casa. Não pensaria em pegar uma criança de orfanato, alguém com toda a possibilidade de ser um pária dos subúrbios. E quase não há outras crianças para adotar. Um dos pescadores lá do porto morreu na semana passada, deixando seis crianças. Eles tentaram me oferecer uma delas, mas eu deixei logo bem claro que não tinha nenhuma intenção de adotar uma escória como aquela. O avô deles roubou um cavalo. Além disso, eram todos meninos e eu queria uma menina, uma mocinha tranquila e obediente, que eu pudesse educar para se tornar uma dama. Una é exatamente o que eu procuro. Seria uma garotinha encantadora se fosse bem-cuidada, tão diferente da Faith. Eu jamais sonharia em adotar a Faith. Mas, vou ficar com a Una, e darei a ela uma boa casa, educação, Mr. Meredith, e se ela se comportar, vou deixar para ela todo o meu dinheiro, quando eu morrer. Nenhum dos meus parentes vai ficar com nenhum centavo desse dinheiro, isso já está decidido. Foi a ideia de aborrecê-los que me fez pensar em adotar uma criança, mais que tudo, a princípio. Una vai andar sempre bem-vestida, educada e treinada, Mr. Meredith, e eu lhe darei aulas de música e pintura, e vou tratá-la como se fosse minha.

Mr. Meredith estava completamente acordado neste momento da conversa. Havia um leve rubor nas bochechas pálidas e uma ameaçadora luz em seus belos olhos escuros. Aquela mulher, cuja vulgaridade e senso de importância do dinheiro exalavam pelos poros, estava realmente pedindo que ele lhe desse Una — sua querida e melancólica Una, que tinha os olhos azul-escuros de Cecilia —, a criança que a mãe moribunda tinha segurado junto ao coração, depois que todas as outras crianças foram retiradas, chorando, do quarto. Cecilia havia se aferrado ao seu bebê até que os portões da morte se fecharam e as separaram para sempre. Cecilia tinha olhado para o marido, por cima da cabecinha escura da menina.

— Cuide bem dela, John — rogara Cecilia. — Ela é tão pequena... e sensível. Os outros poderão lutar para conquistar seu caminho..., mas o mundo vai machucá-la. Oh, John, não sei o que você e ela farão. Vocês dois precisam tanto de mim. Mas, mantenha-a perto de você... mantenha-a por perto.

Essas tinham sido praticamente suas últimas palavras, exceto outras, inesquecíveis, só para o marido. E era essa criança que Mrs. Davis anunciara, friamente, ter a intenção de afastar dele. Sentou-se muito empertigado e olhou para Mrs. Davis. Apesar do roupão gasto e das pantufas usadas, havia algo nele que fez Mrs. Davis sentir um pouco da antiga reverência pelo "hábito", segundo a haviam educado. Afinal, *havia de fato* uma certa divindade que cobria um pastor, até mesmo um pastor pobre, nada mundano e distraído.

— Eu agradeço suas boas intenções, Mrs. Davis — disse Mr. Meredith, com uma cortesia gentil e definitiva —, mas não posso lhe dar minha filha.

Mrs. Davis o encarou, perplexa. Jamais sonhou que o pastor fosse recusar.

— Ora, Mr. Meredith — ela disse, assombrada —, o senhor deve estar lo... — não pode estar falando sério. O senhor deve pensar a respeito — pense em todas as vantagens que posso oferecer à sua filha.

— Não há necessidade de pensar em nada, Mrs. Davis. O assunto está absolutamente fora de questão. Todas as vantagens terrenas que a senhora tem em seu poder, para conceder a ela, não poderiam compensar a perda do amor e cuidado de um pai. Eu lhe agradeço novamente, mas não há nada para pensar.

O desapontamento enfureceu Mrs. Davis até o ponto de não conseguir se controlar. O rosto largo e vermelho da velhota tornou-se de cor púrpura e sua voz estremeceu.

— Achei que o senhor ficaria contente que eu levasse a menina — disse, com desdém.

— Por que a senhora achou isso? — perguntou Mr. Meredith, com calma.

— Porque ninguém supõe que o senhor se importe com qualquer um de seus filhos — retorquiu Mrs. Davis, de forma desdenhosa. — O senhor os negligencia de forma escandalosa. Não se fala em outra coisa no vilarejo. Eles não são alimentados e vestidos de forma apropriada e não têm nenhuma educação. Eles não têm mais modos do que um bando de selvagens. O senhor não pensa em seu dever como pai. Deixou uma criança órfã ficar aqui entre eles por quinze dias, e nem sequer percebeu que estava aqui. Uma criança que tem o linguajar como o de um soldado, foi o que me disseram. O *senhor* não teria se importado se as crianças tivessem pegado sarampo dela. E Faith passando vergonha, levantando-se no meio do culto e fazendo aquele discurso! E ela montou em um porco no meio da rua, diante dos seus próprios olhos, pelo que soube. É incrível a maneira como eles agem, e o senhor não levanta um dedo para detê-los, ou para tentar ensinar qualquer coisa a eles. E, agora, quando ofereço uma boa casa e boas perspectivas para um deles, o senhor recusa e me insulta. Que excelente pai o senhor é, falando em amar e cuidar de seus filhos!

— Já basta, mulher! — exclamou Mr. Meredith. Ele se levantou e encarou Mrs. Davis com um olhar que a fez estremecer. — Já basta — repetiu ele. — Não quero ouvir mais nada, Mrs. Davis. A senhora já falou muito. Pode ser que eu tenha sido descuidado em alguns aspectos em meu dever como pai, mas não é a senhora que deve recordar meu dever, com os termos que usou. Eu lhe desejo uma boa tarde.

Mrs. Davis não disse nada tão amável como uma boa tarde, e então partiu. No momento em que passou pelo pastor, um sapo grande e gordo, que Carl havia escondido debaixo do sofá, saltou quase debaixo dos pés da senhora. Mrs. Davis deu um grito e, ao tentar não pisar no bicho asqueroso, perdeu o equilíbrio e a sombrinha. A senhora não caiu exatamente, mas cambaleou e rolou pelo corredor de forma indigna, e acabou batendo na porta com um golpe que a abalou dos pés à cabeça. Mr. Meredith, que não tinha visto o sapo, se perguntou se Mrs. Davis não tinha tido algum tipo de ataque apoplético ou de paralisia, e correu, alarmado, para ajudá-la. Mas, Mrs. Davis, recuperando-se, o afastou, furiosa.

— Não ouse me tocar — ela praticamente gritou. — Essa é uma das façanhas de seus filhos, eu suponho. Este não é um lugar apropriado para uma mulher decente. Entregue-me minha sombrinha e me deixe ir. Jamais voltarei a cruzar a porta de sua reitoria ou de sua igreja novamente.

Mr. Meredith recolheu, obedientemente, a belíssima sombrinha e entregou a ela. Mrs. Davis a pegou e saiu. Jerry e Carl tinham parado de escorregar pelo corrimão e estavam sentados na beirada da varanda, com Faith. Infelizmente, os três cantavam, com toda a plenitude de suas saudáveis vozes *"A Hot Time in the Old Town"* [16], e Mrs. Davis achou que a canção fosse para ela, para ela somente. A velha parou e balançou a sombrinha na direção deles.

— Seu pai é um tolo — disse ela —, e vocês são três pestinhas, que deviam levar uma surra até arrebentar vocês.

— Ele não é nenhum tolo! — exclamou Faith. — Não somos pestinhas! — exclamaram os meninos.

Mas, Mrs. Davis tinha partido.

— Meu Deus, que mulher louca! — disse Jerry. — E o que quer dizer "pestinhas"?

John Meredith ficou caminhando de um lado para o outro na sala, por alguns minutos. Depois, voltou ao escritório e se sentou. Mas, não retornou para a teologia alemã. Sentia-se muito conturbado para isso. Mrs. Davis o trouxera de volta à realidade, violentamente. Será que ele *era* um pai tão negligente, tão descuidado quanto Mrs. Davis o havia acusado de ser? Será que ele *tinha* negligenciado de maneira tão escandalosa o bem-estar físico e espiritual de quatro criaturas, órfãs de mãe, que dependiam dele? Será que os membros da paróquia *estavam* falando com tanta severidade, como havia declarado Mrs. Davis? Deviam estar, pois Mrs. Davis tinha vindo pedir Una com plena convicção de que ele entregaria a menina de forma tão despreocupada e tão alegremente como alguém que doa um gatinho abandonado. E se assim era, o que fazer?

John Meredith suspirou e voltou a andar de um lado para o outro, no aposento desordenado e empoeirado. O que ele poderia fazer? John amava os

---

16 - *A Hot Time in the Old Town*, também intitulada como *There'll Be a Hot Time in the Old Town Tonight* (Haverá Festa na Cidade Esta Noite, tradução livre), é uma música popular americana composta por Theodore August Metz, com canção de Joe Hayden Metz. Metz foi o líder da banda McIntyre and Heath Minstrels. [N.T.]

filhos tão profundamente como qualquer pai e sabia que as crianças o amavam com devoção, apesar do poder de Mrs. Davis ou qualquer um de sua laia, de perturbar sua convicção. Mas, ele *estava* capacitado para tomar conta deles? John conhecia — melhor que ninguém — suas limitações e fraquezas. O que precisava era a presença, a influência e a sensatez de uma boa mulher. Mas, como conseguir isso? Ainda que pudesse arranjar uma governanta, isso magoaria profundamente tia Martha. Ela achava que ainda conseguia fazer tudo que era necessário. Não podia magoar e insultar a pobre senhora, que fora tão gentil com ele e com os seus filhos. Como tinha cuidado de Cecilia! E Cecilia tinha pedido que fosse muito justo com tia Martha. Para falar a verdade, John de repente recordou que tia Martha, uma vez, insinuara que ele deveria se casar novamente. John sentia que a tia não se ressentiria com uma esposa como se ressentiria com uma governanta. Mas, isso estava fora de questão. John não queria se casar — não gostava e nem poderia gostar de ninguém. Então, o que poderia fazer? De repente, lhe ocorreu ir até Ingleside e conversar com Mrs. Blythe sobre suas dificuldades. Mrs. Blythe era uma das poucas mulheres com quem jamais se sentia tímido e mudo. Era sempre tão solidária e revigorante. Talvez, ela pudesse sugerir alguma resolução para seus problemas. E mesmo que não pudesse, Mr. Meredith sentia que precisava de um pouquinho de companhia humana normal, depois de sua dose de Mrs. Davis, algo que tirasse o gosto amargo de sua alma.

    John se vestiu rapidamente e comeu com menos distração que de costume. O pastor percebeu que a comida era ruim. Olhou para os filhos: estavam todos rosados e com aparência saudável, exceto Una, mas ela nunca tinha sido muito forte, nem enquanto a mãe estava viva. Estavam todos falando e rindo, certamente pareciam felizes. Carl estava especialmente feliz, pois tinha duas belíssimas aranhas caminhando pelo prato. As vozes das crianças eram agradáveis, os modos não pareciam tão ruins, eles eram considerados gentis uns com os outros. Ainda assim, Mrs. Davis disse que o comportamento deles era motivo de reclamações entre a congregação.

    Quando Mr. Meredith saía pelo portão, o doutor e Mrs. Blythe passavam pela estrada, rumo a Lowbridge. O pastor se entristeceu. Mrs. Blythe estava saindo, era inútil ir até Ingleside. E, neste momento, mais do que nunca, John ansiava por um pouco de companhia. Ao olhar, desesperançado, para a paisagem, a luz do entardecer iluminou uma janela da antiga casa dos West na colina. A luz flamejou em tom rosado, como um farol de boa sorte. John de repente se lembrou de Rosemary e de Ellen West. Pensou que iria gostar de um pouco da conversa mordaz de Ellen. Achou que seria agradável ver o sorriso lento e doce de Rosemary, seus tranquilos olhos azul-celeste. O que dizia aquele antigo poema do Sir Philip Sidney? — "Consolo permanente em um rosto[17]" — isso combinava com Rosemary. E John precisava de conforto. Por que não lhe fazer uma visita? Lembrou-se de que Ellen dissera que ele fosse visitá-las de vez em quando, e tinha o livro de Rosemary para devolver. Devia devolver antes que se esquecesse. John tinha a incômoda suspeita de que muitos livros em sua biblioteca foram emprestados em distintas ocasiões e distintos lugares, e ele se esquecera de devolver. Era seu dever evitar fazer isso, naquele caso. John voltou ao escritório, pegou o livro e dirigiu seus passos na direção do Vale do Arco-íris.

---

[17] - Poema "Lament for Sir Phillip Sidney" (Lamento por Sir Phillip Sidney – tradução livre), escrito por Matthew Roydon. Sir Phillip Sidney foi celebrado como autor, general e amigo da Rainha Elizabeth. Foi mortalmente ferido na Batalha da Zutphen, em 7 de outubro de 1586.

CAPÍTULO XV

Mais falatório

Na noite seguinte ao enterro da Mrs. Myra Murray, que vivia do outro lado do porto, Miss Cornelia e Mary Vance foram até Ingleside. Havia muitas preocupações, as quais Miss Cornelia ansiava por aliviar de sua alma. Era necessário comentar sobre o funeral, é claro. Susan e Miss Cornelia esgotaram o assunto entre elas. Anne não tomava parte nem se deleitava em conversas tão macabras. Anne estava sentada um pouco afastada e observava o flamejar outonal das dálias no jardim e o porto sonhador e resplandecente no entardecer de setembro. Mary Vance estava sentada ao seu lado, tricotando docilmente. O coração de Mary estava no Vale do Arco-íris, de onde se podiam ouvir os doces sons das risadas de crianças, suavizados pela distância, mas seus dedos estavam sob o olhar vigilante da Miss Cornelia. Ela deveria tricotar uma quantidade determinada de fileiras de sua meia, antes que pudesse ir para o vale. Mary tricotava em silêncio, mas usava suas orelhas.

— Nunca vi um cadáver tão bonito — disse Miss Cornelia, de forma judiciosa. — Myra Murray sempre foi uma mulher bonita. Ela era uma Corey, de Lowbridge, e a família Corey sempre foi famosa por sua boa aparência.

— Eu disse para o cadáver, quando passei: "Pobre mulher. Espero que esteja tão feliz quanto parece estar" — suspirou Susan. Ela não mudou muito. Aquele vestido que Myra estava usando era o vestido de cetim preto que comprou para o casamento da filha, quatorze anos atrás. Naquela época, a tia dela tinha dito para que guardasse para seu funeral, mas Myra riu e disse: "Pode ser que use o vestido no meu funeral, titia, mas antes vou desfrutar muito dele". E posso dizer que assim foi. Myra Murray não era mulher de presenciar seu próprio funeral antes de morrer. Muitas vezes, depois daquela conversa, quando eu a via se divertindo com amigos, pensava comigo mesma: "Você é uma mulher bonita, Myra Murray, e esse vestido lhe cai muito bem, mas é provável que, afinal, essa seja sua mortalha". Veja como minhas palavras se tornaram realidade, Mrs. Marshall Elliott.

Susan voltou a exalar um profundo suspiro. Estava se divertindo muitíssimo. Um funeral era, de fato, um delicioso assunto de conversação.

— Sempre gostei de me encontrar com Myra — disse Miss Cornelia. — Ela era sempre tão alegre e tão contente, fazia com que as pessoas se sentissem bem apenas com um aperto de mão. Myra sempre via o lado bom das coisas.

— Isso é verdade — afirmou Susan. — A cunhada de Myra me contou que quando o médico disse a ela que nada mais podia ser feito e que ela não levantaria mais da cama, Myra disse alegremente: "Bem, se é assim, estou grata porque todas as conservas estão prontas e não terei que enfrentar a faxina de outono. Sempre gostei da faxina de primavera". — disse ela — "Mas sempre detestei a de outono. Vou me livrar disso este ano, graças a Deus". Tem gente que vai dizer que isso é leviandade, Mrs. Marshall Elliott, e creio que a cunhada ficou um pouco envergonhada. Disse que talvez a doença tenha feito Myra ficar um pouco tonta. Mas, eu lhe disse: "Não, Mrs. Murray, não se preocupe. É só o jeito de Myra de ver o lado bom das coisas".

— A irmã dela, Luella, era exatamente o contrário — disse Miss Cornelia. — Não tinha lado bom para Luella. Tudo era escuro, ou estava pintado em distintos tons de cinza. Por anos, ela costumava declarar que iria morrer em uma semana. "Não vou ser um estorvo para vocês por muito tempo", dizia para a família, com um gemido. E se algum deles ousava falar sobre seus pequenos planos para o futuro, ela gemia e dizia: "Ah, eu não vou mais estar aqui". Quando ia visitá-la, sempre lhe dava razão, e ela gostava tanto disso que ficava bem por muitos dias depois. Ela tem a saúde melhor agora, mas não melhor humor. Myra era tão diferente. Estava sempre fazendo ou dizendo algo para fazer alguém se sentir bem. Talvez, tenha algo a ver com os homens com quem se casaram. O marido de Luella era um bárbaro, acredite, enquanto Jim Murray era uma pessoa decente, tanto quanto pode ser um homem. Parecia destroçado hoje. Não é sempre que sinto pena de um homem no funeral de sua esposa, mas senti hoje de Jim Murray.

— Não é de se estranhar que parecesse triste. Ele não vai conseguir uma esposa como Myra tão cedo — comentou Susan. — Talvez nem vá tentar, pois seus filhos já estão todos crescidos e Mirabel já é capaz de manter a casa. Mas, nunca se pode predizer o que um viúvo pode ou não fazer, e eu não vou tentar fazer predições.

— Sentiremos muita falta de Myra na igreja — lamentou Miss Cornelia. — Trabalhava tanto! Nada, jamais, a deixava desconcertada. Se não conseguisse superar uma dificuldade, ela a rodeava; se não conseguisse rodeá-la, fingia que não existia nenhuma e, geralmente, não existia mesmo. "Vou me manter firme até o final da jornada", foi o que ela me disse certa vez. Bem, a jornada de Myra já terminou.

— A senhora acha? — perguntou Anne de repente, retornando da terra dos sonhos. — Não consigo imaginar que a jornada *dela* tenha chegado ao fim. Conseguem imaginar Myra sentada, entrelaçando as mãos, com aquele ávido e inquisitivo espírito que ela tinha, com seu afã por aventuras? Não, não, creio que na morte ela apenas abriu um portão e entrou... em... em... em direção a novas e radiantes aventuras.

— Talvez... talvez — assentiu Miss Cornelia. — Sabe, querida Anne, eu nunca gostei muito dessa doutrina de descanso eterno e espero que não seja heresia falar isso. Eu quero continuar trabalhando no Céu, bem como trabalho aqui. E eu espero que haja um substituto celestial de tortas e biscoitos, algo que se possa fazer. Claro que, às vezes, nos cansamos muito e quanto mais velhos, mais cansados ficamos. Mas, até o mais cansado terá tempo de descansar na eternidade, exceto, talvez, o homem ocioso.

— Quando eu encontrar Myra Murray novamente! — exclamou Anne. — Quero vê-la vir até mim, ativa e rindo, como sempre a vi aqui.

— Oh, querida Mrs. Dr. Blythe — disse Susan, em tom chocado —, por certo que a senhora não acha que Myra vai rir no mundo porvir, acha?

— Por que não, Susan? Você acha que vamos ficar chorando lá?

— Não, não, querida Mrs. Dr. Blythe, não me entenda mal. Acho que não vamos nem rir nem chorar.

— E o que vamos fazer, então?

— Bem... — disse Susan, sentindo-se encurralada —, é minha opinião, querida Mrs. Dr. Blythe, de que vamos ser solenes e sagrados.

— E você acha mesmo, Susan? — disse Anne, parecendo bastante solene. — Que Myra Murray ou eu poderíamos ser solenes e sagradas o tempo todo, *todo* o tempo, Susan?

— Bem — admitiu Susan, relutante —, poderia chegar a ponto de dizer que vocês duas teriam que sorrir de vez em quando, mas jamais poderia admitir que haverá gargalhadas no Céu. A ideia parece francamente irreverente, querida Mrs. Dr. Blythe.

— Bem, para voltarmos para os assuntos da Terra — disse Miss Cornelia —, quem podemos chamar para tomar conta da classe da Escola Dominical de Myra? Julia Clow tem cuidado da classe desde que Myra adoeceu, mas ela está indo passar o inverno na cidade e vamos ter que arranjar outra pessoa.

— Ouvi dizer que Mrs. Laurie Jamieson queria a turma — comentou Anne.

A família Jamieson tem frequentado a igreja com regularidade, desde que se mudaram de Lowbridge para Glen.

— São uns assoberbados! — exclamou Miss Cornelia, com desconfiança. — Espere até que estejam frequentando a igreja por um ano.

— Não se pode depender nem um pouquinho de Mrs. Jamieson, querida Mrs. Dr. Blythe — concordou Susan, solenemente. — Ela morreu uma vez, e quando estavam tomando as medidas para o caixão, depois de estendê-la, ela não foi e voltou à vida? Agora me diga, querida Mrs. Dr. Blythe, se podemos confiar numa mulher assim?

— Ela pode se tornar uma metodista a qualquer momento — disse Miss Cornelia. — Contaram-me que eles frequentavam a igreja metodista em Lowbridge com tanta frequência quanto vêm à presbiteriana. Ainda não os peguei fazendo o mesmo aqui, mas não aprovaria que tivéssemos Mrs. Jamieson na Escola Dominical. Ainda assim, não devemos ofendê-los. Temos perdido muita gente, quer seja por morte, quer seja por mau humor. Mrs. Alec Davis saiu da igreja e ninguém sabe o motivo. Ela disse aos administradores que jamais pagaria um centavo para o salário de Mr. Meredith. Claro que a maioria das pessoas diz que as crianças a ofenderam, mas, para mim, não sei não. Não acho que tenha sido isso. Tentei especular com a Faith sobre o assunto, mas só consegui saber que Mrs. Davis tinha chegado para falar com o pai, parecendo estar com excelente humor, e tinha saído furiosa, chamando a todos eles de "pestes!"

— Como assim, "pestes"? — perguntou Susan, indignada. — Mrs. Alec Davis se esquece de que o tio dela, por parte de mãe, foi suspeito de envenenar a esposa? Não que tenha sido provado, querida Mrs. Dr. Blythe, e não se pode acreditar em tudo que ouvimos. Mas, se eu tivesse um tio cuja esposa morreu sem razão satisfatória, não sairia por aí chamando crianças inocentes de pestes.

— A questão é — disse Miss Cornelia — que Mrs. Davis pagava um considerável valor de dízimo, e como vamos compensar a perda? É um problema. E se ela conseguir colocar os outros membros da família Douglas contra Mr. Meredith, o que essa mulher certamente tentará fazer, o pastor simplesmente terá que ir embora.

— Não creio que o restante do clã goste muito de Mrs. Alec Davis — pontuou Susan. — Não é provável que ela consiga ter alguma influência sobre eles.

— Mas, aqueles Douglas sempre estão tão unidos. Se você afeta um, afeta todos. Não podemos prescindir deles, isso é certo. Eles pagam a metade do salário do pastor. Eles não são mesquinhos, independentemente do que mais se pode falar deles. Norman Douglas costumava dar cem por ano, muitos anos atrás, antes de sair da igreja.

— Por que ele saiu da igreja? — perguntou Anne.

— Ele declarou que um membro da congregação o roubou na negociação de uma vaca. Faz vinte anos que não vai à igreja. A esposa costumava frequentar de forma regular, enquanto estava viva, pobrezinha, mas ele nunca permitiu que ela desse nada, exceto um cobre todos os domingos. Ela se sentia terrivelmente humilhada. Não sei se foi muito bom marido, apesar de nunca termos ouvido reclamações da esposa. Mas, a mulher sempre parecia assustada. Norman Douglas não se casou com a mulher que queria trinta anos atrás, e os Douglas nunca foram de se conformar com o que não fosse o melhor.

— Quem era a mulher que ele queria?

— Era Ellen West. Eles não eram exatamente noivos, eu acho, mas saíram juntos durante dois anos. E um dia eles simplesmente terminaram, ninguém jamais soube o porquê. Uma briga boba, eu acho. E Norman foi e se casou com Hester Reese, antes que tivesse tempo de se acalmar. Casou-se com ela apenas para se vingar de Ellen, não tenho dúvida. Tão típico de um homem! Hester era uma mocinha bonita, porém nunca teve muito ânimo e ele esmagou o pouquinho que tinha. Ela era muito dócil para Norman, que precisava de uma mulher que pudesse enfrentá-lo. Ellen o teria mantido na linha e ele a teria amado mais por causa disso. Norman desprezava Hester, essa é a verdade, simplesmente porque ela sempre cedia. Eu o ouvi dizer muitas vezes, muito tempo atrás, quando era jovem: "Dê-me uma mulher brava, brava é como eu gosto". E, então, foi e se casou com uma moça que não conseguia espantar um ganso, típico de um homem. Os membros da família dos Reese eram apenas vegetais. Passaram pela vida, mas não *viveram* de verdade.

— Russell Reese usou a aliança da primeira esposa para desposar a segunda — agregou Susan, recordando. — Isso foi *extremamente* avarento, em minha opinião, querida Mrs. Dr. Blythe. E o irmão dele, John, tem a própria lápide instalada no cemitério do outro lado do porto, com tudo preparado, menos a data da morte, e vai visitá-la todos os domingos. A maioria das pessoas não consideraria isso muito divertido, mas, para ele, evidentemente é. As pessoas têm ideias muito diferentes sobre o que é diversão. Quanto ao Norman Douglas, ele é um perfeito pagão. Quando o último pastor lhe questionou por que nunca ia à igreja, ele respondeu: "Muitas mulheres feias, pastor, muitas mulheres feias!" Eu gostaria de chegar na frente de um homem desses, querida Mrs. Dr. Blythe, e solenemente dizer a ele: "O Inferno existe, viu!".

— Oh, o Norman não acredita que exista tal lugar — disse Miss Cornelia. — Espero que ele descubra seu erro quando morrer. Ah, Mary, você já tricotou os sete centímetros. Pode ir brincar com as crianças, por meia hora.

Mary não esperou que a mandasse uma segunda vez. Voou até o Vale do Arco-íris, com o coração tão leve quanto os pés, e no decorrer da conversa, contou a Faith Meredith tudo sobre Mrs. Alec Davis.

— E Mrs. Elliott disse que vai colocar a família Douglas contra seu pai, e que então ele terá que ir embora de Glen, porque seu salário não será pago — concluiu Mary. — Eu não sei o que podemos fazer, juro por Deus. Se apenas o velho Norman Douglas voltasse para a igreja e entregasse o dízimo dele, não estaria tão mal. Mas, ele não vai voltar, e os Douglas vão sair, e vocês vão ter que ir embora.

Naquela noite, Faith foi se deitar com o coração pesado. A ideia de ir embora de Glen era insuportável. Em nenhum outro lugar do mundo havia amigos como os Blythes. Seu coraçãozinho tinha sido esmagado quando deixaram Maywater. Ela tinha chorado muitas lágrimas amargas quando se despediu dos amigos de Maywater e da velha casa pastoral onde a mãe tinha vivido e morrido. Não podia contemplar calmamente a ideia de outra separação, e esta seria ainda mais difícil. Não *podia* deixar Glen St. Mary, o querido Vale do Arco-íris e o delicioso cemitério.

— É horrível ser uma família pastoral — gemeu Faith, contra o travesseiro. — Assim que a gente se apega a um lugar, somos arrancados pela raiz. Eu nunca, nunca, *nunca* vou me casar com um pastor, não importa quão bom ele seja.

Faith se sentou na cama e olhou pela janelinha coberta de hera. A noite estava muito tranquila, o silêncio era interrompido apenas pela suave respiração de Una. Faith se sentiu terrivelmente sozinha no mundo. Conseguia ver Glen St. Mary abaixo dos campos azuis cheios de estrelas da noite de outono. Sobre o vale, brilhava a luz do quarto das meninas em Ingleside e outra do quarto de Walter. Faith se perguntava se o pobre Walter ainda estava com dor de dente. Então, suspirou, com um suspiro fugaz de inveja de Nan e de Di. Elas tinham uma mãe e uma casa estável. Eles não estavam à mercê de pessoas que ficavam irritadas sem razão e as chamavam de pestes. Longe, mais além de Glen, entre campos que estavam muito tranquilos em meio ao sono, iluminava outra luz. Faith sabia que brilhava na casa onde Norman Douglas morava. Diziam que ele ficava acordado por horas durante a noite, lendo.

Mary tinha dito que se pudessem convencê-lo a voltar para a igreja, tudo ficaria bem. E por que não? Faith olhou para uma grande estrela baixa, sobre o alto e esbelto pinheiro no portão da igreja metodista e teve uma inspiração. Sabia que tinha que fazer algo e ela, Faith Meredith, o faria. Ela consertaria tudo. Com um suspiro de satisfação, apartou-se do mundo solitário e escuro, e se encolheu ao lado de Una.

CAPÍTULO XVI

Olho por olho

Para Faith, decidir era agir. Não perdeu tempo ao colocar seu plano em prática. Assim que chegou da escola, no dia seguinte, Faith saiu de casa, em direção a Glen. Walter Blythe se juntou a ela, quando Faith passava pelo posto do correio.

— Vou à casa de Mrs. Elliott com um recado da minha mãe — disse ele. — Aonde você vai, Faith?

— Vou em um certo lugar para tratar de negócios — disse Faith, em tom altivo. Não voluntariou mais informações e Walter se sentiu um pouco desprezado. Eles caminharam em silêncio por alguns minutos. Era uma tarde cálida e ventosa, com o ar doce e resinoso. Além das dunas, o mar era cinza, suave e belo. O riacho de Glen carregava um fardo de folhas douradas e carmesim, como canoas de fadas. Nos trigais, onde havia apenas restolhos, com seus belíssimos tons de vermelho e marrom, ocorria uma assembleia de corvos, na qual se levavam a cabo solenes deliberações referentes ao bem-estar da terra. Faith, ao subir no cercado, interrompeu cruelmente a augusta assembleia, ao lançar um pedaço da cerca quebrada nos pássaros reunidos. Naquele instante, o ar se encheu de asas pretas batendo e grasnidos indignados.

— Por que você fez isso? — perguntou Walter, com ar de reprovação. — Eles estavam se divertindo tanto.

— Oh, porque eu odeio corvos. São tão pretos e ardilosos. E tenho certeza de que são hipócritas. Eles roubam ovos dos ninhos de pássaros menores, sabia? Na primavera passada, vi um deles fazer isso no nosso jardim. Walter, por que você está tão pálido hoje? Teve dor de dente na noite passada?

Walter estremeceu.

— Sim, uma dor terrível. Não consegui pregar o olho. Então, fiquei andando de um lado para o outro e imaginando que era um mártir cristão da igreja primitiva, sendo torturado por ordem de Nero. Isso me aliviou por alguns momentos, mas depois me doía tanto que eu não consegui imaginar mais nada.

— Você chorou? — perguntou Faith, ansiosa.

— Não. Mas, me deitei no chão e fiquei gemendo. Então, as meninas entraram e Nan colocou pimenta caiena no dente. Aí a dor ficou pior e Di me fez fazer bochecho com água gelada. E eu não consegui suportar a dor, então elas chamaram Susan. Susan me disse que aquilo era merecido, por eu ter me sentado ontem no sótão frio, "escrevendo essa porcaria de poesia". Mas, ela acendeu o fogo na cozinha e me deu uma garrafa de água quente, que fez parar a dor de dente. Assim que me senti melhor, disse a Susan que minha poesia não era porcaria e que ela não era ninguém para julgá-la. E ela disse que não, que graças a Deus não era mesmo, e que não sabia nada sobre poesia, exceto que era um montão de mentiras. Ora, você sabe, Faith, que não é bem assim. Essa é uma das razões por que eu gosto de escrever poesia. Você pode dizer muitas coisas que são verdades, mas que não seriam verdades em prosa. Foi o que eu disse para Susan, mas ela me disse que parasse de falar asneiras e fosse dormir antes que a água esfriasse, ou me deixaria para ver se os versos iriam curar minha dor de dente, e que ela esperava que essa fosse uma lição para mim.

— Por que não vai até o dentista em Lowbridge, para arrancar o dente?

Walter estremeceu novamente.

— Querem que eu vá, mas não posso. Vai doer muito.

— Você tem medo de uma dorzinha? — perguntou Faith, em tom de desdém.

Walter se ruborizou.

— Vai ser uma *enorme* dor. Odeio sentir dor. Papai disse que não vai insistir que eu vá... vai esperar que eu decida por minha conta.

— Não vai doer tanto quanto está doendo agora — argumentou Faith. — Você já teve cinco crises de dor de dente. Se for e arrancar, não vai mais ter nenhuma noite de sofrimento. Eu tive um dente arrancado uma vez. Gritei por um momento, mas em seguida passou, ficou apenas um sangramento.

— O sangramento é o pior de tudo... é espantoso! — exclamou Walter. — Eu fiquei enjoado quando Jem cortou o pé, no verão passado. Susan disse que parecia que era eu quem ia desmaiar, e não o Jem. Mas, também não suporto ver Jem sofrendo. Sempre tem alguém se machucando, Faith, e é horrível. Eu simplesmente não posso suportar ver o sofrimento. Tenho vontade de sair correndo... correndo... e correndo... até não ouvir e nem ver nada.

— Não tem sentido se angustiar por qualquer um que sofra um pouquinho — disse Faith, agitando os cachos. — Claro, se você se machuca muito, você tem que gritar... e sangramento é caótico... e eu também não gosto de ver pessoas machucadas. Mas, não sinto vontade de correr. Tenho vontade de ajudá-las. Seu pai tem que machucar as pessoas muitas vezes, para poder curá-las.

O que eles fariam se ele corresse?

— Eu não disse que eu sairia, de fato, correndo. Disse que minha vontade é de sair correndo. São coisas diferentes. Também quero ajudar as pessoas. Mas, oh, como queria que não houvesse coisas feias no mundo! Queria que tudo fosse alegria e beleza.

— Bom, não vamos pensar no que não há de ser — disse Faith. — Afinal, é muito divertido estar vivo. Você não teria dor de dente se estivesse morto, mas ainda assim, não prefere muito mais estar vivo a estar morto? Eu sim, cem vezes mais. Oh, aí vem o Dan Reese. Deve ter ido ao porto para buscar pescado.

— Eu odeio o Dan Reese — disse Walter.

— Eu também. Todas as meninas o odeiam. Vou só passar por ele e fingir que ele nem existe. Observe-me!

De acordo com o plano, Faith passou junto a Dan com o queixo erguido e uma expressão de escárnio que magoou o garoto. Dan virou-se e gritou:

— Porquinha! Porquinha! Porquinhaa!!! — em um crescendo de insultos.

Faith continuou caminhando, parecendo estar indiferente. Mas, seus lábios tremeram de leve, por causa da humilhação. Ela sabia que não era páreo para Dan Reese, quando se tratava da troca de insultos. Desejava que Jem Blythe estivesse com ela, em vez de Walter. Se Dan Reese tivesse ousado chamá-la de Porquinha na frente dele, Jem o teria feito comer poeira. Mas, em nenhum momento ocorreu a Faith esperar que Walter tivesse tal atitude, ou culpá-lo por não fazer isso. Walter, ela sabia, jamais brigava com outros meninos. Nem Charlie Clow, da estrada norte. O estranho era que apesar de ela desprezar Charlie por ser covarde, nunca tinha pensado em desprezar Walter. Simplesmente ocorria que Walter parecia ser um habitante de um mundo próprio, onde imperavam diferentes tradições. Faith ficaria menos surpresa se um jovem anjo, com olhos brilhantes como estrelas, a defendesse, brigando a socos com Dan Reese, do que se visse Walter Blythe fazendo o mesmo. Ela não teria culpado o anjo e não culpava Walter Blythe. Mas, desejou que os robustos Jem ou Jerry estivessem ali, e os insultos de Dan continuaram inflamando sua alma.

Walter não estava mais pálido. Tinha ficado vermelho e seus belíssimos olhos estavam ensombrecidos de vergonha e de raiva. Ele sabia que deveria ter vingado Faith. Jem teria reagido na hora e feito Dan engolir suas palavras com um tempero bem amargo. Ritchie Warren teria esmagado Dan com insultos piores do que os que Dan tinha dirigido a Faith. Mas, Walter não podia — simplesmente não podia — "xingar". Ele sabia que teria levado a pior. Não poderia jamais inventar ou pronunciar os insultos vulgares e maliciosos sobre os quais Dan Reese tinha comando absoluto. E, quanto à briga de punhos, Walter não conseguia brigar. Odiava a ideia. Brigar era algo tosco e doloroso. Pior que isso, era feio. Walter nunca conseguiu entender o entusiasmo de Jem por causa de algum conflito ocasional. Mas, desejou que pudesse brigar com Dan Reese. Estava terrivelmente envergonhado porque Faith Meredith tinha sido insultada em sua presença e ele não tinha tentado punir seu ofensor. Estava certo de que Faith o desprezava. Ela não tinha nem sequer lhe dirigido a palavra desde que Dan a chamara de Porquinha. O garoto ficou contente quando chegaram ao lugar onde iriam se separar.

Faith também estava aliviada, mas por uma razão diferente. Queria estar sozinha, pois se sentiu repentinamente nervosa por causa de sua incumbência. Seu impulso tinha esfriado, especialmente desde que Dan tinha ferido seu respeito próprio. Tinha que ir até o fim, mas agora lhe faltava o entusiasmo para sustentá-la. Estava indo visitar Norman Douglas para pedir a ele que voltasse para a igreja, e começou a sentir medo. O que tinha parecido ser tão fácil e simples em Glen, parecia muito diferente agora. Faith tinha ouvido dizer muitas coisas sobre Norman Douglas e sabia que até mesmo os garotos mais velhos da escola tinham medo dele. E se Norman a insultasse? Tinha ouvido dizer que o homem costumava fazer isso. Faith não suportava ser insultada. Os xingamentos a derrotavam mais rapidamente que um golpe físico. Mas, seguiria adiante. Faith Meredith sempre seguia adiante. Se não fosse até o fim, seu pai poderia ter que ir embora de Glen.

Ao final do longo caminho, Faith chegou até uma casa grande e antiquada, com uma fileira de pinheiros de Lombardia marciais na frente. Na varanda da parte de trás da casa estava sentado o próprio Norman Douglas, lendo o jornal. Um enorme cachorro estava ao seu lado. Atrás, na cozinha, onde a governanta, Mrs. Wilson, estava preparando o jantar, havia muito ruído de louças — ruídos furiosos, pois Norman Douglas tinha acabado de brigar com Mrs. Wilson e ambos estavam em péssimo humor. Consequentemente, quando Faith subiu os degraus da varanda e Norman Douglas baixou o jornal, Faith se encontrou com o olhar colérico de um homem furioso.

Norman Douglas era um personagem bem-apessoado, à sua maneira. Tinha uma longa barba ruiva, que caía sobre o peito opulento, e abundantes cabelos ruivos, que não tinham ficado grisalhos, na grande cabeça. Não havia rugas na ampla testa branca e os olhos azuis ainda relampeavam com todo o fogo de sua tempestuosa juventude. Podia ser muito agradável quando queria e podia ser terrível. A pobre Faith, que estava tão desesperada para reverter a situação referente à igreja, o havia pegado num momento de tremendo mau humor.

Ele não sabia quem era a menina e a encarou com desagrado. Norman Douglas gostava das meninas com espírito, paixão e alegria. Neste momento, Faith estava muito pálida. Ela era o tipo de pessoa para quem as cores significavam tudo. Sem as bochechas coradas, a aparência de Faith era dócil e insignificante. A menina parecia envergonhada e temerosa, e o valentão existente no coração de Norman Douglas se despertou.

— Quem diabos é você? E o que você quer aqui? — ele exigiu saber, com alta e ressonante voz, e a testa franzida.

Pela primeira vez em sua vida, Faith não sabia o que dizer. Ela jamais imaginou que Norman Douglas fosse *assim*. Estava paralisada pelo pavor. O homem percebeu, e isso piorou todas as coisas.

— Qual é seu problema? — ele rugiu. — Parece que tem algo a dizer e está com medo de começar a falar. Qual é seu problema, maldição? Fale logo, você não consegue?

Não. Faith não conseguia falar. As palavras não saíam. Mas, seus lábios começaram a tremer.

— Por tudo que é mais sagrado, não chore — gritou Norman. — Não suporto gente choramingando. Se tiver alguma coisa para dizer, diga logo e acabe com isso. Meu Deus do Céu, essa menina *tá* possuída por um espírito retardado? Não me olhe desse jeito, sou humano, não tenho um rabo! Quem é você? Quem é você? Estou perguntando!

A voz de Norman podia ser ouvida desde o porto. A atividade na cozinha foi suspensa. Mrs. Wilson estava de olhos e ouvidos bem abertos. Norman apoiou as mãozonas nos joelhos e se inclinou para frente, encarando o rosto pálido e contrito de Faith. Parecia se debruçar sobre a menina, como se fosse um gigante malvado saído de um conto de fadas. Faith sentiu que o próximo passo seria devorá-la viva, ossos e tudo.

— Eu... sou... Faith... Meredith — ela disse, quase em um sussurro.

— Meredith, é? Uma das crias do pastor, é? Já ouvi falar de vocês, já ouvi mesmo! Montando porcos e trabalhando no Dia do Senhor! Boa gente! O que você quer aqui, hein? O que você quer com o velho pagão, hein? Eu não peço favores aos pastores e não faço nenhum para eles também. O que você quer? Estou perguntando!

Faith desejava estar a quilômetros de distância dali. Balbuciou sua ideia, em sua desnudada simplicidade.

— Eu vim... para pedir... que o senhor volte para a igreja... e contribua... para o salário... do pastor.

Norman fulminou-a com o olhar. Então, voltou a se inclinar sobre a menina.

— Sua menininha atrevida! Quem mandou você vir aqui? Quem mandou?
— Ninguém — disse a pobre Faith.
— Isso é uma mentira. Não minta para mim! Quem mandou você aqui? Não foi seu pai, ele não tem a coragem nem de uma pulga, mas não mandaria você *pra* fazer o que ele mesmo não faz. Suponho que tenham sido aquelas malditas solteironas de Glen, não foi? Não foi, hein?
— Não... eu... eu... eu vim sozinha.
— Você acha que eu sou bobo? — gritou Norman.
— Não... eu pensei que o senhor fosse um cavalheiro — disse Faith, fracamente, mas sem a menor intenção de ser sarcástica.
Norman saltou.
— Cuide da sua vida. Não quero ouvir mais nenhuma palavra sua. Se não fosse uma criancinha, lhe ensinaria a não interferir no que não é da sua conta. Quando precisar de um pastor ou um desses *medicozinhos*, eu mando chamar. Até lá, não tenho nada a ver com eles. Entendeu? Agora, dê o fora daqui, *cara de queijo*!

Faith saiu. Desceu cegamente os degraus, passou pelo portão do jardim e começou a caminhar pela trilha. Na metade do caminho, sentiu o torpor causado pelo medo ser aplacado, e uma reação de intensa ira se apoderou dela. Quando chegou no final do caminho, Faith estava furiosa como jamais estivera em toda a sua vida. Os insultos de Norman Douglas lhe ardiam na alma, alimentando um fogo que a abrasava. Ir para casa?! Jamais! Voltaria naquele mesmo momento, para dizer àquele velho ogro exatamente o que achava dele. Já, já ela o mostraria. Oh, como não! Ora, ora, *cara de queijo*!

Sem hesitar, Faith se virou e caminhou de volta. A varanda estava vazia e a porta da cozinha, fechada. Faith abriu a porta sem bater e entrou. Norman Douglas tinha recém-sentado na mesa, mas ainda segurava o jornal. Faith atravessou o aposento com a postura inflexível, arrancou o jornal da mão dele, jogou no chão e pisou em cima. Então, o encarou, com os olhos relampejantes e bochechas acesas. Faith era uma fúria juvenil tão bonita que Norman Douglas quase não a reconheceu.

— O que a trouxe de volta? — grunhiu ele, com mais assombro do que raiva.

Muito resoluta, Faith encarou os olhos irados contra os quais pouquíssimas pessoas conseguiam se manter firmes.

— Eu voltei *pra* dizer exatamente o que penso do senhor — disse Faith, em tom claro e alto. — Não tenho medo de você. O senhor é um velho rude, injusto, tirânico e desagradável. Susan disse que vai para o Inferno, com toda a certeza, e eu fiquei com pena na hora que ela disse isso, mas não sinto mais. A sua esposa passou dez anos sem ter um chapéu novo, não é de admirar que tenha morrido. Vou fazer caretas para o senhor todas as vezes que eu o vir. Toda vez que eu estiver atrás do senhor, vai saber o que está acontecendo. Meu pai tem um desenho do Diabo em um livro no escritório e eu vou chegar em casa e escrever seu nome debaixo do desenho. O senhor é um velho vampiro e espero que tenha sarna!

Faith não sabia o que significava vampiro, como tampouco sabia o que era sarna. Mas, ouviu Susan usar as expressões e, pelo tom de voz usado, tinha deduzido que ambas eram coisas horríveis. Mas, Norman Douglas sabia o que a última expressão significava. Tinha ouvido todo o discurso de Faith, no mais absoluto silêncio. Quando ela pausou para respirar, com uma pisada no chão, Norman de repente soltou uma gargalhada. Com um forte tapa na perna, exclamou:

— Então, você tem ousadia, afinal de contas! Eu gosto de ousadia. Venha, sente-se, sente-se!

— Nem pensar — os olhos de Faith relampejavam, apaixonadamente. Pensou que Norman estava rindo dela, que estava sendo tratada com desdém. Teria desfrutado de outra explosão de raiva, mas aquela atitude a feria profundamente. — Não vou me sentar à sua mesa. Vou para a minha casa. Mas, estou contente porque voltei aqui e lhe disse exatamente qual é a minha opinião a seu respeito.

— Eu também, eu também — disse Norman, rindo. — Eu gosto de você. Você é ótima, é ótima. Essas cores, esses brios! Eu a chamei de cara de queijo? Ora, essa menina nunca cheirou a queijo. Sente-se. Se você tivesse agido assim desde o princípio! Então, vai escrever meu nome embaixo do desenho do Diabo, é? Mas, ele é preto, menina, ele é preto, e eu sou ruivo. Não vai dar, não vai dar! E você espera que eu tenha sarna, é? Deus a proteja, menina, eu tive sarna quando era menino. Não me deseje isso novamente. Sente-se, sente-se. Vamos fazer as pazes.

— Não, obrigada — disse Faith, com ar altivo.

— Oh, sim, vamos. Ora, ora, eu peço perdão, mocinha. Peço perdão. Portei-me como um tolo, e eu lamento. Mais que isso não posso fazer. Esquecer e perdoar. Aperte a minha mão, menina, aperte a minha mão. Ela não quer. Não, ela não quer! Mas ela irá. Olhe aqui, mocinha, se você apertar minha mão e aceitar fazer as pazes comigo, vou dar o que eu costumava ofertar para a contribuição do salário do pastor e vou à igreja no primeiro domingo de cada mês. E vou fazer com que a Kitty Alec fique de boca calada. Sou o único no clã que pode fazer isso. Temos um trato, mocinha?

    Parecia um bom acordo. Faith se encontrou apertando a mão do ogro e, então, se sentou à sua mesa. Sua raiva tinha passado. Os ataques de raiva de Faith nunca duravam muito, mas o fervor ainda brilhava em seus olhos e acendia suas bochechas. Norman Douglas a observava cheio de admiração.

    — Bom, traga algumas de suas melhores conservas, Wilson — ordenou ele —, e pare de ficar emburrada, mulher, por favor. E que importa se nós brigamos, mulher? Um bom vendaval limpa o ar e revitaliza as coisas. Mas, que não haja garoa e neblina depois, nada de garoa e neblina, mulher. Não suporto isso. Que mulheres tenham caráter, mas nada de lágrimas para mim. Tome aqui, mocinha, aqui tem um pouco de carne com batatas para você. Comece com isso. Wilson inventou um nome sofisticado para o prato, mas eu o chamo de macanada. Qualquer coisa de comer que não possa analisar, chamo de macanada; e qualquer coisa líquida que me intrigue, eu chamo de chalamagoulsem. O chá de Wilson é chalamagoulsem. Juro que ela faz chá de bardana. Não tome nenhuma gota desse execrável líquido escuro. Aqui tem um pouco de leite. Como você disse que se chama?

    — Faith.

    — Isso não é nome, não é nome! Não posso suportar esse nome. Não tem outro?

    — Não, senhor.

    — Não gosto desse nome, não gosto. Não tem força. Além disso, me faz lembrar da minha tia Jinny. Ela chamou as três filhas de Faith, Hope e Charity. Faith[18] não acreditava em nada. Hope[19] era uma pessimista nata, e Charity[20] era miserável. Você devia se chamar Red Rose[21]. Você parece uma rosa vermelha quando se enfurece. Eu vou chamá-la Red Rose. E você me enredou, me fazendo prometer ir para a igreja? Mas, só uma vez no mês, lembre-se, só uma vez no mês. Vamos, mocinha, não vai me livrar da promessa? Eu costumava doar cem dólares para o salário, todos os anos, e frequentava a igreja. Se eu prometer doar duzentos por ano, você me libera de ir para a igreja? Vamos!

    — Não, não, senhor — disse Faith, sorrindo. — Eu quero que o senhor vá para a igreja também.

    — Bem, trato é trato. Acho que posso suportar estar presente ao culto doze vezes ao ano. Que sensação vou causar, no primeiro domingo que eu for!

---

18 - A autora aqui quis fazer um trocadilho com os nomes das personagens, relacionados às virtudes que os representam. Faith significa fé. [N.T.]
19 - Esperança. [N.T.]
20 - Caridade. [N.T.]
21 - Rosa vermelha. [N.T.]

E a velha Susan Baker diz que eu irei para o Inferno, é? Você acha que eu vou para lá? Vamos, me diga, acha?

— Eu espero que não, senhor — gaguejou Faith, um pouco confusa.

— Por que espera que não? Ora, ora, por que você espera que não? *Nos* dê uma razão, menina, uma razão.

— Deve... deve ser um lugar muito... incômodo, senhor.

— Incômodo? Tudo depende do que você considera incômodo, mocinha. Eu me cansaria dos anjos rapidinho. Imagine a velha Susan com uma auréola!

Faith imaginou e achou tão engraçado que teve que rir. Norman a olhou com admiração.

— Percebeu o lado divertido, não é? Oh, eu gosto de você. Você é ótima. Sobre essa história de igreja, seu pai sabe pregar?

— Ele é um esplêndido pregador — assegurou a leal Faith.

— Ah, sim, ele é? Isso veremos. Estarei atento aos seus defeitos. É melhor que ele tome cuidado com o que diz na minha frente. Vou pegá-lo e vou destrinchá-lo. Seguirei o fio dos argumentos dele. É certo que vou me divertir com essa história de ir para a igreja. Ele alguma vez prega sobre o Inferno?

— Nãaaaaao! Acho que não.

— Que pena. Eu gosto de sermões sobre esse assunto. Diga a ele que se quiser me deixar de bom humor, que faça um bom sermão tumultuoso sobre o Inferno, uma vez a cada seis meses, e quanto mais fogo e enxofre, melhor. Eu gosto quando são fumacentos. E pense no prazer que dará às velhas solteironas também. Vão ficar olhando para o velho Norman Douglas e pensar: "Isso é *pra* você, seu velho réprobo. É isso que o espera!" Vou dar mais dez dólares todas as vezes que você conseguir que seu pai pregue sobre o Inferno. Aí está a Wilson com a compota. Você gosta, hein? Isso não é macanada. Prove!

Faith engoliu obedientemente a colherada que Norman lhe ofereceu. Por sorte, estava bom.

— A melhor compota de ameixa do mundo — disse Norman, enchendo um pires e colocando diante dela. Que bom que você gosta. Vou dar uns potes para que leve para casa. Eu nunca fui avarento, nunca fui. O Diabo não pode me acusar desse pecado. Não foi por minha causa que Hester não teve um chapéu novo durante dez anos. Foi por ela mesma. Ela economizava em chapéus, para dar aos amarelos lá da China. Eu nunca doei um centavo para as missões, na minha vida, e nunca darei. Nunca tente me convencer a fazer isso! Cem dólares por ano para o salário, e igreja uma vez ao mês, mas nada de estragar bons pagãos, para torná-los maus cristãos! Ora, mocinha, eles não vão servir nem *pro* Céu nem pro Inferno. Serão inutilizados para qualquer um dos lugares, inutilizados. Ei, Wilson, ainda não encontrou um sorriso? Impressiona-me como vocês, mulheres, conseguem ficar de cara feia! Eu nunca fiquei de cara feia na vida. Eu só explodo com relâmpagos e trovões e, então, puf, passa o temporal e sai o sol, e se pode comer na minha mão.

Norman insistiu em levar Faith para casa depois do jantar e encheu a charrete com maçãs, repolhos, batatas, abóboras e vidros e vidros de geleia.

— Tem um gatinho fofinho ali no celeiro. Vou lhe dar também, se você gostar. Basta dizer, e será seu — prometeu.

— Não, obrigada — disse Faith, muito decidida. — Não gosto de gatos, e além disso, eu tenho um galo.

— Ouçam o que ela diz. Você não pode acariciar um galo, como faz com um gatinho. Quem já ouviu falar sobre ter um galo como animal de estimação? É melhor pegar o pequeno Tom. Quero achar um bom lar para ele.

— Não. A tia Martha tem um gato e ele iria matar um gato estranho.

Norman se rendeu, bastante relutante. Deu a Faith uma emocionante carona de regresso, atrás de seu bravo cavalinho de dois anos, e quando a deixou na porta da cozinha da reitoria e desembarcou a carga na varanda dos fundos, Norman partiu gritando:

— Será só uma vez ao mês, só uma vez ao mês!

Faith foi para a cama se sentindo tonta e ofegante, como se tivesse escapado do abraço de um redemoinho jovial. Sentia-se contente e agradecida. Já não temia mais que tivessem que deixar Glen, o cemitério e o Vale do Arco-íris. Mas, Faith dormiu agitada, por causa da desagradável lembrança de Dan Reese a chamando de Porquinha, e que agora que tinha encontrado um apelido tão insuportável, continuaria a chamá-la dessa maneira em todas as oportunidades que aparecessem.

CAPÍTULO XVII

Uma vitória dupla

Norman Douglas foi à igreja no primeiro domingo de novembro e causou toda a sensação que desejava causar. Mr. Meredith apertou a mão dele, distraído, na porta da igreja, e disse, com ar sonhador, que desejava que Mrs. Douglas estivesse bem.

— Não estava muito bem quando a enterrei, dez anos atrás, mas espero que agora esteja em melhor estado de saúde — ribombou Norman, para horror e diversão de todos, exceto de Mr. Meredith, que estava absorto se questionando se tinha proferido o último parágrafo do sermão com toda a claridade que queria, e não tinha a menor ideia do que Norman dissera a ele, nem o que ele dissera a Norman.

Norman interceptou Faith ao portão.

— Cumpri minha palavra, viu? Cumpri minha palavra, Red Rose. Estou livre agora, até o primeiro domingo de dezembro. Foi um bom sermão, mocinha, bom sermão. Seu pai tem mais na cabeça do que aparenta ter. Mas, se contradisse uma vez, diga a ele que se contradisse. E diga a ele que quero um sermão sulfuroso em dezembro. Excelente maneira de terminar o Ano Velho, com um gostinho de Inferno, sabe. E que tal um saboroso sermão sobre o Céu para o Ano Novo? Apesar de não ser tão interessante, se comparado com o do Inferno, menina. Não tão interessante. Mas, gostaria de saber o que seu pai pensa sobre o Céu. Ele consegue pensar? Essa é a coisa mais rara do mundo, um pastor que consegue pensar. Mas, ele, sim, se contradisse. Ha, ha! Aqui vai uma pergunta, para que faça ao seu pai quando estiver acordado, mocinha. "Deus pode criar uma rocha tão grande que nem Ele mesmo possa levantar?" Não se esqueça. Quero ouvir a opinião dele. Já calei muitos pastores com essa pergunta, menina.

Faith ficou contente por conseguir escapar de Mr. Norman e correr para casa. Dan Reese estava parado com um grupo de meninos ao portão, olhando para ela, e formou com a boca a palavra "porquinha", mas não se atreveu a dizer em voz alta. No dia seguinte, na escola, foi diferente. No recreio de almoço,

Faith encontrou Dan no bosquezinho de pinheiros atrás da escola, e Dan gritou mais uma vez:

— Porquinha! Porquinha! A menina do galo!

De repente, Walter Blythe se levantou de uma almofada de musgos, atrás de uma moita de abetos, onde estivera lendo. Estava muito pálido, mas seus olhos resplandeciam.

— Cale-se, Dan Reese! — disse ele.

— Ah, olá, Miss Walter — retorquiu Dan, nem um pouco envergonhado. Subiu com um salto na cerca, e cantarolou de forma injuriosa:

"Covarde, covardinho,
que roubou um cordeirinho,
Covarde, covardinho!"

— Você é uma *coincidência*! — disse Walter, desdenhoso, ficando ainda mais pálido. Walter tinha apenas uma vaga ideia do que significava coincidência, mas Dan não tinha nenhuma, e achou que devia ser algo peculiarmente insultante.

— Ha! Ha! Covarde! — gritou novamente. — Sua mãe escreve mentiras... mentiras... mentiras! E Faith Meredith é uma porquinha... uma porquinha... uma porquinha! E é a menina do galo... a menina do galo... menina do galo! Ha, ha! Covardinho... covardinho... co...

Dan não pôde ir além. Walter se atirou na direção do garoto, encurtando a distância que os separava, e derrubou Dan da cerca, com um golpe certeiro. A súbita e nada gloriosa queda de Dan foi recebida com gargalhadas e palmas por Faith. Dan se levantou num salto, vermelho de raiva, e começou a subir na cerca novamente. Mas, neste exato momento o sino da escola tocou, e Dan sabia o que acontecia aos meninos que chegavam tarde na aula de Mr. Hazard.

— Já vamos resolver isso — rugiu ele. — Covardinho.

— Quando você quiser — disse Walter.

— Oh não, não, Walter — protestou Faith. — Não brigue com ele. Eu não me importo com o que ele diz, não vou me rebaixar e me importar com o que dizem as pessoas como aquele menino.

— Ele insultou você e minha mãe — disse Walter, com a mesma calma letal. — Hoje à noite, depois da aula, Dan.

— Tenho que ir em seguida para casa, para colher batatas, disse meu pai — respondeu Dan, com ar rabugento. — Mas amanhã à noite, sim.

— Muito bem. Amanhã à noite — concordou Walter.

— E eu vou quebrar essa sua cara de mariquinhas — prometeu Dan.

Walter estremeceu, não tanto por medo da ameaça, senão pela repulsão diante da feiura e vulgaridade de toda a situação. Mas, manteve a cabeça erguida e foi para a escola. Faith o seguiu, cheia de emoções conflituosas. Odiava pensar que Walter iria brigar com aquele miserável, mas, oh, como tinha sido esplêndido! E Walter iria brigar por ela, Faith Meredith, para punir quem a insultara! E era claro que ele ganharia, olhos como aqueles anunciavam a vitória.

Entretanto, a confiança de Faith em seu defensor havia diminuído à tarde. Walter estivera muito calado e apagado durante o restante da tarde na escola.

— Se fosse o Jem — suspirou, contando tudo para Una, sentadas na sepultura de Hezekiah Pollock no cemitério. — Ele, sim, é um excelente lutador, poderia acabar com a raça de Dan em um piscar de olhos. Mas, Walter não sabe muito como brigar.

— Tenho medo de que ele se machuque — suspirou Una, que odiava brigas e não conseguia entender a sutil e secreta exultação que percebia na irmã.

— Não tem por quê — asseverou Faith, perturbada. — Ele é tão grande quanto o Dan.

— Mas, Dan é bem mais velho — insistiu Una. — Ora, ele tem quase um ano a mais que Walter.

— Dan não tem tanta experiência assim em brigas, quando a gente para *pra* pensar — refletiu Faith. — Creio que, na realidade, ele seja um covarde. Não achou que Walter iria brigar, ou não teria xingado na frente dele. Oh, se você tivesse visto a cara do Walter quando encarou o Dan, Una! Senti até um calafrio, um bom calafrio. Parecia exatamente igual a Sir Galahad[22], daquele poema que o papai leu para a gente no sábado.

— Odeio pensar que eles vão brigar e queria que pudessem evitar fazer isso — apontou Una.

— Oh, não, agora ele tem que ir até o fim! — exclamou Faith. — É uma questão de honra. Não se atreva a contar a ninguém, Una. Se você contar, nunca mais conto segredos para você!

— Não vou contar — concordou Una. — Mas, não vou ficar amanhã, para ver a briga. Virei direto para casa.

— Oh, tudo bem. Eu tenho que estar lá. Seria mesquinhez não estar, quando o Walter está brigando por minha causa. Vou atar minhas cores no braço dele. É o que tenho que fazer, porque ele é meu cavaleiro. Que sorte que Mrs. Blythe me deu aquela linda fita azul de cabelo, no meu aniversário! Usei

---

22 - Personagem fictício, cavaleiro da Távola Redonda do Rei Arthur, e um dos três que alcançaram o Santo Graal nas lendas arturianas. [N.T.]

só duas vezes, então vai estar quase nova. Mas, gostaria de ter certeza de que Walter vai ganhar. Será tão... tão humilhante se ele não ganhar.

Faith teria ficado ainda mais duvidosa se pudesse ver seu defensor naquele exato momento. Walter tinha ido para casa depois da escola, com toda sua virtuosa ira em declínio, e substituída por uma sensação extremamente desagradável. Tinha que brigar com Dan Reese na noite seguinte e não queria fazê-lo. Odiava até mesmo pensar nisso. E não conseguia deixar de pensar, o tempo todo. Nem por um minuto conseguia fugir do pensamento. Ficaria muito machucado? Tinha um medo terrível de que doesse. E seria vencido e humilhado?

Não conseguiu comer quase nada no jantar. Susan havia preparado uma grande fornada de "carinha de macaco", que eram seus favoritos, mas Walter conseguiu, a duras penas, engolir apenas um. Jem comeu quatro. Walter ficou impressionado. Como ele conseguia? Como era possível que alguém conseguisse comer? E como podiam todos conversar alegremente, como faziam no momento? Ali estava sua mãe, com seus olhos brilhantes e bochechas rosadas. Ela não sabia que o filho iria brigar no dia seguinte. Será que ela estaria tão alegre se soubesse? Walter questionou-se sombriamente. Jem tinha tirado uma foto de Susan, com sua nova câmera, que Dr. Blythe havia revelado, e o resultado estava passando ao redor da mesa. Susan estava terrivelmente indignada por causa disso.

— Eu não sou nenhuma beleza, querida Mrs. Dr. Blythe, e sempre soube disso — disse Susan, ofendida —, mas nunca, não, jamais acreditarei que sou tão feia quanto saí nessa foto.

Jem riu e Anne riu novamente com ele. Walter não pôde suportar. O garoto se levantou e correu para o quarto.

— Aquela criança está tramando alguma coisa, querida Mrs. Dr. Blythe — disse Susan. — Ele não comeu quase nada. A senhora acha que ele está criando outro poema?

O pobre Walter estava muito distante, em espírito, do estrelar reino da poesia naquele momento. Apoiou o cotovelo no parapeito da janela e inclinou a cabeça desolada nas mãos.

— Vem, vamos para a praia, Walter — exclamou Jem, irrompendo no quarto. — Os garotos vão queimar o gramado nas colinas hoje à noite. Papai disse que podemos ir. Vamos.

Em qualquer outro momento, Walter teria ficado encantado. Gloriava-se na queima do gramado da colina. Mas, agora, se recusou terminantemente a ir e não houve nenhum argumento ou súplica que o pudesse demover.

O desapontado Jem, que não gostava muito de fazer sozinho a longa caminhada até Four Winds no escuro, retirou-se para seu museu no sótão e se enterrou num livro. Logo esqueceu o desapontamento, esbaldando-se com os heróis do antigo romance, pausando ocasionalmente para imaginar-se como um famoso general guiando suas tropas à vitória, em alguma grande batalha.

Walter permaneceu sentado à janela, até a hora de dormir. Di entrou na pontinha dos pés no quarto, esperando que ele lhe contasse o que havia de errado, mas Walter não podia falar sobre isso, nem mesmo com Di. Falar sobre o assunto parecia conferir-lhe uma realidade diante da qual ele se encolhia. Era torturante o bastante apenas pensar sobre aquilo. As folhas secas e enrugadas sussurravam nas orlas do lado de fora da janela. O resplendor de chamas rosadas tinha se apagado no céu vazio e prateado, e a lua cheia estava se erguendo gloriosamente sobre o Vale do Arco-íris. Ao longe, um fogaréu avermelhado pintava uma composição de glória no horizonte, além das colinas. Era um anoitecer claro e sem nuvens, e os sons distantes eram ouvidos com nitidez. Uma raposa estava latindo do outro lado do riacho; uma locomotiva estava fazendo ruídos na estação de Glen; uma gralha-azul gritava como louca no bosque de bordos; havia risadas do outro lado do jardim da casa pastoral. Como as pessoas podiam rir? Como as raposas, gralhas-azuis e locomotivas se portavam como se nada fosse acontecer no dia seguinte?

— Ah, quem me dera já tivesse acabado — gemeu Walter.

Walter dormiu muito pouco naquela noite e foi muito difícil engolir um pouco de mingau pela manhã. Susan era muito exagerada com suas porções. Mr. Hazard também achou em Walter um aluno pouco satisfatório naquele dia. Parecia que a cabeça de Faith Meredith estava nas nuvens também. Dan Reese ficou desenhando furtivamente em sua lousa, imagens de meninas com cara de porco ou de galo, e depois erguia para que todos pudessem ver. A notícia sobre a iminente batalha tinha sido difundida e quase todos os meninos e muitas meninas estavam no bosque de abetos quando Dan e Walter chegaram, depois da aula. Una tinha ido para casa, mas Faith estava lá, depois de ter atado sua fita azul no braço de Walter, que estava grato porque nenhum dos irmãos e irmãs estava entre os espectadores.

Por alguma razão, nenhum deles tinha ouvido os rumores soltos no ar e tinham ido para casa. Agora, Walter enfrentava Dan, intrepidamente. No último momento, todo o medo que sentia tinha desaparecido, mas Walter ainda sentia asco até mesmo da ideia de brigar. Dan, notavelmente, estava mais pálido debaixo de suas sardas, do que Walter. Um dos meninos mais velhos deu o sinal e Dan acertou um golpe no rosto de Walter.

    Walter cambaleou um pouco. A dor do golpe percorreu todo seu corpo sensível, por um momento. Mas, logo já não sentia mais dor. Alguma coisa, que Walter jamais tinha sentido antes, pareceu envolvê-lo como um rio. Seu rosto ficou vermelho como carmesim, seus olhos acenderam como chamas. Os estudantes da escola de Glen St. Mary nunca imaginaram que "Miss Walter" pudesse ter aquele aspecto. Lançou-se adiante e sobre Dan, como um jovem tigre selvagem.

    Não havia regras específicas nas brigas entre os alunos da escola de Glen. Era bater onde e como se pudesse bater e receber o que viesse, como viesse. Walter brigou com fúria selvagem, em uma luta na qual Dan não podia se sustentar. Tudo terminou muito rápido. Walter não teve real consciência do que estava fazendo, até que de repente a névoa vermelha se dissipou de sua visão e ele se encontrou ajoelhado sobre o corpo do prostrado Dan, cujo nariz — oh, que horror! — estava jorrando sangue.

    — Já recebeu o suficiente? — questionou Walter, entre os dentes apertados.

    Dan, relutantemente, admitiu que sim.

    — Minha mãe escreve mentiras?

    — Não.

    — Faith Meredith é uma porquinha?

    — Não.

    — E é uma menina-galo?

    — Não.

    — E eu sou um covarde?

    — Não.

    Walter teve a intenção de perguntar: "e você é um mentiroso?", mas a compaixão interveio e ele decidiu não humilhar mais Dan. Além disso, a visão do sangue era tão terrível.

    — Então, você pode ir — disse com desprezo.

    Houve um grande aplauso dos meninos que estavam trepados na cerca, mas algumas das meninas choravam. Estavam assustadas. Elas já tinham acompanhado brigas entre meninos, mas jamais viram nada como Walter batendo em Dan. Havia algo aterrorizante nele. Pensaram que Walter iria matar o outro menino. Agora que tudo estava acabado, elas choravam histericamente, exceto Faith, que ainda estava tensa e com as bochechas vermelhas.

    Walter não ficou para desfrutar das glórias do vencedor: saltou a cerca e correu pela colina dos abetos até o Vale do Arco-íris. Ele não sentiu a alegria da vitória, mas, sim, a calma satisfação do dever cumprido e a honra vingada, misturada com o asco ao recordar o nariz ensanguentado de Dan. Tinha sido um espetáculo feio, e Walter odiava fealdade.

Além disso, começou a perceber que ele mesmo estava dolorido e golpeado. O lábio estava cortado e inchado, e um olho estava muito estranho. No Vale do Arco-íris ele encontrou Mr. Meredith, que estava a caminho de casa, depois de uma visita vespertina para as Misses West. O reverendo cavalheiro o encarou, muito sério.

— Parece-me que você esteve brigando, Walter?

— Sim, senhor — disse Walter, esperando uma reprimenda.

— E qual foi o motivo?

— Dan Reese disse que minha mãe escrevia mentiras e que Faith era uma porquinha — respondeu Walter, diretamente.

— Oh! Então você está mais que justificado, Walter.

— O senhor acha que está certo brigar, senhor? — perguntou Walter, com curiosidade.

— Não sempre, e não com frequência, mas algumas vezes, sim. Algumas vezes — respondeu John Meredith. — Quando insultam as mulheres, por exemplo, como foi no seu caso. Meu lema, Walter, é: não brigue até que você esteja certo de que seja necessário brigar e, então, coloque toda sua alma nisso. Apesar das variadas cores em seu rosto, deduzo que você se saiu bem.

— Sim. Eu o fiz retirar tudo o que disse.

— Muito bem, muito bem. Não sabia que você era um lutador, Walter.

— Eu nunca tinha brigado antes, e agora não queria brigar, até o último momento... e então — disse Walter, determinado a contar a verdade — eu gostei, enquanto estava brigando.

Os olhos do Reverendo John piscaram.

— Você sentiu um pouco de medo, a princípio?

— Eu senti um "poucão" de medo — disse o sincero Walter. — Mas, não vou mais ter medo, senhor. Ter medo das coisas é pior do que as coisas em si mesmas. Vou pedir ao meu pai para me levar até Lowbridge amanhã, para arrancar meu dente.

— Muito bem outra vez. "O medo é mais dor que a dor que se teme"[23]. Sabe quem escreveu isso, Walter? Foi Shakespeare. Existe algum sentimento, experiência ou emoção no coração humano, que esse homem maravilhoso

---

23 - Trecho do poema "Death an Ordinance of Nature, and Therefore Good", escrito por Sir Phillip Sidney, como parte de um de seus sonetos em "Arcadia", em 1590 e 1593. Nesse trecho escrito pela autora desta obra, Mr. Meredith atribui a citação a Shakespeare. Existe uma discussão entre especialistas sobre por que Maud teria atribuído o poema a Shakespeare, se foi por não confirmar suas fontes, ou se a autora quis enfatizar a característica do personagem, de ser distraído. [N.T.]

não conhecesse? Quando chegar em casa, diga à sua mãe que estou orgulhoso de você.

Mas, Walter não disse isso à mãe. Porém, contou a ela todo o resto, e Anne compreendeu tudo e disse que estava contente pelo filho ter defendido a honra dela e de Faith, e passou pomada em seus machucados, e água de colônia na cabeça dolorida.

— Todas as mães são tão boas quanto você? — perguntou Walter, admirado, abraçando Anne. — Você é digna de ser defendida.

Miss Cornelia e Susan estavam na sala quando Anne desceu, e ouviram o relato com satisfação. Susan, em particular, estava extremamente satisfeita.

— Estou muito contente que ele tenha tido uma boa briga, querida Mrs. Dr. Blythe. Talvez isso lhe tire da cabeça essa bobagem de poesia. E eu nunca, não, nunca pude suportar aquela *viborazinha* que é o Dan Reese. A senhora não quer se sentar perto do fogo, Mrs. Marshall Elliott? Estas tardes de novembro estão muito frescas.

— Obrigada, Susan, mas não estou com frio. Eu fui até a casa pastoral antes de vir aqui e me aqueci, apesar de ter que ir até a cozinha para isso, pois não havia fogo em outra parte da casa. A cozinha estava um desastre, acredite. Mr. Meredith não estava em casa. Não pude averiguar onde ele estava, mas tenho a impressão de que estava na casa das West. Sabe, querida Anne, dizem que ele tem frequentado a casa durante todo o outono e as pessoas estão começando a pensar que ele está indo para ver Rosemary.

— Teria uma esposa muito encantadora, caso se casasse com a Rosemary — disse Anne, colocando mais lenha na fogueira. — Ela é uma das moças mais encantadoras que eu já conheci. Verdadeiramente, uma das pertencentes à raça de José.

— Si... sim... — gaguejou Miss Cornelia. — Mas, ela é episcopal. — Claro, é melhor do que se fosse uma metodista, mas acho que Mr. Meredith poderia achar uma esposa boa o bastante na nossa própria denominação. Entretanto, é bem provável que não haja nada nesses rumores. Apenas um mês atrás, eu disse a ele: "O senhor devia se casar novamente, Mr. Meredith". Ele me olhou espantado, como se tivesse sugerido algo impróprio. "Minha esposa está em sua sepultura, Mrs. Elliott", ele respondeu, naquele estilo gentil e virtuoso que ele tem. "Suponho que sim", respondi, "ou eu não estaria aconselhando o senhor a se casar novamente". Então, ele pareceu ainda mais chocado do que antes. Eu duvido que haja muito de verdade nessa história sobre Rosemary. Se um pastor solteiro visita duas vezes a casa onde mora uma moça solteira, todos dizem que ele está cortejando tal moça.

— Parece-me, se me permite dizê-lo, que Mr. Meredith é muito tímido para cortejar uma segunda esposa — opinou Susan, muito solene.

— Mr. Meredith não *é* tímido, acredite — retorquiu Miss Cornelia. — Distraído sim, mas tímido, não. E, apesar de ser tão distraído e sonhador, tem uma boa opinião de si mesmo, típico de um homem, e quando está realmente acordado, não creio que lhe custe muito pedir a uma mulher que o aceite como marido. Não, o problema é que ele está se enganando a si mesmo, pensando que o coração está enterrado, quando na realidade bate dentro do seu peito, como o de qualquer outra pessoa. Pode ser que ele goste de Rosemary West, e pode ser que não. Se gosta, devemos nos alegrar. Ela é uma boa moça e uma excelente dona de casa, e seria uma boa mãe para aquelas pobres crianças negligenciadas. E — concluiu Miss Cornelia, com resignação — minha própria avó era uma episcopal.

CAPÍTULO XVIII

Mary traz más notícias

Mary Vance, a quem Mrs. Elliott tinha enviado à casa pastoral com um recado, veio saltitando pelo Vale do Arco-íris em seu caminho para Ingleside, onde iria passar a tarde com Nan e com Di, como um regalo de sábado. Nan e Di estiveram pegando goma de abeto com Faith e com Una, no bosque da casa pastoral, e as quatro estavam agora sentadas em um pinheiro caído junto ao riacho, e todas elas, devemos admitir, estavam mascando goma vigorosamente.

As gêmeas de Ingleside não tinham permissão para mascar goma de abetos em outro lugar que não fosse na reclusão do Vale do Arco-íris, mas Faith e Una não estavam restritas por semelhantes regras de etiqueta e mascavam alegremente em qualquer lugar: em casa e fora dela, para grande espanto de toda a cidade de Glen. Faith tinha sido vista mascando na igreja, certo dia; mas Jerry tinha percebido a enormidade desse fato e lhe dera uma bronca de irmão mais velho, que a menina nunca mais voltou a fazê-lo.

— Eu estava faminta e senti que precisava mastigar alguma coisa — protestou Faith. — Você sabe muito bem como foi o café da manhã, Jerry Meredith. Eu não consegui comer mingau queimado e meu estômago estava tão vazio e estranho. A goma ajudou muito e eu não estava mascando muito forte. Não fiz nenhum barulho e não a fiz estalar nenhuma vez.

— De qualquer maneira, não devia mascar goma na igreja — insistiu Jerry. —Não me deixe pegar você fazendo isso novamente.

— Você mesmo mascou na semana passada, no culto de oração! — exclamou Faith.

— Aquilo foi diferente — disse Jerry, com altivez. — Culto de oração não é culto de domingo. Além disso, eu me sentei bem lá no fundo, no banco escuro, e ninguém me viu. Você estava sentada bem na frente, onde todo mundo podia te ver. E eu tirei a goma da minha boca no último hino e grudei atrás do banco. Então, eu saí e me esqueci. Voltei lá para pegar na manhã seguinte, mas já não estava mais. Suponho que Rod Warren tenha pegado. Era uma goma muito boa.

Mary Vance caminhava pelo Vale, com a cabeça erguida. Estava usando um novo chapéu de veludo azul, com um laço escarlate, um casaco de pano azul marinho e um manguito de pele de esquilo. Mary estava muito consciente de suas roupas novas e muito satisfeita consigo mesma. Tinha os cabelos frisados de forma elaborada, seu rosto estava mais cheio, as bochechas rosadas, os olhos brancos resplandecentes. Não se parecia muito com a desamparada e esfarrapada órfã que os Merediths encontraram no velho celeiro dos Taylor. Una tentou não sentir inveja. Ali estava Mary, com um novo chapéu de veludo, mas Faith e ela tinham que usar suas velhas boinas cinza naquele inverno. Ninguém jamais pensou em comprar novas e as meninas temiam pedir ao pai, com receio de que ele estivesse com pouco dinheiro e que se sentisse mal por isso. Mary uma vez disse a elas que os pastores estavam sempre sem dinheiro e que era "terrivelmente difícil" chegar até o final do mês. Desde então, Faith e Una se vestiam com farrapos antes de pedir ao pai qualquer coisa, se pudessem evitar. Não se preocupavam muito com seu próprio estado de decadência; mas era bem irritante ver Mary Vance chegar com todo aquele estilo e dando-se ar de convencida por causa disso. O novo manguito de pele de esquilo foi realmente a gota d'água. Nem Faith nem Una jamais tiveram um manguito, sentindo-se afortunadas se pudessem ter luvas sem furos. Tia Martha não enxergava o suficiente para remendar os buracos e, apesar de Una ter tentado, deixou a desejar no conserto. De alguma maneira, não conseguiram saudar Mary de maneira muito cordial. Mas, a jovenzinha não pareceu se importar ou notar, pois não era muito sensível. Em um salto, se sentou no pinheiro e deixou o insultuoso manguito sobre um ramo. Una viu que era forrado com cetim maleável vermelho e tinha franjas vermelhas. Olhou para as mãozinhas arroxeadas e rachadas, e se perguntou se algum dia poderia colocar as mãos em um manguito como aquele.

— Podem compartilhar um pedaço comigo? — pediu Mary, afavelmente. Nan, Di e Faith tiraram dos bolsos um ou dois nozinhos de cor âmbar e entregaram para Mary. Una ficou muito quieta. Ela tinha quatro belos e grandes nós no bolso da jaqueta apertada e gasta, mas não iria dar nenhum deles para Mary Vance. Ela que fosse pegar as suas próprias gomas! Pessoas que tinham manguitos de pele de esquilo não deviam esperar conseguir tudo no mundo.

— Grande dia, não é? — disse Mary, balançando as pernas, talvez para exibir melhor suas novas botas com forro de tecido. Una escondeu seus pés debaixo de si mesma. O dedo de uma das botas tinha um furo e ambos os laços estavam muito apertados. Mas, essas eram as melhores que ela tinha. Oh, essa Mary Vance! Por que não a deixaram no velho celeiro?

Una nunca se sentiu mal porque as gêmeas de Ingleside estavam mais bem-vestidas do que ela e Faith. As gêmeas usavam suas belas roupas com graça e indiferença, e parecia que nunca estavam pensando nisso, não faziam ninguém se sentir mal. Mas, quando Mary Vance estava arrumada, parecia exalar roupa — caminhar em uma atmosfera de roupas — fazer todo mundo sentir e pensar em roupas. Una, sentada à luz cor de mel do sol de uma graciosa tarde de dezembro, se sentia aguda e miseravelmente consciente de tudo que estava vestindo: a boina desbotada, que ainda era sua melhor; a apertada jaqueta, que estava usando há três invernos; os furos em sua saia e botas, a estarrecedora escassez de sua pobre roupinha interior. É claro, Mary tinha saído de visita, e ela não. Mas, ainda que estivesse de visita, ela não teria nada melhor para vestir, e isso era o que a magoava.

— Diga se esta não é uma excelente goma? Olha como a faço soar. Não há nenhum abeto de goma em Four Winds — disse Mary. — Às vezes, morro de vontade de mascar um pouco. Mrs. Elliott não me deixaria mascar goma, se me visse. Ela diz que não é apropriado para uma senhorita. Esse papo de o que é e o que não é adequado para uma dama me confunde. Não consigo pegar todos os detalhes. Diga, Una, qual seu problema? O gato comeu sua língua?

— Não — disse Una, que não conseguia tirar os fascinados olhos do manguito de esquilo. Mary se inclinou por cima dela, pegou o manguito e o pôs nas mãos de Una.

— Meta suas patas aí dentro um pouquinho — ordenou ela. — Suas mãos parecem estar machucadas. Não é um belo manguito? Mrs. Elliott me deu na semana passada, como presente de aniversário. Vou ganhar um colarinho no Natal. Eu a ouvi contando *pro* Mr. Elliott.

— Mrs. Elliott é muito boa para você — disse Faith.

— Pode apostar que sim. E eu sou boa para ela também — retorquiu Mary. Trabalho muito duro para facilitar as coisas e ter tudo como Mrs. Elliott gosta. Fomos feitas uma para a outra. Não é todo mundo que se dá bem com ela, como eu. Mrs. Elliott é fanática por limpeza, mas eu também sou, e por isso nos damos bem.

— Eu disse que ela nunca iria bater em você.

— Você disse. Ela nunca tentou sentar a mão em mim e eu nunca contei uma mentira para ela — *"nenhuminha"*. Juro pela luz que me *alumia*. Mas, às vezes, ela me dá algum sermão, só que isso desliza por mim como água nas penas de um pato. Diga, Una, por que não quis usar o manguito?

Una tinha voltado a colocar o manguito no ramo.

— Minhas mãos não estão frias, obrigada — disse, secamente.

— Bem, se você está satisfeita, eu também estou. Veja bem, a velha Kitty Alec voltou para a igreja, obediente como Moisés, e ninguém sabe o porquê. Mas, todo mundo está dizendo que foi a Faith que fez o Norman Douglas voltar. A governanta diz que você foi até lá e lhe deu uma bela reprimenda. Foi mesmo?

— Eu fui e pedi a ele para voltar à igreja — reconheceu Faith, desconfortável.

— Olha que menina corajosa! — disse Mary, admirada. — Nem eu não teria me atrevido a fazer isso, e olha que não sou nenhuma covarde. Mrs. Wilson disse que vocês dois brigaram de forma escandalosa, mas que foi você que levou a melhor, e ele teve que voltar atrás, teve que engolir o que disse. Diga, seu pai vai pregar aqui amanhã?

— Não. Ele vai trocar com Mr. Perry, de Charlottetown. O papai foi para a cidade hoje de manhã e Mr. Perry chegará hoje à noite.

— Achei mesmo que estava acontecendo alguma coisa, mas a velha Martha não ia me dar nenhuma satisfação. Porém, tinha certeza de que ela não estaria matando aquele galo por nada.

— Que galo? O quer você quer dizer? — exclamou Faith, tornando-se pálida.

— Não sei que galo. Eu não o vi. Quando ela pegou a manteiga que Mrs. Elliott mandou, disse que tinha estado no celeiro, matando um galo para o jantar de amanhã.

Faith saltou do pinheiro.

— É o Adam... nós não temos nenhum outro galo... ela matou o Adam.

— Ora, não é motivo para perder as estribeiras. Martha disse que o açougueiro de Glen não tinha carne esta semana e que tinha que preparar alguma coisa, e as galinhas estavam todas chocas, e muito pobres.

— Se ela tiver matado o Adam... — Faith começou a dizer e saiu correndo colina acima.

Mary deu de ombros.

— Agora ela vai ficar louca. Ela gosta muito desse Adam. Faz tempo que era *pra* ele ter ido para a panela. A carne deve estar dura como sola de sapato. Mas, eu não gostaria de estar no lugar da Martha. A Faith está branca de tanta raiva. Una, é melhor que você vá atrás dela, para tentar acalmá-la.

Mary tinha dado alguns passos com as meninas Blythes, quando Una de repente se virou e correu atrás dela.

— Aqui, tome um pouco de goma para você, Mary — disse ela, com uma pitada de arrependimento na voz, colocando os quatro nós de goma nas mãos de Mary. — Estou contente que você tenha um manguito tão bonito.

— Ora, obrigada — disse Mary, pega de surpresa. Depois que Una saiu, ela disse para as meninas Blythes:

— Não é uma garotinha esquisita? Mas, eu sempre disse que ela tem um bom coração.

CAPÍTULO XIX

Pobre adam!

Quando Una chegou em casa, Faith estava deitada de bruços na cama, negando-se, terminantemente, a ser confortada. Tia Martha tinha matado o Adam. Neste preciso momento, ele estava repousando no prato na despensa, recheado e condimentado, circundado por seu fígado, coração e outros miúdos. Tia Martha não deu a menor bola para a paixão de dor e a fúria de Faith.

— Tínhamos que preparar alguma coisa para o jantar do pastor que está vindo de fora — explicou. — Você já é uma menina bem grandinha para fazer tamanha confusão por causa de um galo. Sabíamos que ele devia ser morto em algum momento.

— Vou contar *pro* papai o que você fez, quando ele voltar para casa — ameaçou Faith, soluçando.

— Não vá incomodar seu pobre pai. Ele já tem bastante problemas. E eu sou a dona da casa aqui.

— O Adam era meu... Mrs. Johnson havia me dado. Você não tinha nada que tocar nele — gritou Faith.

— Não dê uma de petulante agora. O galo está morto e esse é o fim da história. Não vou servir a um pastor desconhecido um jantar de carneiro fervido frio. Eu fui muito bem-criada para fazer uma coisa dessas, ainda que tenha descido na escala social.

Faith não desceu para o jantar naquela noite e não foi para a igreja na manhã seguinte. Mas, na hora do almoço a menina foi para a mesa, com olhos inchados de tanto chorar, e a expressão carrancuda.

O reverendo James Perry era um homem elegante e vermelho, com um bigode branco de pelos rebeldes, espessas sobrancelhas brancas, e uma careca resplandecente. Ele certamente não era bem-apessoado e era muito fastidioso e pomposo. Mas, ainda que se parecesse com o Arcanjo Miguel e falasse a língua dos homens e dos anjos, Faith teria detestado o homem, com todas as suas forças. Ele trinchou Adam com habilidade, exibindo suas mãos roliças e brancas, e um anel de diamante muito elegante. Fez também comentários joviais durante toda a cerimônia. Jerry e Carl riram, e até mesmo Una sorriu de forma melancólica, porque achava que a cortesia assim requeria. Mas, Faith se limitou a franzir o cenho, sombriamente. O reverendo James achou péssimos os seus modos. Num momento em que dirigia um sermão untuoso a Jerry, Faith o interrompeu com grosseria, em uma aberta contradição. O reverendo James a encarou, juntando as espessas sobrancelhas:

— Garotinhas não deveriam interromper — ele disse —, e não deveriam contradizer pessoas que sabem muito mais do que elas.

Tal discurso fez com que o humor de Faith ficasse pior do que nunca. Imagine só ser chamada de "garotinha", como se não fosse maior do que a rechonchuda Rilla Blythe, de Ingleside! Era insuportável. E como comia aquele abominável Mr. Perry! Roeu até os ossos do pobre Adam. Nem Faith nem Una provaram do galo, e encaravam os meninos praticamente como se fossem canibais. Faith tinha a sensação de que se aquela terrível refeição não terminasse, ela iria acabar acertando alguma coisa na careca lustrosa de Mr. Perry. Por sorte, a borrachuda torta de maçã da tia Martha foi demais, até mesmo para os poderes mastigadores de Mr. Perry, e a refeição chegou ao fim, depois de uma longa oração de graças, na qual Mr. Perry ofereceu seu devoto agradecimento pela comida e pela bondosa e beneficente Providência, por ter suprido as necessidades para sustento e moderado prazer.

— Deus não teve absolutamente nada a ver com prover Adam para você — resmungou Faith, de forma belicosa.

Ao final de tudo, os meninos se alegraram de poder escapar para a rua e Una foi ajudar a tia Martha com a louça, ainda que a velha dama rabugenta nunca recebesse de bom grado a tímida ajuda de Una. Faith se dirigiu ao escritório, onde um alegre fogo estava ardendo na lareira. Ela achou que ali conseguiria escapar do odiado Mr. Perry, que anunciara a intenção de tirar um cochilo em seu quarto durante a tarde. Mas, Faith mal tinha se instalado em um canto, com um livro, quando o reverendo entrou no escritório e, colocando-se diante do fogo, passou a examinar o desordenado escritório, com um ar de desaprovação.

— Os livros de seu pai parecem estar em um deplorável estado de desordem, minha garotinha — disse o homem, com severidade.

Faith permaneceu encolhida no canto escuro, sem dizer uma palavra. Ela não iria falar com esse... esse indivíduo.

— Você deveria tentar arrumá-los — prosseguiu Mr. Perry, brincando com a belíssima corrente do seu relógio, e sorrindo para Faith com expressão condescendente. — Você já é grandinha o bastante para se ocupar desses deveres. Minha filhinha em casa tem apenas dez anos e já é uma excelente dona de casa e uma grande ajuda e conforto para sua mãe. É uma menina muito doce. Gostaria que você tivesse o privilégio de conhecê-la. Poderia ajudá-la de muitas maneiras. Claro, você não tem o inestimável privilégio de ter o cuidado e a educação de uma boa mãe. Uma triste carência, muito triste mesmo. Já falei, em mais de uma oportunidade, a esse respeito com seu pai, pontuando o dever dele com franqueza, mas sem nenhum resultado até o momento. Confio que ele tome consciência de sua responsabilidade, antes que seja tarde. Neste meio tempo, é seu dever e privilégio se esforçar para tomar o lugar de sua santa mãe. Pode exercer uma grande influência sobre seus irmãos e irmãzinha, servindo como uma verdadeira mãe para eles. Temo que não pense nessas coisas como deveria. Minha querida menina, permita-me que lhe abra seus olhos a esse respeito.

A sebosa e complacente voz de Mr. Perry seguia seu discurso. Ele estava em seu papel. Nada lhe agradava mais do que expor a lei, exercer sua autoridade moral e exortar. Não tinha a menor intenção de parar, e não parou. Estava em pé diante do fogo, os pés firmemente plantados no tapete, e soltando sua enxurrada de pomposas trivialidades. Faith não ouviu nenhuma palavra. Ela realmente não estava escutando. Mas, observava a longa cauda do fraque do pastor, com um crescente e travesso deleite em seus olhos castanhos. Mr. Perry estava muito próximo do fogo. A cauda do fraque começou a chamuscar e a soltar fumaça. Ele continuava sua prosa, envolvido em sua própria eloquência. A cauda queimando formou mais fumaça. Uma chispa saltou da madeira e aterrissou no meio de um dos lados da cauda e grudou, se espalhando num fogo ardente. Faith não pôde mais se conter e rompeu em uma gargalhada abafada.

Mr. Perry deteve-se brevemente, furioso por causa da impertinência. De repente, tomou consciência do cheiro de tecido queimado, que enchia o aposento. O pastor girou ao redor e não viu nada. Então, levou as mãos à cauda do fraque e a trouxe para frente. Já havia um enorme furo num dos lados, e aquele era um fraque novo. Faith estremecia com a risada e não conseguia parar ao ver a pose e expressão do pastor.

— Você viu a cauda do meu fraque queimando? — questionou ele, com irritação.

— Sim, senhor — respondeu Faith, comportada.

— E por que não disse nada? — perguntou o pastor, encarando-a com ira.

— O senhor me disse que era má educação interromper, senhor — disse Faith, ainda mais comportada.

— Se... se eu fosse seu pai, lhe daria uma boa surra, da qual jamais se esqueceria, em toda sua vida — disse o cavalheiro reverendo, muito irritado, quando saía do escritório.

O terno do segundo melhor traje de Mr. Meredith não serviu para Mr. Perry, então ele teve que ir para o culto vespertino usando o fraque com a cauda queimada. Mas, não caminhou pelo corredor da igreja, com a usual convicção da honra que lhe conferia. Mr. Perry nunca mais concordaria em trocar de púlpito com Mr. Meredith, e foi apenas civilizado com o colega quando, na manhã seguinte, se viram durante alguns minutos, na estação. Mas, Faith sentiu uma espécie de sombria satisfação em tudo isso. Adam tinha sido parcialmente vingado.

CAPÍTULO XX

Faith arranja uma amiga

O dia seguinte, na escola, foi difícil para Faith. Mary Vance tinha espalhado a história sobre Adam e todos os alunos, exceto os Blythes, agiram como se tudo não passasse de uma piada. As meninas disseram a Faith, entre risadinhas, que era uma lástima, e os meninos escreveram sardônicas mensagens de pêsames. A pobre Faith foi para casa se sentindo aflita e magoada até o mais profundo da alma.

— Vou até Ingleside para conversar com Mrs. Blythe — soluçou a menina. — Ela não vai rir de mim, como todo mundo faz. Preciso conversar com alguém que entenda como eu me sinto mal.

Faith atravessou correndo o Vale do Arco-íris. Uma certa magia havia atuado na noite anterior. Descera sobre o vale uma ligeira nevasca e os pinheiros empoados estavam sonhando com a primavera que viria, e a alegria que traria consigo. A longa colina mais adiante estava em uma intensa cor púrpura, por causa das folhas de faia espalhadas pelo solo. A luz rosácea do pôr do sol estendia-se pelo mundo como um beijo rosado. De todos os lugares etéreos, encantados, cheios de graça e magia peculiar, o Vale do Arco-íris, naquele entardecer de inverno, era o mais bonito. Mas, todo seu delicioso encanto estava perdido para a pobre e aflita Faith.

Junto ao riacho, Faith encontrou-se de repente com Rosemary West, que estava sentada no velho pinheiro. Rosemary estava a caminho de casa, vindo de Ingleside, onde estivera dando aula de música para as meninas. Permaneceu por um bom tempo no Vale do Arco-íris, observando a alva beleza, perambulando pelas trilhas do sonho. A julgar pela expressão de seu rosto, seus pensamentos eram agradáveis. Talvez, fosse o tênue e ocasional tilintar dos sinos nas Árvores Amantes que trouxessem esse furtivo sorrisinho em seus lábios. Ou, talvez, ele fosse provocado pela certeza de que John Meredith raramente deixava de passar os entardeceres de segunda-feira na casa cinza, sobre a colina branca arrebatada pelo vento.

Os sonhos de Rosemary foram interrompidos por Faith Meredith e sua amargurada rebeldia. Faith deteve-se abruptamente quando viu Miss West. Não a conhecia muito bem, apenas bem o bastante para cumprimentá-la quando se encontravam. E, naquele momento, Faith não queria ver ninguém, exceto Mrs. Blythe. Ela sabia que seus olhos e nariz estavam vermelhos e inchados, e odiava a ideia de que uma estranha visse que estivera chorando.

— Boa noite, Miss West — disse Faith, constrangida.

— O que houve, Faith? — perguntou Rosemary, gentilmente.

— Nada — respondeu Faith, secamente.

— Oh! — Rosemary sorriu. — Quer dizer, nada que você possa contar para estranhos, não é mesmo?

Faith olhou para Miss West com súbito interesse. Ali estava uma pessoa que entendia das coisas. E como ela era linda! Como eram dourados seus cabelos debaixo do plumoso chapéu! Como suas bochechas pareciam vermelhas sobre o casaco aveludado! Que azuis e compreensivos eram seus olhos! Faith sentiu que Miss West poderia ser uma amiga adorável, se ao menos ela fosse uma amiga, em vez de uma estranha!

— E... eu estou indo conversar com Mrs. Blythe — confessou Faith. — Ela sempre me entende... nunca ri da gente. Eu sempre converso com ela. Ajuda muito.

— Oh, minha querida menina, lamento dizer que Mrs. Blythe não está em casa — respondeu Miss West, de forma compreensiva. — Ela viajou para Avonlea hoje e não voltará até o final da semana.

Os lábios de Faith tremeram.

— Então, é melhor eu ir para casa — disse Faith, sentindo-se muito triste.

— Suponho que sim, a não ser que você considere a ideia de desabafar comigo — insinuou Miss Rosemary, em tom gentil. — Ajuda tanto conversar sobre as coisas. Eu sei bem. Não pretendo ser tão compreensiva quanto Mrs. Blythe, mas prometo que não vou rir.

— Não vai rir por fora — hesitou Faith. — Mas pode rir... por dentro.

— Não, não iria rir por dentro também. Por que eu iria rir? Algo magoou você e eu nunca acho graça ao ver alguém sofrendo, não importa qual tenha sido o motivo. Se você achar que gostaria de me contar o que a fez sofrer assim, vou ficar feliz em ouvir. Mas, se você preferir não me contar, está tudo bem também, querida.

Faith novamente encarou longa e intensamente os olhos de Miss West. Estavam muito sérios, não havia risada neles, nem mesmo mais profundamente. Com um leve suspiro, Faith se sentou no velho pinheiro, ao lado de sua nova amiga, e contou a ela tudo sobre Adam e seu destino cruel.

Rosemary não riu e nem sentiu vontade de rir. Ela compreendeu e se solidarizou de verdade. Era quase tão boa quanto Mrs. Blythe. Sim, quase tão boa.

— Mr. Perry é um pastor, mas devia ter sido um açougueiro — comentou Faith, com amargura. — Gosta tanto de trinchar as coisas. Ele adorou cortar meu pobre bichinho em pedaços. Fatiou o Adam como se fosse um galo qualquer.

— Que fique só entre nós, Faith, mas eu também não gosto muito de Mr. Perry — confessou Rosemary, rindo um pouquinho, mas rindo de Mr. Perry, e não do que acontecera a Adam, como Faith claramente compreendeu. — Nunca gostei dele. Frequentamos a escola juntos, ele foi um menino aqui de Glen, sabe, e era um pedante detestável desde então. Oh, como nós, as meninas, costumávamos odiar segurar sua mão gorda e pegajosa, nas brincadeiras de roda. Mas, devemos lembrar, querida, que ele não sabia que o Adam era seu bichinho de estimação. O pastor achou que fosse apenas um galo comum. Devemos ser justas, mesmo que estejamos terrivelmente magoadas.

— Suponho que sim — admitiu Faith. — Mas, por que as pessoas parecem achar tão engraçado o fato de eu amar tanto o Adam, Miss West? Se tivesse sido um gato velho e horroroso, ninguém teria achado esquisito. Quando o gatinho de Lottie Warren teve as patinhas amputadas pela colheitadeira, todo mundo ficou com pena dela. A menina chorou por dois dias na escola e ninguém riu dela, nem mesmo Dan Reese. E todas as amigas foram ao funeral do gatinho e a ajudaram a enterrá-lo. Só não conseguiram enterrar as patinhas com o restante do corpo, porque não conseguiram encontrá-las. Foi uma coisa horrível, sem dúvida, mas não acho que foi tão terrível quanto ver seu mascote sendo comido. E, ainda assim, estão todos rindo de mim.

— Acho que é porque a palavra "galo" soa engraçada — disse Rosemary, pensativa. — Há algo na palavra que soa cômico. Agora, "pintinho" é diferente. Não soa tão engraçado falar que se ama um pintinho.

— Adam era o pintinho mais lindo do mundo, Miss West. Era como uma bolinha de ouro. Ele vinha correndo e comia na minha mão. E ficou tão bonito quando cresceu, também: branco como a neve, com uma bela cauda branca e encurvada, apesar de Mary Vance dizer que era muito curta. Reconhecia seu nome e sempre vinha quando eu chamava. Adam era um galo muito inteligente. E a tia Martha não tinha nenhum direito de matá-lo. Ele era meu. Não foi justo, não é, Miss West?

— Não, não foi justo — assentiu Rosemary, com decisão. — Em absoluto. Lembro que tive uma galinha de estimação quando eu era pequena. Ela era tão linda, toda malhada, cor castanho-dourado. Eu a amava tanto quanto amei qualquer outro animalzinho que tive. Ela nunca foi morta, morreu de velha. Mamãe não quis matá-la, porque era meu bichinho de estimação.

— Se minha mãe estivesse viva, não teria deixado Adam ser morto — afirmou Faith. — Na verdade, nem o papai teria permitido, se estivesse em casa e ficasse sabendo. Tenho certeza de que não deixaria, Miss West.

— Eu também tenho certeza — disse Rosemary. O rubor em suas bochechas se acentuou. Ficou um pouco envergonhada, mas Faith não percebeu nada.

— Fui muito má por não dizer a Mr. Perry que a cauda do fraque dele estava queimando? — Faith perguntou, ansiosa.

— Oh, muitíssimo má — respondeu Rosemary, com olhar divertido. — Mas, eu teria sido tão travessa quanto você, Faith. Não teria dito nada sobre a queimadura e não creio que eu teria me arrependido por minha travessura também.

— Una disse que eu deveria ter dito a ele, porque ele é um pastor.

— Querida, se um pastor não se comporta como um cavalheiro, não somos obrigadas a respeitar a cauda de seus fraques. Eu sei que teria adorado ver a cauda de Jimmy Perry queimando. Deve ter sido muito engraçado.

As duas riram, mas a risada de Faith finalizou em um amargurado suspiro.

— Bem, a questão é que Adam está morto e eu jamais amarei nenhuma coisa em minha vida.

— Não diga isso, querida. Perdemos o melhor da vida, se não amamos. Quanto mais amamos, mais rica se torna a vida, mesmo que seja apenas um bichinho de estimação, com pelos ou penas. Você gostaria de ter um canário, Faith? Um canarinho dourado? Se quiser, eu lhe dou um. Temos dois em casa.

— Oh, eu adoraria! — exclamou Faith. — Eu amo pássaros. Mas... será que o gato da tia Martha não iria comê-lo? É tão trágico ter seu bichinho de estimação comido. Não acho que posso suportar isso uma segunda vez.

— Se você pendurar a gaiola longe o suficiente da janela, não acho que o gato possa lhe fazer mal. Vou ensiná-la como cuidar dele e vou trazê-lo para Ingleside na próxima vez que vier dar aulas às meninas.

Rosemary estava pensando consigo mesma.

"Isso vai dar o que falar entre as fofoqueiras de Glen, mas não me importo. Quero consolar esse pobre coraçãozinho".

Faith sentiu-se consolada. A simpatia e a compreensão eram muito doces. Miss Rosemary e ela ficaram sentadas no velho pinheiro até que o crepúsculo cobriu suavemente o branco vale, e a estrela vespertina brilhou sobre o cinzento bosque de bordos. Faith contou a Rosemary toda sua pequena história de esperanças, seus gostos e desgostos, as idas e vindas da vida na reitoria, os altos e baixos da vida na escola. Finalmente, se despediram como amigas.

Mr. Meredith estava, como de costume, perdido em seus sonhos, quando começaram a jantar naquela noite. Mas, num momento, um nome penetrou sua distração e o trouxe de volta à realidade. Faith estava contando para Una sobre seu encontro com Rosemary.

— Ela é encantadora — disse Faith. — É tão boa quanto Mrs. Blythe..., mas diferente. Senti como se quisesse abraçá-la. Ela me abraçou... um abraço delicioso e aveludado. E ela me chamava de "querida". Fiquei emocionada. Poderia contar qualquer coisa a ela.

— Então, você gostou de Miss West, Faith? — perguntou Mr. Meredith, com uma entonação um pouco estranha na voz.

— Eu a amo! — exclamou Faith.

— Ah! — disse Mr. Meredith. — Ah!

CAPÍTULO XXI

A palavra impossível

John Meredith caminhava, pensativo, ao frio de uma clara noite de inverno no Vale do Arco-íris. As colinas distantes reluziam com o gelado e esplendoroso brilho da luz da lua sobre a neve. Cada pequeno abeto no extenso vale cantava sua própria canção silvestre, na harpa do vento e do gelo.

Seus filhos e os meninos e as meninas dos Blythes estavam deslizando pela descida oriental e sobre o riacho congelado. Estavam se divertindo muitíssimo e suas vozes alegres e risadas, ainda mais alegres, ecoavam para cima e para baixo no vale, gradualmente desaparecendo em cadências mágicas entre as árvores.

À direita, as luzes de Ingleside resplandeciam pelo bosque de bordos, com memorável atração e apelo, que sempre pareciam arder em uma casa onde sabidamente existia o amor, a alegria e a boa acolhida a todos os irmãos, quer sejam de sangue ou de espírito. De quando em quando, Mr. Meredith desfrutava muito das veladas conversas com o doutor diante do fogo da lareira, onde os famosos cães de porcelana de Ingleside montavam guarda permanente, como correspondia às deidades da lareira. Mas, naquela noite, John não olhou para aquela direção. Mais distante, sobre a colina ocidental, brilhava uma estrela mais pálida, mas ainda mais atraente. Mr. Meredith se dirigia à casa na colina para ver Rosemary West e tinha a intenção de lhe dizer algo que florescera lentamente em seu coração, desde que a vira pela primeira vez, e que tinha amadurecido na noite em que Faith expressara a entusiasmada admiração pela moça.

John tinha chegado à conclusão de que aprendera a gostar de Rosemary. Não como tinha gostado de Cecilia, é claro. Aquilo tinha sido totalmente diferente. Aquele amor, aquele romance, aqueles sonhos e entusiasmo não poderiam retornar jamais, pensou ele. Mas, Rosemary era bonita, doce e querida, muito querida. Era a melhor das companhias. John se sentia extremamente feliz em sua companhia, de uma forma que jamais esperava se sentir novamente.

Rosemary seria a mulher ideal para sua casa, uma boa mãe para seus filhos.

Durante os anos de sua viuvez, Mr. Meredith recebera inumeráveis insinuações de que deveria se casar novamente, tanto de colegas pastores quanto da congregação da igreja presbiteriana, pessoas que podiam aparentemente ter algum motivo, e também daqueles que podiam não ter. Mas, essas insinuações nunca lhe causaram nenhuma impressão. Na opinião da maioria, John Meredith não prestava atenção a tais indiretas. Mas, a verdade é que estava extremamente consciente delas. E em suas ocasionais visitas ao bom senso, John sabia que a única coisa ajuizada a fazer era se casar. Mas, o bom senso não era um ponto forte de John Meredith, e escolher deliberadamente, a sangue frio, uma mulher "adequada", como alguém que estivesse escolhendo uma governanta ou o sócio para um negócio, era algo que John sentia-se incapaz de fazer. Como detestava a palavra "adequada!" A palavra, decididamente, o fazia se recordar de James Perry. "Uma mulher adequada, em idade adequada", foram as palavras ditas por aquele untuoso irmão de hábito, em uma insinuação longe de ser sutil. Naquele momento, John Meredith tinha sentido um desejo absolutamente incrível de sair correndo como um louco e propor matrimônio à mulher mais jovem e mais inadequada que fosse possível encontrar.

Mrs. Marshall Elliott era uma boa amiga e John gostava dela. Mas, quando essa senhora disse, sem cerimônias, que ele deveria se casar novamente, John sentiu como se um véu tivesse sido rasgado diante de um altar sagrado, na parte mais íntima de seu ser, e desde aquele momento passou a sentir uma espécie de medo de Mrs. Elliott. John sabia que havia em sua congregação mulheres "em idade adequada", que estariam mais do que dispostas a se casarem com ele. Esse fato havia se infiltrado em sua mente, apesar de toda sua distração, desde os primeiros momentos de seu ministério em Glen St. Mary. Eram mulheres boas, confiáveis, pouco interessantes, uma ou duas bem bonitas, outras nem tanto, e John Meredith teria pensado no casamento com qualquer uma delas tanto quanto na ideia de se enforcar. O pastor possuía alguns ideais, os quais nenhuma aparente necessidade o levaria a alterar. Não podia pedir que nenhuma mulher tomasse o lugar de Cecilia em sua casa, a não ser que pudesse oferecer a ela ao menos parte do afeto e deferência que havia dado à sua jovem esposa. E onde, em seu limitado número de amizades femininas, ele iria encontrar tal mulher?

Rosemary West tinha entrado em sua vida naquela tarde de outono, trazendo consigo a atmosfera na qual seu espírito reconhecia um ar nativo. Através do golfo do desconhecido, eles deram as mãos em amizade. Chegou a conhecê-la melhor nos dez minutos passados junto à nascente escondida, do que tinha conhecido Emmeline Drew, Elizabeth Kirk ou Amy Annetta Douglas em um ano, ou que poderia tê-las conhecido em um século. Tinha corrido até ela buscando conforto, quando Mrs. Alec Davis havia insultado sua mente e alma, e tinha achado consolo. Desde então, ia com frequência à casa na colina, deslizando com tamanha astúcia pelas trilhas ensombradas da noite no Vale do Arco-íris, que as fofoqueiras de Glen jamais poderiam afirmar, com absoluta certeza, se ele ia visitar Rosemary West ou não. Uma ou duas vezes tinha sido surpreendido na sala das West por outros visitantes; isso era tudo que sabiam as Damas da Associação de Beneficência. Mas, quando Elizabeth Kirk soube disso, extinguiu a secreta esperança que havia se permitido acariciar, sem a menor alteração da expressão em seu rosto pouco atraente; e Emmeline Drew decidiu que na próxima vez que visse um certo solteirão de Lowbridge, ela não o desprezaria, como tinha feito em um encontro anterior. Era óbvio que se Rosemary West estava disposta a conquistar o pastor, iria conquistá-lo; ela aparentava ser mais jovem do que realmente era e os homens a consideravam bonita. Além disso, as West tinham dinheiro!

— Tomara que não seja tão distraído a ponto de pedir Ellen em casamento por engano — foi o único comentário malicioso que se permitiu fazer, aos ouvidos de uma irmã compreensiva. Emmeline não sentia nenhum rancor de Rosemary. Afinal de contas, um solteirão livre e desimpedido era muito melhor do que um viúvo com quatro crianças. Os olhos de Emmeline ficaram temporariamente deslumbrados pelo charme da casa pastoral, impedindo-a de ver com claridade.

Um trenó, com três barulhentos ocupantes, passou a toda velocidade por Mr. Meredith, em direção ao riacho. Os longos cachos de Faith voavam ao sabor do vento e sua gargalhada ressoava acima da risada dos outros. John Meredith os seguiu com um olhar gentil e carinhoso. Alegrava-se que os filhos tivessem amigos como os Blythes, alegrava-se que tivessem uma amiga tão sábia, alegre e carinhosa como Mrs. Blythe. Mas, as crianças precisavam de algo mais, e esse algo seria proporcionado quando trouxesse Rosemary West como noiva, para a velha residência – pois, de fato, havia nela uma qualidade essencialmente maternal.

Era sábado à noite, e não era frequente que fosse fazer visitas neste dia e horário, pois era um momento supostamente dedicado a uma exaustiva revisão do sermão de domingo. Mas, John escolhera esta noite, pois tinha ouvido falar que Ellen West iria sair, e que Rosemary estaria sozinha. Apesar de ter passado tardes muito agradáveis na casa da colina, ele nunca tinha visto Rosemary a sós, desde aquele primeiro encontro ao lado da nascente.

Ellen sempre estivera presente.

John não tinha nenhum problema com a presença de Ellen; gostava muito dela, e eles eram melhores amigos. Ellen tinha uma capacidade de compreensão e um senso de humor quase masculinos, que ele, com sua tímida e oculta apreciação pelo divertido, achava muito agradável. John gostava de seu interesse sobre política e os eventos mundiais. Não havia nenhum homem em Glen, nem mesmo o Dr. Blythe, que tivesse tanta clareza na compreensão de tais assuntos.

— Sou da opinião de que é bom a gente se interessar pelas coisas enquanto estamos vivos — disse ela. — Se não existe interesse, não me parece que exista muita diferença entre uma pessoa viva e uma morta.

John gostava de sua voz agradável, profunda e sonora; gostava da gargalhada vigorosa, que sempre marcava o final de alguma história engraçada e bem contada. Nunca fazia observações sobre seus filhos, como as outras mulheres de Glen faziam; nunca o incomodava com fofocas locais; não possuía malícia, nem pequenez. Ellen era sempre esplendidamente honesta. Mr. Meredith, que havia adotado a maneira de Miss Cornelia de classificar as pessoas, considerava que Ellen pertencia à raça de José. Em suma, uma mulher admirável para se ter como cunhada. Não obstante, um homem não quer por perto nem mesmo o mais admirável exemplar do sexo feminino quando está se declarando para outra mulher. E Ellen estava sempre por perto. Ela não insistia em tomar a atenção de Mr. Meredith para si por todo o tempo. Deixava que Rosemary tivesse sua justa porção da atenção do pastor. Muitas noites, Ellen se tornava quase invisível, sentada em um canto da sala, com St. George no colo, e deixando Mr. Meredith e Rosemary juntos, conversando, cantando e lendo livros. Às vezes, eles praticamente se esqueciam de sua presença. Mas, se a conversa ou escolha de duetos chegava a revelar a menor tendência para o que Ellen considerava romântico, ela prontamente cortava o mal pela raiz e anulava Rosemary pelo restante da noite. Mas, nem sequer o mais tenebroso dos dragões pôde impedir uma certa linguagem sutil de olhares, sorrisos e silêncios eloquentes; e a corte do pastor prosseguiu, avançando dessa maneira.

Mas, se algum dia fosse para chegar a algo concreto, esse momento teria que acontecer quando Ellen não estivesse presente. E ela saía muito pouco, especialmente no inverno, pois achava que sua lareira era o lugar mais agradável do mundo. Perambular não lhe oferecia muita atração. Gostava de ter companhia, mas queria que estivessem em sua casa. Mr. Meredith quase chegou à conclusão de que teria que escrever a Rosemary o que queria dizer, quando uma noite, Ellen casualmente anunciou que iria para um jantar de Bodas de Prata, que ocorreria no próximo sábado à noite. Ela tinha sido dama de honra na cerimônia original. Apenas os antigos convidados tinham sido chamados, então Rosemary não estava incluída. Mr. Meredith aguçou os ouvidos e um brilho diferente iluminou os sonhadores olhos escuros. Tanto Ellen quanto Rosemary perceberam; e tanto Ellen quanto Rosemary sentiram, surpresas, que Mr. Meredith certamente subiria a colina na próxima noite de sábado.

— É melhor que acabe com isso de uma vez, St. George — disse Ellen, com severidade, para o gato preto, depois que Mr. Meredith se retirou para casa e Rosemary subiu silenciosamente para o quarto. — Ele vai pedi-la em casamento, St. George... tenho absoluta certeza disso. Então, é melhor que ele tenha sua chance e descubra que não pode ficar com ela, George. Ela gostaria de aceitá-lo, Saint. Sei disso..., mas ela prometeu, e tem que cumprir a promessa. Por um lado, sinto pena, St. George. Não conheço nenhum outro homem a quem poderia gostar de ter como cunhado, se isso fosse conveniente. Não tenho absolutamente nada contra ele, Saint... nada, exceto que não quer ver, nem pode ser convencido, de que o Kaiser é uma ameaça à paz da Europa. Esse é seu único ponto fraco. Mas, o pastor é uma boa companhia, e eu gosto dele. Uma mulher pode dizer qualquer coisa para um homem com uma boca como a de John Meredith, e estar certa de que não será mal compreendida. Um homem assim é mais valioso do que rubis, Saint... e muito mais raro, George. Mas, não pode se casar com Rosemary... e suponho que quando ele descobrir, vai deixar nós duas. E vamos sentir falta dele, Saint... vamos sentir muitíssima falta dele, George. Mas, ela prometeu, e eu vou fazer com que cumpra a sua promessa!

O rosto de Ellen estava quase feio, diante de sua sombria resolução. Em seu quarto, no andar de cima, Rosemary chorava, com o rosto apoiado no travesseiro.

Sendo assim, Mr. Meredith encontrou sua dama sozinha, e muito bonita. Rosemary não havia se arrumado em especial para a ocasião. Queria ter cuidado disso, mas achou que seria absurdo emperiquitar-se para um homem a quem iria rechaçar. Então, decidiu usar um simples vestido de tarde escuro, e ainda assim parecia como uma rainha. A emoção contida coloria seu rosto, deixando-o reluzente. Seus grandes olhos azuis eram como fontes de luz, menos plácidos do que de costume.

Desejava que a conversa já tivesse terminado. Havia ansiado por isso o dia todo, com temor. Tinha quase certeza de que John Meredith, a seu modo, gostava muito dela — e também tinha certeza de que não a amava como tinha amado seu primeiro amor. Sentia que sua recusa iria desapontá-lo de forma considerável, mas não achava que ele fosse entrar em desespero. Ainda assim, odiava ter que rejeitá-lo. Odiava ter que fazê-lo, por ele, — Rosemary era honesta consigo mesma — e por si mesma. Sabia que poderia ter amado John Meredith se... se fosse possível. Sabia que a vida ficaria muito vazia se ao ser rejeitado como namorado, o pastor se recusasse a seguir sendo seu amigo. Sabia que podia ser muito feliz com ele e que podia fazê-lo feliz. Mas, entre a felicidade e ela encontravam-se os portões da prisão de uma promessa que fizera a Ellen, anos atrás. Rosemary não tinha lembranças do pai. Ele morrera quando ela tinha apenas três anos de idade. Ellen, que tinha treze anos, lembrava-se dele, mas sem muita ternura. O pai tinha sido um homem severo e reservado, muitos anos mais velho que a jovial e bonita esposa. Cinco anos depois, falecera também o irmãozinho delas; desde sua morte, as duas moças sempre tinham vivido sozinhas com a mãe. Elas nunca haviam se misturado muito na vida social de Glen ou Lowbridge, ainda que, por onde fossem, se tornassem convidadas bem-vindas, por causa do gênio e do caráter de Ellen, e da doçura e da beleza de Rosemary. As duas tiveram o que chamavam de "um desapontamento", em sua adolescência. O mar não tinha devolvido o namorado de Rosemary; e Norman Douglas, que era, naquele tempo, um moço bem-apessoado, ruivo e gigante, famoso por montar como um selvagem e por suas barulhentas, ainda que inofensivas, aventuras, discutiu com Ellen e a deixou plantada, depois de um arrebatamento de ira.

Não faltaram candidatos para ocupar os lugares de Martin e de Norman, mas nenhum pareceu merecer seus favores, aos olhos das moças West, que foram lentamente deixando a adolescência e a juventude, sem nenhum aparente arrependimento. Eram muito devotas à mãe, que era uma inválida crônica. As três tinham um pequeno círculo de interesses caseiros: livros, mascotes e flores, que as alegravam e satisfaziam.

A morte de Mrs. West, que ocorreu no dia do aniversário de vinte e cinco anos de Rosemary, foi um terrível golpe para as irmãs. A princípio, se sentiram intoleravelmente solitárias. Ellen, especialmente, continuou a lamentar e remoer. Suas longas e amargas meditações eram interrompidas apenas por ataques de choro tormentosos e apaixonados. O velho médico de Lowbridge disse a Rosemary que temia que fosse uma melancolia crônica, ou algo ainda pior.

Um dia em que Ellen tinha estado sentada por horas seguidas, negando-se a falar ou comer, Rosemary se atirou de joelhos ao lado da irmã.

— Oh, Ellen, você ainda tem a mim — disse, implorando. — Não sou nada para você? Sempre nos amamos tanto.

— Não vou tê-la para sempre — Ellen dissera, rompendo o silêncio com abrasiva intensidade. — Você vai se casar e me deixar. Eu vou ficar sozinha. Não suporto nem pensar, não consigo nem pensar. Eu prefiro morrer.
— Eu nunca vou me casar — disse Rosemary. Jamais, Ellen.
Ellen inclinou-se e olhou com expressão inquisitiva nos olhos de Rosemary.
— Você promete solenemente? — perguntou. — Promete sobre a Bíblia da mamãe?
Rosemary concordou de imediato, disposta a fazer a vontade de Ellen. O que importava? Ela sabia muito bem que jamais se casaria. Seu amor tinha afundado com Martin Crawford, nas profundezas do mar; e sem amor, ela não poderia se casar com ninguém. Por isso, esteve mais que disposta a prometer, ainda que Ellen tenha convertido a promessa em um rito impressionante. Deram as mãos por cima da Bíblia, no quarto vazio da mãe, e as duas juraram que jamais se casariam, e que sempre iriam morar juntas.
A partir desse momento, o estado de saúde de Ellen melhorou. Logo recuperou a disposição alegre de antes. Durante dez anos, ela e Rosemary viveram felizes na velha casa, sem serem perturbadas por qualquer pensamento de se casar ou dar-se em casamento. A promessa era uma carga muito leve. Ellen não deixava de recordar à irmã cada vez que qualquer criatura do sexo masculino, elegível para matrimônio, cruzava seu caminho, mas nunca se alarmara de fato, até que John Meredith chegou na casa, naquela noite, acompanhando Rosemary. Quanto a Rosemary, a obsessão de Ellen com respeito à promessa sempre tinha sido motivo de risadas, até recentemente. Agora, era um grilhão impiedoso, autoimposto e eterno. Por causa da promessa, naquela noite ela deveria dar as costas à felicidade.
Era verdade que o tímido e doce botão de amor que dera ao namorado adolescente jamais poderia ser dado a outro. Mas, Rosemary sabia que podia devotar a John Meredith um amor mais rico e mais maduro. Sabia que John tocava profundidades em sua natureza, o que Martin jamais havia tocado; que, talvez, na menina de dezessete anos nem existissem, para serem tocados. E, naquela noite, ela deveria despedi-lo, mandá-lo de volta para seu coração solitário, sua vida vazia e seus dolorosos problemas, porque prometera a Ellen, dez anos antes, sobre a Bíblia da mãe, que jamais se casaria.
John Meredith não aproveitou imediatamente sua oportunidade. Pelo contrário, conversou por duas longas horas sobre os assuntos menos ligados ao amor possíveis. Tentou até mesmo política, apesar de que o assunto sempre aborrecia Rosemary. A moça começou a pensar que tinha se enganado

completamente e seus medos e expectativas de repente lhe pareceram grotescos. Sentiu-se frívola e tola. O resplendor desapareceu de sua face e o brilho escapou de seus olhos. John Meredith não tinha a menor intenção de pedi-la em casamento.

E, então, inesperadamente, o pastor se levantou, cruzou a sala, colocou-se ao seu lado, e se declarou. O aposento se tornou, de repente, terrivelmente imóvel. Até mesmo St. George parou de ronronar. Rosemary ouvia as batidas do próprio coração e estava certa de que John Meredith também as ouvia.

Era este o momento em que ela devia dizer não, gentil, mas firmemente. Fazia dias que estava preparada, com uma resposta formal e arrependida. E, agora, as palavras desapareceram completamente de sua mente. Tinha que dizer não e de repente descobriu que não podia dizer. Essa era uma palavra impossível. Sabia, agora, que o problema não era que poderia vir a amar John Meredith, mas que já o amava. A ideia de afastá-lo de sua vida era uma agonia.

Deveria dizer alguma coisa. Ergueu a inclinada cabeça dourada e, gaguejando, pediu a ele que lhe desse alguns dias para... para reflexão.

John Meredith ficou um pouco surpreso. Ele não era mais vaidoso do que nenhum homem tem o direito de ser, mas esperava que Rosemary West fosse dizer que sim. Estava tolerantemente certo de que ela gostava dele. Então, por que essa dúvida, por que a hesitação? Rosemary não era mais uma mocinha de escola, incerta sobre o que queria. Sentiu uma desagradável impressão de decepção, de desolação. Mas, consentiu com o pedido da moça, com sua infalível gentileza e cortesia, e partiu imediatamente.

— Vou lhe dar a resposta em alguns dias — disse Rosemary, com o olhar baixo e as bochechas queimando.

Quando a porta se fechou atrás dele, Rosemary voltou para seu quarto e comprimiu as mãos.

CAPÍTULO XXII

St. George sabe de tudo

À meia-noite, Ellen West voltava caminhando do jantar de Bodas de Prata dos Pollocks. Tinha permanecido um pouco mais de tempo que os outros convidados, para ajudar a noiva de cabelos grisalhos com a louça. A distância entre as duas casas não era grande e a estrada era boa, então Ellen estava desfrutando da caminhada de volta para casa, sob a luz do luar.

A noite tinha sido agradável. Ellen, que fazia anos não ia a uma festa, achou tudo muito divertido. Todos os convidados tinham feito parte de seu antigo grupo de amigos e não houve nenhum jovenzinho intrometido para estragar o sabor da noite, pois o único filho do casal estava muito longe, estudando, e não pôde estar presente. Norman Douglas estava lá e era a primeira vez em anos que eles se encontravam em uma reunião social, se bem que Ellen o vira uma ou duas vezes na igreja naquele inverno. O encontro com Norman não despertara o menor sentimento no coração de Ellen. Estava acostumada a se questionar, quando pensava sobre o assunto, como pôde algum dia estar apaixonada por ele, ou ter se sentido tão mal por causa do casamento repentino. Mas, gostou de vê-lo novamente. Ellen tinha esquecido quão animado e estimulante ele podia ser. Nenhuma reunião era entediante, se Norman Douglas estivesse presente. Todos ficaram surpresos ao vê-lo chegar, pois era de conhecimento público que jamais ia a lugar nenhum. Os Pollocks o convidaram, pois tinha sido um dos convidados originais, mas nunca imaginaram que ele iria aparecer. Ele tinha levado a prima de segundo grau, Amy Annetta Douglas, para o jantar, e pareceu lhe dar muita atenção. Mas, Ellen estava sentada em frente a ele e manteve com Norman uma animada discussão, durante a qual todos os gritos e provocações não puderam perturbá-la, e a qual Ellen ganhou, vencendo tão tranquila e completamente que deixou Norman em silêncio por dez minutos. Ao final desse tempo, murmurou, abafando as palavras na barba ruiva: "brava como sempre... brava como sempre", e começou a atormentar Amy Annetta, que ria como uma tonta diante de seus gracejos, em lugar de responder de forma mordaz, como teria feito Ellen.

Ellen, enquanto caminhava de volta para casa, refletia sobre os acontecimentos da noite e os saboreava com nostálgico deleite. O ar, iluminado pela lua, brilhava por causa da geada e a neve estalava debaixo de seus pés. Diante dela, estendia-se o vilarejo de Glen, com o porto embranquecido mais adiante. Havia luz no escritório da reitoria. Então, John Meredith tinha ido para casa. Será que tinha feito o pedido de casamento a Rosemary? E como será que ela deve ter feito sua recusa? Ellen achou que jamais saberia, apesar de estar muito curiosa. Tinha certeza de que Rosemary jamais lhe contaria nada sobre isso, e Ellen jamais se atreveria a perguntar. Deveria se contentar com o fato da recusa. Afinal de contas, essa era a única coisa que realmente importava.

"Espero que ele tenha bom senso o bastante para voltar de vez em quando, como amigo", pensou. Desgostava tanto da solidão que pensar em voz alta era uma de suas estratégias para prevenir solidão não desejada.

"É horrível não ter um homem com um pouco de cérebro, com quem conversar de vez em quando. E o mais provável é que não volte a se aproximar da casa. Tem também o Norman Douglas... eu gosto daquele homem, e gostaria de ter discussões com ele de vez em quando. Mas, ele jamais ousaria vir aqui, por temer que as pessoas achassem que estivesse me cortejando novamente... por temer que eu achasse isso também, mais provavelmente... apesar de que ele é mais desconhecido para mim agora, do que John Meredith. Parece um sonho que tenhamos sido namorados algum dia. Mas, assim é... há somente dois homens em Glen com quem eu gostaria de conversar... e por causa das fofocas e dessa bobagem de romance é bem provável que jamais verei nenhum deles. "Eu podia..." pensou, dirigindo-se às estrelas imóveis, com uma ênfase mordaz — "eu podia ter feito um mundo melhor para mim mesma".

Deteve-se diante do portão da casa, com uma repentina sensação de alarme. Ainda havia luz acesa na sala e através da cortina podia ver a sombra de uma mulher, que caminhava sem parar pelo aposento. O que Rosemary estava fazendo acordada até esta hora da noite? E por que ela estava andando como uma doida?

Ellen entrou suavemente. Ao abrir a porta do corredor, Rosemary estava saindo da sala, ruborizada e ofegante. Uma atmosfera de tensão e frenesi a envolvia como um traje.

— Por que você não está na cama, Rosemary?

— Venha aqui — disse Rosemary, com intensidade. — Quero lhe contar uma coisa.

Com calma, Ellen tirou o agasalho e as galochas, e seguiu a irmã até a sala quente e iluminada pelo fogo na lareira. Apoiou a mão na mesa e esperou. Estava muito bonita em seu estilo sisudo e austero. O novo vestido de veludo preto, com cauda e gola em V, que ela tinha feito propositalmente para a festa, ficava muito bem em seu corpo majestoso e imponente. Levava no pescoço um pesado colar de contas de âmbar, que era herança de família. A caminhada no ar frio lhe havia acendido as bochechas até uma cor escarlate brilhante. Mas, os penetrantes olhos azuis eram tão gelados e inflexíveis como o céu da noite de inverno. Esperou em silêncio, o qual Rosemary pôde romper apenas com um esforço convulsivo.

— Ellen, Mr. Meredith esteve aqui esta noite.
— Sim?
— E... e... ele me pediu em casamento.
— Era o que eu esperava. É óbvio que você o recusou?
— Não.
— Rosemary. Ellen fechou os punhos e deu um passo involuntário para frente. — Está me dizendo que aceitou o pedido?
— Não... Não.

Ellen recuperou o autocontrole.

— O que você fez, então?
— Eu... eu pedi a ele que me desse alguns dias para pensar.
— Não vejo a necessidade disso — disse Ellen, com frio desdém —, sabendo que só existe uma única resposta que você pode dar a ele.

Rosemary estendeu as mãos em um gesto de súplica.

— Ellen — disse com desespero —, eu amo John Meredith — e quero ser esposa dele. Você vai me liberar daquela promessa?
— Não — disse Ellen, impiedosa, pois estava morrendo de medo.
— Ellen... Ellen...
— Escute aqui — interrompeu Ellen. — Eu não pedi que me fizesse aquela promessa. Você a ofereceu.
— Eu sei... eu sei. Mas, naquela época, eu jamais pensei que pudesse voltar a amar alguém.
— Você a ofereceu — continuou Ellen, inflexível. — Você prometeu sobre a Bíblia de nossa mãe. Foi mais que uma promessa, foi um juramento. E, agora, você quer quebrá-lo?
— Eu só peço que você me libere da promessa, Ellen.
— Não vou liberar. Para mim, uma promessa é uma promessa. Não vou fazer isso. Quebrar a promessa? Seja desleal, se quiser, mas não será com o meu consentimento.

— Você é muito dura comigo, Ellen.

— Dura com você? E o que será de mim? Você já parou para pensar como seria minha solidão, se você me deixasse? Não poderia suportar, eu ficaria louca. Não posso viver sozinha. Eu não tenho sido uma boa irmã para você? Já me opus a algum de seus desejos? Não lhe dou tudo?

— Sim... Sim.

— Então, por que você quer me abandonar por causa daquele homem, que até um ano atrás você nunca tinha visto?

— Eu o amo, Ellen.

— Amor?! Você fala como uma menininha de escola e não como uma mulher adulta de meia-idade. Ele não ama você. Ele quer uma governanta e uma dona de casa. Você não o ama. Você quer ser chamada de senhora, e não de senhorita. Você é uma daquelas mulherezinhas de cabeça fraca, que consideram uma desgraça ser tachada de solteirona. É só isso.

Rosemary estremeceu. Ellen não poderia, ou não queria entender. Era inútil tentar argumentar com ela.

— Então, você não vai me liberar, Ellen?

— Não, não vou. E não vou falar mais sobre isso. Você prometeu e tem que cumprir sua palavra. Isso é tudo. Vá para a cama. Olhe a hora que é! Você está exausta e cheia de fantasias. Amanhã estará mais sensata. Ao menos não me deixe ouvir mais nada sobre essa bobagem. Vá.

Rosemary foi sem dizer mais nada, pálida e desanimada. Ellen caminhou impetuosamente pela sala por alguns minutos e, então, parou na frente da cadeira onde St. George estivera dormindo calmamente durante toda a tarde. Um sorriso relutante se estendeu pelo rosto sombrio. Houve apenas um momento em sua vida — a época da morte de sua mãe — em que Ellen não conseguiu mitigar a tragédia com comédia. Até mesmo naquela amargura tão antiga, quando Norman Douglas tinha, por assim dizer, a abandonado, ela riu de si mesma, tantas vezes quanto chorou.

— Espero que vá haver caras emburradas, St. George. Sim, Saint, creio que nos esperam alguns dias de desagradável tormenta. Bem, vamos suportá-los, George. Já lidamos com crianças tolas antes, Saint. Rosemary vai ficar emburrada por um tempo e então vai superar, e tudo vai voltar a ser como antes, George. Ela prometeu e irá cumprir sua promessa. E essa é a última palavra que direi sobre o assunto a você, a ela ou a qualquer outro, Saint.

Mas, Ellen permaneceu brutalmente desperta até de manhã.

Entretanto, não houve cara feia. Rosemary estava pálida e calada no dia seguinte, mas, além disso, Ellen não conseguiu detectar nenhuma diferença no comportamento da irmã. Certamente, não parecia guardar nenhum rancor. Estava um dia tormentoso, então não falaram sobre ir à igreja. À tarde, Rosemary trancou-se no quarto e escreveu uma carta para John Meredith. Não podia confiar em si mesma para dizer "não" pessoalmente. Estava certa de que John não se conformaria se suspeitasse que ela estava dizendo "não" contra sua vontade, e Rosemary não poderia suportar súplicas e apelos. Devia convencê-lo de que não gostava dele de forma nenhuma e a única maneira de conseguir fazer isso era por meio de uma carta. Escreveu-lhe a recusa mais formal e fria que se podia imaginar. Foi apenas cortês; não deixava a menor brecha para esperança, nem mesmo para o mais ousado dos amantes.

John Meredith era tudo, menos ousado. Encerrou-se em si mesmo, ferido e mortificado, quando, no outro dia, leu a carta de Rosemary, em seu escritório empoeirado. Mas, além de sua mortificação, uma assustadora revelação se fez sentir prontamente. John tinha pensado que não amava Rosemary tão profundamente quanto tinha amado Cecilia. Agora, quando soube que a havia perdido, entendeu que sim, que a amava. Rosemary era tudo para ele — tudo! E tinha que tirá-la de sua vida completamente. Nem mesmo uma amizade era possível agora. A vida se estendia diante de si com uma intolerável monotonia. Devia seguir em frente — tinha seu trabalho — seus filhos —, mas o coração tinha sido arrancado de dentro de seu peito. Permaneceu sentado naquela noite, no escuro, frio e desconfortável escritório, com a cabeça apoiada nas mãos. Em cima da colina, Rosemary estava com dor de cabeça e foi mais cedo para a cama, enquanto Ellen comentava com St. George, que ronronava, sobre as tolices humanas com desdém, pois não sabiam que a única coisa que realmente importava era uma boa almofada macia.

— O que as mulheres fariam se não tivesse sido inventada a dor de cabeça, St. George? Mas, não se preocupe, Saint. Vamos apenas fingir que não vemos nada, por algumas semanas. Admito que eu também não me sinto confortável, George. Sinto como se tivesse afogado um gatinho. Mas, ela prometeu, Saint, e foi ela mesma que ofereceu a promessa, George. Bismillah!

CAPÍTULO XXIII

O clube da boa conduta

Uma chuva leve caía durante todo o dia, uma delicada e belíssima chuvinha de primavera, que de alguma maneira parecia sussurrar sobre flores de maio e violetas, despertando-as. O porto, o golfo e os campos baixos da costa estiveram envoltos em névoas cor cinza-perolado. Mas, agora, ao entardecer, a chuva havia cessado e as brumas tinham sido sopradas para o mar. Algumas nuvens salpicavam o céu sobre o porto, como pequenas rosas incandescentes. Mais adiante, as colinas destacavam-se, escuras, contra o pródigo esplendor de narcisos e a cor carmesim do céu. Uma imensa e prateada estrela da tarde vigiava a barra. Um vento animado, dançarino, recém-criado soprava desde o Vale do Arco-íris, com os odores resinosos dos abetos e do musgo úmido. O vento cantarolava por entre os velhos pinheiros ao redor do cemitério e enredava os esplêndidos cachos de Faith, que estava sentada na sepultura de Hezekiah Pollock, abraçando Mary Vance e Una. Carl e Jerry estavam sentados em frente a elas, em outra sepultura, e todos estavam cheios de vontade de fazer travessuras, por terem estado presos o dia todo.

— O ar está incandescente esta noite, não está? Está tão limpo, viram? — comentou Faith, alegremente.

Mary Vance a encarou sombriamente. Sabendo o que sabia, ou achava que sabia, Mary considerava que Faith era muito frívola. Mary tinha algo em mente, que devia e intentava dizer antes de ir para casa. Mrs. Elliott a enviara até a casa pastoral com alguns ovos frescos e dissera que não ficasse mais que meia hora. A meia hora já estava quase terminando, então Mary estirou as pernas, que estavam encolhidas, e disse abruptamente:

— Esqueça o ar. Escutem-me. Vocês, criaturas da casa pastoral, têm que se comportar melhor do que têm se comportado esta primavera. Isso é tudo que tenho para dizer. Vim esta noite de propósito para falar isso. É horrível a maneira como as pessoas falam de vocês.

— O que fizemos agora? — perguntou Faith, soltando o braço de Mary.

Os lábios de Una tremeram e sua alma sensível se encolheu dentro dela. Mary era sempre tão brutalmente franca. Jerry começou a assobiar, se fazendo de valente. Queria que Mary visse que ele não se importava com seus sermões. O comportamento deles não era problema dela, afinal de contas. Que direito Mary tinha de repreendê-los por sua conduta?

— Que fizeram agora? Vocês fazem o tempo todo — retorquiu Mary. — Assim que se termina a fofoca sobre uma de suas façanhas, vocês vão e aprontam de novo, e começa tudo outra vez. Parece-me que vocês não têm a mínima ideia de como crianças da casa pastoral devem se comportar!

— Talvez, você possa nos dizer — sugeriu Jerry, com sarcasmo destruidor.

O sarcasmo era uma perda de tempo com Mary.

— Eu posso dizer a vocês o que vai acontecer se não aprenderem a se comportar. A assembleia vai pedir para que seu pai renuncie ao cargo. Aí está, Senhor Jerry-Sabe-Tudo. Foi Mrs. Alec Davis que disse para Mrs. Elliott. Eu ouvi. Eu sempre fico de orelha em pé quando Mrs. Alec Davis vem para o chá. Ela disse que vocês estão indo de mal a pior e que, apesar de ser o esperado, considerando que não têm ninguém para educá-los, ainda assim não se pode pedir que a congregação suporte o comportamento de vocês por muito mais tempo, e algo precisa ser feito. Os metodistas não param de rir de vocês e isso fere os sentimentos dos presbiterianos. Ela diz que vocês todos precisam de uma boa dose de tônico de vidoeiro. Deus, se isso fizesse com que a gente ficasse bom, eu seria uma santinha. Não estou dizendo isso porque quero magoar vocês. Eu sinto pena... — Mary era mestra na gentil arte da condescendência. — Entendo que vocês não têm muitas oportunidades, as coisas sendo como são. Mas, outras pessoas não são tão compreensivas quanto eu. Miss Drew diz que o Carl tinha um sapo no bolso no domingo passado, na Escola Dominical, e que o sapo saiu saltando enquanto ela estava estudando a lição. Ela disse que vai renunciar à classe. Por que você não deixa os bichos em casa?

— Eu guardei o sapo de volta! — exclamou Carl. — Ele não faz mal a ninguém. Pobre sapinho! E eu adoraria que essa velha Jane Drew desistisse da turma. Eu a odeio. O sobrinho dela tinha uma porção de tabaco sujo no bolso e nos ofereceu para mascar, enquanto o presbítero Clow estava orando. Acho que isso é pior do que um sapo.

— Não, porque os sapos são mais inesperados. Eles causam mais sensação. Além disso, ele não foi pego no flagra. E, então, aquele concurso de orações, que tiveram semana passada, foi um escândalo terrível. Todo mundo está comentando sobre isso.

— Ora, por que, se os Blythes também estavam conosco no concurso?! —

exclamou Faith, indignada. — Foi Nan Blythe que sugeriu, para começo de conversa. E foi o Walter que ganhou a competição.

— Bem, vocês receberam o crédito, de qualquer maneira. Não teria sido tão ruim se vocês não estivessem no cemitério.

— Eu diria que o cemitério é um ótimo lugar para orar — retorquiu Jerry.

— O diácono Hazard passou quando você estava orando — disse Mary. — E ele viu e ouviu você, com as mãos cruzadas sobre a barriga e gemendo depois de cada sentença. Ele achou que você estava zombando dele.

— E eu estava mesmo — admitiu Jerry, sem se envergonhar. — Só que eu não sabia que ele estava passando, é claro. Isso foi apenas um acidente desagradável. Eu não estava orando de verdade, sabia que não tinha nenhuma chance de ganhar o prêmio. Então, estava me divertindo o máximo que podia. É incrível como o Walter Blythe consegue orar. Ora, as orações dele são tão boas quanto as do papai.

— Una é a única que gosta mesmo de orar — disse Faith, meditativa.

— Bom, se orar escandaliza tanto assim as pessoas, não devemos mais fazer isso — disse Una, com um suspiro.

— Ai, ai, ai, vocês podem orar o quanto quiserem, só que não no cemitério. E não como se fosse um jogo. Foi isso que fez tudo ser tão ruim; isso, e tomar o chá em cima das sepulturas.

— Nós não fizemos isso.

— Bem, fizeram bolhas de sabão, então. Fizeram alguma coisa. Os moradores do outro lado do porto juram que vocês tomaram o chá, mas estou disposta a acreditar no que vocês estão dizendo. E vocês usaram essa sepultura como mesa.

— Bem, Martha não nos deixa fazer bolhas de sabão dentro de casa. Ela estava muito irritada naquele dia — explicou Jerry. — E essa velha pedra é uma mesa tão bonita.

— E as bolhas não ficaram lindas?! — exclamou Faith, com os olhos brilhantes por causa da lembrança. — Refletiam as árvores, as colinas e o porto, como pequenos países das fadas. E, quando as soltávamos, elas flutuavam para o Vale do Arco-íris.

— Todas menos uma, que foi estalar na cúpula da igreja metodista — assinalou Carl.

— Estou contente por termos feito isso uma vez, pelo menos, antes de sabermos que era errado — consolou-se Faith.

— Não teria sido errado se as soltassem no jardim — disse Mary, com impaciência. — Parece que não posso enfiar juízo na cabeça de vocês. Já lhes foi dito, mais de uma vez, que não deveriam brincar no cemitério. Os metodistas são muito sensíveis com respeito ao cemitério.

— Nós esquecemos — confessou Faith, pesarosa. — E o jardim é tão pequeno e tão "minhocado". Tão cheio de arbustos e coisas. Não podemos estar o tempo todo no Vale do Arco-íris. Então, para onde podemos ir?

— São as coisas que vocês fazem no cemitério. Não ia ter problema se vocês se sentassem aqui e conversassem tranquilos, como estamos fazendo agora. Bem, não sei o que vai sair de tudo isso, mas sei que o presbítero Warren vai conversar com seu pai sobre isso. O diácono Hazard é primo dele.

— Gostaria que não fossem incomodar o papai por causa disso — suspirou Una.

— Bem, as pessoas dizem que ele devia se preocupar mais com vocês. Eu não, eu o entendo. Ele mesmo é uma criança, de certa maneira. É o que ele é, e precisa tanto quanto vocês de uma pessoa para tomar conta dele. Bem, talvez ele consiga alguém em breve, se os rumores forem verdadeiros.

— O que quer dizer com isso? — perguntou Faith.

— Vocês não têm nenhuma ideia... é sério isso? — perguntou Mary.

— Não, não. O que você quer dizer com isso?

— Bem, vocês são um bando de inocentes, de verdade, hein?! Ora, *todo* mundo está falando sobre isso. Seu pai vai visitar a Rosemary West. Ela vai ser sua madrasta.

— Eu não acredito nisso! — exclamou Una, enrubescendo profusamente.

— Bem, eu não sei. Eu só repito o que as pessoas dizem. Não dou o fato como confirmado. Mas, isso seria uma boa coisa. Rosemary West os faria marcar o passo se viesse para cá, aposto que sim, apesar de parecer ser toda doçura e sorrisos. Elas são sempre assim, até que capturam os maridos. Mas, de qualquer maneira, vocês precisam de alguém que os eduque. Estão envergonhando o pai de vocês e eu lamento por ele. Sempre penso muito no pastor Meredith, desde aquela noite que ele falou tão bem comigo. Desde então, eu nunca mais disse nenhuma palavra feia ou menti. E eu gostaria de vê-lo feliz e bem-cuidado, com os botões costurados, uma comida decente, e vocês, criaturinhas, apanhando até tomar jeito, e aquela velha gata, que é a Martha, colocada no seu lugar. O jeito que ela olhou *pros* ovos que eu trouxe esta noite. "Espero que estejam frescos", disse ela. Só queria que estivessem podres. Vocês cuidem para que ela dê um ovo para cada um no café da manhã, incluindo seu pai. Façam uma confusão se ela não der. Foi para isso que mandaram os ovos, mas eu não confio na velha Martha. É bem capaz de ela dar os ovos para o gato.

Como a língua de Mary se cansou temporariamente, um breve silêncio caiu sobre o cemitério. As crianças da casa pastoral não tinham vontade de falar. Estavam digerindo as novas ideias que Mary lhes havia sugerido, que não eram totalmente palatáveis. Jerry e Carl estavam um tanto surpresos. Mas, afinal de contas, o que isso importava? E não era provável que houvesse uma gota de verdade naquilo tudo. Faith, considerando tudo, estava satisfeita. Apenas Una estava seriamente chateada. Estava com vontade de sair e chorar.

"Haverá alguma estrela na minha coroa?", entoava o coral metodista, que começava a ensaiar na igreja.

— Eu quero só três — disse Mary, cujo conhecimento teológico havia aumentado consideravelmente desde que tinha ido morar com Mrs. Elliott. — Apenas três, dispostas na minha cabeça como um diadema: uma grande no meio, e uma pequena de cada lado.

— Existem diferentes tamanhos de almas? — questionou Carl.

— É claro. Ora, bebezinhos devem ter uma alma bem menor do que homens grandes. Bem, está ficando tarde, e eu devo me apressar para casa. Mrs. Elliott não gosta que eu esteja na rua depois que escurece. Senhor, quando eu vivia com Mrs. Wiley, a noite e o dia não tinham diferença nenhuma para mim. Não me importava com isso mais do que um gato cinza. Parece que passaram cem anos desde aquela época. Agora, vocês devem pensar no que eu disse e tentem se comportar, pelo bem do seu pai. Eu sempre irei apoiá-los e defendê-los, podem ter a mais absoluta certeza. Mrs. Elliott diz que nunca viu ninguém como eu, tão leal aos meus amigos. Inclusive fui muito insolente com Mrs. Alec Davis por causa de vocês e Mrs. Elliott me repreendeu depois por isso. A doce Cornelia tem uma língua afiadíssima, sem dúvida. Mas, no fundo ela estava satisfeita, porque odeia a velha Kitty Alec, e gosta muito de vocês. Eu sei ler os sentimentos das pessoas.

Mary partiu, muito satisfeita consigo mesma, deixando para trás um grupinho mais que deprimido.

— Mary Vance sempre diz alguma coisa que nos faz sentir mal, quando ela aparece aqui — disse Una, ressentida.

— Quem dera a tivéssemos deixado morrendo de fome no celeiro — complementou Jerry, com despeito.

— Oh, isso é maldade, Jerry! — repreendeu Una.

— Já que estão nos dando a carapuça, por que então não usar? — falou o impenitente Jerry. — Se as pessoas dizem que somos tão maus, sejamos maus de fato.

— Mas, não se isso pode magoar o papai — defendeu Faith.

Jerry se remexeu, desconfortável. Ele adorava o pai. Através da janela sem cortina, conseguiam ver Mr. Meredith sentado à mesa. Não parecia estar nem lendo nem escrevendo. Estava com a cabeça apoiada nas mãos e havia algo em sua atitude que falava em esgotamento e desolação. De repente, as crianças perceberam.

— Eu diria que alguém veio reclamar da gente para ele hoje — deduziu Faith. — Como queria que pudéssemos viver sem que as pessoas fofocassem. Oh... Jem Blythe! Você me assustou!

Jem Blythe tinha deslizado até o cemitério e sentado ao lado das meninas. Estava rondando pelo Vale do Arco-íris e tinha conseguido achar o primeiro ramo, branco como uma estrela, de medronhos para sua mãe. As crianças da casa pastoral calaram-se depois de sua chegada. Jem estava começando a se afastar deles naquela primavera. Estava estudando para o exame de admissão na Queen's Academy e permanecia na escola com os alunos mais velhos, para tomar aulas extras. Além disso, suas tardes eram tão cheias de tarefas que Jem raramente se juntava aos outros no Vale do Arco-íris. Ele parecia estar se afastando na direção do reino dos adultos.

— Qual o problema com vocês esta noite? — questionou Jem. — Não parecem muito divertidos.

— Não muito — concordou Faith, tristonha. — Também não pareceria muito divertido, se você soubesse que está desgraçando a vida de seu pai e fazendo as pessoas falarem mal de você.

— Quem está falando mal de vocês agora?

— Todo mundo... segundo o que disse Mary Vance.

E Faith derramou todos os seus problemas nos ouvidos compreensivos de Jem.

— Você sabe — disse, com ar de tristeza, para concluir —, não temos ninguém que nos eduque. E, então, nos metemos em confusão e as pessoas acham que somos maus.

— Por que vocês não educam a si mesmos? — sugeriu Jem. — Vou lhes dizer o que fazer. Formem um "Clube da Boa Conduta" e castiguem a si mesmos cada vez que fizerem algo que não está certo.

— Essa é uma boa ideia — disse Faith, impressionada. — Mas — disse, duvidosa — tem coisas que não nos parecem más e que são simplesmente horríveis para outras pessoas. Como podemos saber? Não podemos ficar incomodando o papai a toda hora e, além disso, ele sai o tempo todo.

— Vocês podem se dar conta quase sempre, se pararem para pensar nas coisas antes de agir, e se perguntarem a si mesmos o que a congregação diria a respeito — disse Jem. — O problema é que vocês fazem as coisas sem pensar antes. A mamãe diz que são muito impulsivos, como ela costumava ser. O Clube da Boa Conduta vai ajudá-los a pensar, se forem justos e honestos para se castigarem quando quebrarem as regras. O castigo tem que ser algo que realmente doa, ou não vai servir de nada.

— Bater um no outro?

— Não exatamente. Vocês têm que pensar em diferentes maneiras de punição, que seja adequada a cada pessoa. Vocês não iriam castigar um ao outro, iriam castigar *a* si mesmos. Eu li tudo sobre um clube desse tipo, em um livro de contos. Tentem e vejam se funciona.

— Vamos tentar — falou Faith. E, quando Jem partiu, eles concordaram que iriam tentar. — Se as coisas não estão certas, temos que corrigi-las — reconheceu Faith, com decisão.

— Temos que ser justos e honestos, como disse o Jem — apoiou Jerry. — Esse é um clube para nos educarmos, já que não temos mais ninguém que faça isso. Não tem sentido termos muitas regras. Vamos ter uma só, e qualquer um que quebrá-la deverá ser castigado com severidade.

— Mas como?

— Vamos pensar nisso conforme avançamos. Vamos fazer uma reunião do clube aqui no cemitério, todas as noites, para conversarmos sobre o que fizemos durante o dia. E, se acharmos que fizemos algo errado ou que envergonharia o papai, o responsável pelo feito deve ser punido. Essa é a regra. Nós todos vamos decidir que tipo de punição deve ser de acordo com o crime, como disse Mr. Flagg. E o culpado deverá ir até o fim, sem protestar. Vai ser divertido — concluiu Jerry, com gosto.

— Você sugeriu que fizéssemos as bolhas de sabão — acusou Faith.

— Mas, isso foi antes de formarmos o clube — Jerry se apressou em dizer. — Tudo começa hoje.

— Mas, e se não concordarmos sobre o que está correto, ou qual devia ser a punição? Suponhamos que dois de nós pensemos uma coisa e dois pensem em outra. Teria que ter cinco num clube como este.

— Podemos pedir ao Jem Blythe que seja o árbitro. Ele é o menino mais correto em Glen St. Mary. Mas, acho que vamos poder acertar nossos assuntos sozinhos, na maioria das vezes. Temos que manter isso em segredo, o máximo que conseguirmos. Não diga nenhuma palavra para Mary Vance. Ela iria querer entrar no clube, para nos educar.

— Acho — disse Faith — que não tem por que estragarmos todos os dias com os castigos. Vamos escolher um dia dedicado aos castigos.

— É melhor que seja o sábado, porque não temos a escola para atrapalhar — sugeriu Una.

— E estragar o único dia livre da semana?! — exclamou Faith. — De jeito nenhum! Não, vamos escolher a sexta-feira. É o dia em que comemos peixe e todos nós odiamos peixe. É melhor que tenhamos todas as coisas desagradáveis num único dia. E, então, nos outros dias podemos seguir nos divertindo.

— Bobagem! — exclamou Jerry, com autoridade. — Um plano desse não iria funcionar de jeito nenhum. Vamos nos castigar conforme as coisas vão acontecendo, para nos mantermos sempre em dia. Agora, estamos bem entendidos, não estamos? Este é um Clube de Boa Conduta, cujo propósito é nos educarmos. Concordamos em punir uns aos outros por má conduta, e sempre parar antes de fazer qualquer coisa, não importa o que seja, e perguntar a nós mesmos se isso pode prejudicar o papai de alguma maneira. E aquele que se esquivar do castigo vai ser expulso do clube e nunca mais poderá brincar com o resto no Vale do Arco-íris. Jem Blythe será o árbitro, em caso de controvérsias. Nada de levar insetos para a Escola Dominical, Carl, e nada de mascar goma em público, por favor, Miss Faith.

— Nada mais de debochar dos presbíteros, ou ir para a reunião de oração dos metodistas — retorquiu Faith.

— Ora, não há problema nenhum em ir a uma reunião de oração metodista — protestou Jerry, perplexo.

— Mrs. Elliott diz que sim. Ela disse que as crianças da casa pastoral não têm nada que participar de atividades que não sejam da igreja presbiteriana.

— Diabos, não vou deixar de ir à reunião de oração dos metodistas! — exclamou Jerry. — São dez vezes mais divertidas que a nossa.

— Você disse uma palavra malcriada! — exclamou Faith. — Agora, você vai ter que se castigar.

— Não até que esteja tudo preto no branco. Estamos só acertando os termos do clube. Não está realmente formado, até que tenhamos escrito as normas e assinado. Tem que ter uma constituição e um estatuto. E você sabe que não há nada de errado em ir a um culto de oração.

— Mas, não é só pelas coisas erradas que devemos nos punir, mas sim por qualquer coisa que possa prejudicar o papai.

— Não vai prejudicar ninguém. Você sabe que Mrs. Elliott é uma fanática sobre qualquer coisa relacionada aos metodistas. Ninguém mais se incomoda que eu participe. Eu sempre me comporto bem. Pergunte ao Jem ou a Mrs. Blythe e veja o que dizem. Vou me basear na opinião deles. Vou buscar um papel agora, trazer a lamparina, e todos vamos assinar.

Quinze minutos depois, o documento foi solenemente assinado sobre a sepultura de Hezekiah Pollock, no centro da qual se apoiava a lanterna fumegante, enquanto as crianças estavam todas ajoelhadas ao redor. A esposa do presbítero Clow passou por ali naquele exato momento e, no dia seguinte, toda a cidade de Glen soube que as crianças da casa pastoral tinham celebrado outro concurso de orações e tinham coroado o momento perseguindo uns aos outros sobre as sepulturas, iluminados por uma lanterna. Esse adendo à história provavelmente foi sugerido pelo fato de que depois de estarem completas as assinaturas e selos, Carl havia pegado a lanterna e se dirigido de forma circunspecta até o pequeno vão, para examinar seu formigueiro. Os outros tinham ido, bem quietinhos, para a casa e para a cama.

— Você acha que é verdade que o papai vai se casar com Miss West? — Una perguntou para Faith, depois de fazer suas orações. Ela estava trêmula.

— Eu não sei, mas eu gostaria que sim — respondeu Faith.

— Oh, eu não! — disse Una, engasgando-se. — Ela é muito boazinha agora, mas Mary Vance disse que as mulheres mudam completamente quando se tornam madrastas. Tornam-se horrivelmente mal-humoradas, mesquinhas e odiosas, e colocam o pai contra os filhos. Disse que sempre fazem isso, que nunca soube de nenhuma que falhasse em se tornar assim.

— Eu não acredito que Miss West possa fazer isso! — exclamou Faith.

— A Mary disse que qualquer uma faria. Ela sabe tudo sobre madrastas, Faith. Mary disse que já viu centenas delas e você nunca viu nenhuma. Oh, Mary me contou coisas horripilantes. Disse que soube de uma que batia nas filhinhas do marido, nas costas desnudas, até sangrarem, e então as trancava num porão de carvão frio, durante toda a noite. Disse que todas elas adoram fazer coisas desse tipo.

— Eu não acredito que Miss West faria isso. Você não a conhece tão bem quanto eu, Una. Apenas pense nesse adorável passarinho que ela me mandou. Eu o amo muito mais do que amava Adam.

— É só quando se tornam madrastas que mudam. A Mary disse que elas não podem evitar. Eu não me importaria tanto com as surras, mas não poderia suportar que o papai nos odiasse.

— Você sabe que nada pode fazer com que o papai nos odeie. Não seja boba, Una. Ouso dizer que não temos nada com que nos preocuparmos. É provável que, se nosso clube der certo e nos educarmos de forma apropriada, o papai nem vá pensar em se casar com ninguém. E se ele se casar, eu sei que Miss West seria adorável conosco.

Mas, Una não tinha tanta convicção e chorou até dormir.

CAPÍTULO XXIV

Um impulso caridoso

Durante duas semanas, as coisas transcorreram muito bem no Clube da Boa Conduta. Tudo parecia estar funcionando de forma admirável. Nenhuma vez tiveram que procurar Jem Blythe como árbitro. Nenhuma vez as crianças da casa pastoral fizeram algo para aguçar as fofocas de Glen. E quanto aos pecadinhos que cometiam em casa, mantinham vigilância cerrada uns aos outros, e corajosamente se submetiam aos seus castigos autoimpostos. Geralmente, o castigo era uma ausência voluntária de alguma divertida noite de sexta-feira no Vale do Arco-íris, ou uma estadia na cama em algum entardecer de primavera, quando todos os jovens ossos anelavam por estar bem longe, ao ar livre. Faith condenou a si mesma por sussurrar na Escola Dominical, a passar o dia todo sem falar uma só palavra, a não ser que fosse absolutamente necessário, e conseguiu obedecer. Foi uma pena que Mr. Baker, que vivia do outro lado do porto, escolhera aquela tarde para visitar a casa pastoral, e que tivesse sido ela a abrir a porta. Nenhuma palavra seguiu a cordial saudação de Mr. Baker. Faith foi em silêncio chamar o pai, com o mínimo de palavras possível. Mr. Baker se sentiu um pouco ofendido e contou para a esposa quando chegou em casa, que a mais velha das meninas Meredith parecia muito tímida e carrancuda, sem educação o bastante para não responder quando lhe dirigiam a palavra. Mas, nada de muito importante aconteceu, e em termos gerais, suas penitências não causaram nenhum prejuízo para eles mesmos, nem para outros. Todos eles começavam a se convencer de que, afinal de contas, era algo muito fácil educarem a si mesmos.

— Aposto que as pessoas logo vão perceber que nós podemos nos comportar tão bem quanto qualquer outra criança — disse Faith, cheia de júbilo. — Não é difícil quando a gente decide firmemente.

Ela e Una estavam sentadas na sepultura de Pollock. Aquele tinha sido um dia frio, ríspido, úmido, de tormenta de primavera, e o Vale do Arco-íris estava fora de questão para as meninas, ainda que os meninos da casa pastoral e os de Ingleside estivessem lá pescando. A chuva havia cessado, mas o vento oeste soprava sem misericórdia, do mar, e cortava os ossos. A primavera estava atrasada, apesar de sua promessa inicial, e ainda existia uma capa dura de gelo e neve velha, no extremo norte do cemitério. Lida Marsh, que fora até a casa pastoral para trazer um embrulho com arenques, abriu o portão e entrou, tremendo, no cemitério. A menina pertencia à aldeia de pescadores na boca do porto e fazia trinta anos que o pai dela mantinha a prática de mandar para a casa pastoral um embrulho de peixes de sua primeira pesca da primavera. Jamais pisava os pés na igreja e era um homem bebedor e temerário, mas enquanto enviasse aquelas pescas de arenque para a casa do pastor, todas as primaveras, como fizera o pai antes dele, estava tranquilamente certo de que sua conta com os "Poderes do Alto" estava em dia por todo o ano. Não esperava que tivesse uma boa temporada de pesca de arenques, se não mandasse as primícias dos frutos da temporada.

    Lida era uma garotinha de dez anos, que parecia ter menos idade, pois era uma criatura muito pequena e delgada. Aquela noite, ao aproximar-se sem timidez das meninas da casa pastoral, parecia que nunca tinha sentido nada além de frio, em toda sua vida. Sua carinha estava arroxeada e os atrevidos olhinhos azul-claros estavam vermelhos e lacrimosos. Estava usando um vestido estampado maltrapilho e um xale de lã esfarrapado, cruzado pelos ombros finos e atado por baixo dos braços. A menina tinha caminhado descalça por cinco quilômetros, desde a boca do porto, por uma estrada onde ainda havia neve, água e barro. Os pés e as pernas estavam tão roxos quanto o rosto. Mas, Lida não se importava muito. Estava acostumada a sentir frio e já fazia um mês que andava descalça, como todas as crianças da aldeia de pescadores. Não havia autopiedade em seu coração, quando se sentou na sepultura e sorriu alegremente para Faith e para Una. As meninas lhe devolveram um sorriso igualmente afável. Conheciam Lida de vista, após a encontrarem uma ou duas vezes no verão anterior, quando foram até o porto com os Blythes.

    — Olá! — disse Lida. — Não está uma noite furiosa? Nem os cachorros saíram *pra* rua hoje, não é mesmo?

    — Então, por que você saiu? — perguntou Faith.

    — O pai me mandou vir trazer uns arenques — respondeu Lida. A menina estremeceu, tossiu e estirou os pés descalços. Lida não pensava em si mesma ou em seus pés e não estava pedindo compaixão. Levantou os pés instintivamente, para afastá-los da grama molhada ao redor da sepultura. Mas, Faith e Una foram instantaneamente inundadas por uma onda de compaixão por Lida.

Ela parecia tão pobre e estar com tanto frio.

— Oh, por que você está descalça numa noite como esta? — perguntou Faith. — Seus pés devem estar quase congelados.

— Quase congelados — admitiu Lida, com orgulho. — Vou dizer, foi uma caminhada cruel pela estrada do porto.

— Por que você não calçou sapatos e meias? — questionou Una.

— Porque eu não tenho. Os que eu tinha, gastei tudo no inverno — respondeu Lida, com indiferença.

Por um momento, Faith a encarou, horrorizada. Isso era terrível. Aqui estava uma garotinha, que era praticamente uma vizinha, quase congelada, porque não tinha sapatos ou meias naquele clima cruel de primavera. A impulsiva Faith não pensou em nada, além no horror da situação. Em um instante, ela estava tirando seus sapatos e suas meias.

— Tome aqui, calce esses aqui rapidinho — disse Faith, colocando-os à força nas mãos da perplexa Lida. — Rápido. Você vai morrer de frio. Eu tenho outros. Calce logo.

Lida, recuperando-se da surpresa, apoderou-se do presente oferecido, com um brilho nos olhos opacos. Com certeza os calçaria e com toda a velocidade, antes que aparecesse alguém com autoridade o bastante para reclamá-las. Em um minuto ela calçou as meias nas perninhas esqueléticas e deslizou os sapatos de Faith sobre os grossos tornozelos.

— Fico muito agradecida — disse —, mas alguém em sua família não vai ficar zangado?

— Não. E não me importo que se zanguem — declarou Faith. — Você acha que eu conseguiria ver alguém morrendo de frio sem ajudar, se eu pudesse? Não seria correto, em especial sendo filha do pastor.

— Você vai querer que eu os devolva? É terrivelmente frio lá na boca do porto. O frio continua por muito tempo depois que o clima aquece aqui — disse Lida, com astúcia.

— Não, pode ficar com eles, com certeza. Essa foi minha intenção quando dei a você. Tenho outro par de sapatos, e muitas meias.

Lida tinha pensado em ficar conversando com as meninas, sobre muitas coisas. Mas, agora, pensou que seria melhor sair rapidamente dali, antes que aparecesse alguém que a obrigasse a devolver a botinha. Então, ela se retirou em meio ao entardecer gelado, tão silenciosa e indistintamente quanto havia chegado. Assim que estava fora do alcance de visão da casa pastoral, Lida se sentou, tirou os sapatos e as meias, e os guardou em sua cesta de arenques. Não tinha intenção de usá-los naquela estrada do porto embarrada.

Cuidaria bem das botinhas, para usá-las em ocasiões especiais. Nenhuma outra menininha na boca do porto tinha um par de meias tão bonitas de cachemira, nem sapatos tão elegantes, quase novos. Lida estava equipada para o verão. Não tinha nenhum receio sobre isso. Em seus olhos, a família da reitoria era fabulosamente rica e, sem dúvida, as meninas tinham grande quantidade de sapatos e meias. Então, Lida correu até o vilarejo de Glen e brincou com os garotos por uma hora, em frente ao armazém do Mr. Flagg, chapinhando numa poça de lama com o mais travesso dos meninos, até que Mrs. Elliott apareceu e a mandou ir para casa.

— Faith, acho que você não devia ter feito isso — repreendeu Una, depois que Lida havia ido embora. — Você vai ter que usar suas botas boas todos os dias e logo elas vão estar arruinadas.

— Não me importa! — exclamou Faith, ainda envolta na cálida sensação de ter realizado uma boa ação a um semelhante. — Não é justo que eu tenha dois pares de sapatos e a pobre Lida Marsh não tenha nenhum. Agora, cada uma de nós duas tem um par. Você sabe perfeitamente bem, Una, que papai disse em seu sermão, domingo passado, que não há verdadeira felicidade em obter ou ter, apenas em dar. E é verdade. Eu me sinto muito mais feliz agora do que em toda minha vida antes. Apenas imagine a Lida, neste exato minuto, caminhando para casa, com seus pobres pezinhos aquecidos e confortáveis.

— Você sabe que não tem outro par de meias de cachemira preta — insistiu Una. — Seu outro par estava tão cheio de furos que tia Martha disse que não ia mais costurá-los, e cortou as pernas para usar como trapo de limpar o fogão. Você só tem aquele par de meias listradas que odeia tanto.

Toda a cálida sensação de exaltação de Faith desvaneceu. Sua alegria se desintegrou como um balão estourado. Permaneceu sentada por alguns terríveis minutos, encarando as consequências de sua atitude precipitada.

— Oh, Una, nem pensei nisso! — disse, com um lamento. — Não parei para pensar.

As meias listradas possuíam listras azuis e vermelhas, eram grossas, pesadas, ásperas e caneladas, que tia Martha havia tricotado para Faith no inverno. Eram espantosas, sem nenhuma dúvida. Faith as odiava como jamais havia odiado nada em sua vida. Certamente, não iria usar as meias. Estavam guardadas na gaveta da cômoda, sem nunca terem sido tocadas.

— Você vai ter que usar as meias listradas, depois disso — continuou Una. — Imagine só como os meninos da escola vão rir de você. Lembre-se de como zombaram de Mamie Warren por causa de suas meias listradas, e a chamavam de poste de barbeiro, e a sua é muito pior.

— Não vou usá-las — afirmou Faith. — Prefiro ir sem meia, por mais frio que esteja.

— Você não pode ir sem meias para a igreja amanhã. Pense no que as pessoas vão falar.

— Então, eu vou ficar em casa.

— Você não pode. Sabe muito bem que tia Martha vai obrigá-la a ir.

Faith sabia. A única coisa que tia Martha se incomodava em insistir era que todos fossem para a igreja, quer fizesse chuva ou sol. Como estavam vestidos, ou se estavam vestidos ou não, pouco lhe importava. Mas, deveriam ir. Essa tinha sido a maneira como tia Martha fora criada, setenta anos antes, e essa era a maneira como iria criá-los agora.

— Você não tem um par para me emprestar, Una? — perguntou a pobre Faith, lastimosa.

Una meneou a cabeça.

— Não, você sabe que eu tenho só um par de meias pretas. E estão tão apertadas que eu mal consigo vesti-las. Não entrariam em você. Nem as minhas meias cinza. Além disso, as pernas da cinza estão todas cerzidas.

— Eu não vou usar as meias listradas — disse Faith, com teimosia. — Elas são ainda piores ao tato do que à visão. Fazem-me sentir como se minhas pernas fossem grossas como barris, e são tão ásperas.

— Bem, eu não sei o que você vai fazer.

— Se o papai estivesse em casa, eu ia pedir que me comprasse um novo par, antes que a loja fechasse. Mas, ele não vai chegar até tarde. Vou pedir na segunda-feira e não vou à igreja amanhã. Vou fingir que estou doente e tia Martha vai ter que me deixar ficar em casa.

— Isso seria uma mentira, Faith — exclamou Una. — Você não *pode* fazer isso. Sabe que seria terrível. O que papai diria, se soubesse? Não se lembra de como ele conversou conosco, depois da morte da mamãe, e nos disse que devemos sempre dizer a verdade, não importando se falhássemos em outras coisas? Ele disse que jamais deveríamos mentir, quer por palavras, quer por ações, que ele confiava que não fizéssemos isso. Você não pode fazer isso, Faith. Só use as meias listradas. Vai ser só uma vez. Ninguém vai notá-las na igreja. Não é como na escola. E seu novo vestido marrom é tão comprido que não vai aparecer muito. Não foi uma sorte que tia Martha o fizesse tão grande, para que durasse mais, mesmo que você tenha detestado tanto quando o terminou?

— Eu não vou usar aquelas meias — repetiu Faith. Ela, então, esticou as pernas brancas e desnudas, levantou-se da sepultura e caminhou deliberadamente pela grama úmida e fria, até onde estava a neve. Apertando os dentes, Faith parou em cima da pedra de gelo e ficou ali.

— O que você está fazendo? — perguntou Una, perplexa. — Vai morrer de gripe, Faith Meredith.

— É isso que estou tentando — respondeu Faith. — Espero que consiga pegar um "gripão", e que esteja terrivelmente doente amanhã. Então, não vai ser uma mentira. Vou ficar aqui parada até que não consiga suportar mais.

— Mas, Faith, você pode morrer. Você pode pegar pneumonia. Por favor, Faith, não faça isso. Vamos entrar em casa e colocar alguma coisa nos pés. Oh, aqui está o Jerry. Graças a Deus. Jerry, faça com que Faith saia dessa neve. Olhe para os pés dela.

— Santo Deus! Faith, o que está fazendo? — indagou Jerry. — Você está louca?

— Não. Vá embora! — respondeu Faith.

— Então, está se punindo por alguma coisa? Não está certo, se estiver. Você vai ficar doente.

— Eu quero ficar doente. Não estou me punindo. Vá embora.

— Onde estão os sapatos e meias dela? — Jerry perguntou a Una.

— Ela deu tudo para Lida Marsh.

— Lida Marsh? E para quê?

— Porque Lida não tinha nenhuma e os pés dela estavam tão frios. E, agora, ela quer ficar doente, para que não tenha que ir para a igreja amanhã e seja obrigada a usar as meias listradas. Mas, Jerry, ela pode morrer.

— Faith — advertiu Jerry —, saia imediatamente da neve, ou eu vou aí tirá-la.

— Pois se atreva — Faith o desafiou.

Jerry deu um salto na direção da irmã e a pegou pelos braços. Ele puxava para um lado e Faith puxava para o outro. Una correu para trás de Faith e começou a empurrá-la. Faith gritava para Jerry, pedindo que a deixasse em paz. Jerry gritava de volta para Faith, dizendo para que não fosse tão idiota; e Una chorava. Fizeram um escândalo sem fim e estavam próximos à cerca do cemitério. Henry Warren e a esposa, que passavam por ali no momento, os viram e ouviram. Logo em seguida, Glen ficou sabendo que as crianças da casa pastoral estiveram envolvidas em uma terrível briga no cemitério, e que durante a briga utilizaram vocabulário totalmente inapropriado. Entretanto, Faith havia deixado que a afastassem do gelo, porque seus pés doíam tanto que ela estava disposta a sair de qualquer maneira. As três crianças entraram em casa, reconciliados, e foram para a cama. Faith dormiu como um querubim e despertou pela manhã sem nenhum sintoma de resfriado. Depois de recordar a conversa de tanto tempo com o pai, sentiu que não poderia simular uma enfermidade e mentir. Porém, estava mais decidida do que nunca a não usar aquelas meias abomináveis para ir à igreja.

CAPÍTULO XXV

Outro escândalo e outra "explicação"

Faith foi cedo para a Escola Dominical e se sentou no banco de sua classe antes que qualquer outro aluno entrasse. Portanto, a terrível verdade não ficou evidente para ninguém, até que depois da classe Faith deixou o assento perto da porta, para ir até o banco da casa pastoral. A igreja já estava meio cheia e todas as pessoas sentadas mais próximas ao corredor viram que a filha do pastor estava usando botas sem meias!

O novo vestido marrom de Faith, que tia Martha fizera de uma estampa antiga, estava absurdamente longo para a menina, mas ainda assim não cobria o topo das botas. Dava para ver claramente uns cinco centímetros da perna branca.

Faith e Carl estavam sozinhos, sentados no banco destinado à família pastoral. Jerry tinha subido para a galeria, para se sentar com um amigo, e as meninas Blythes tinham levado Una junto com elas. As crianças Meredith costumavam se sentar "espalhadas por toda a igreja" dessa maneira, e muitas pessoas achavam que essa era uma atitude muito imprópria. Especialmente na galeria, onde se juntavam os garotos irresponsáveis, que cochichavam, e segundo suspeitavam, mascavam tabaco durante o culto, portanto, não era lugar para o filho do pastor. Mas, Jerry odiava o banco da família pastoral, na primeira fila da igreja, debaixo dos olhos do presbítero Clow e de sua família. Jerry escapava sempre que podia.

Carl, absorto na observação de uma aranha tecendo sua teia na janela, não percebeu as pernas de Faith. Depois do culto, Faith foi para casa caminhando com o pai, que em nenhum momento se deu conta de que havia algo errado. Ela vestiu as odiadas meias listradas antes que Jerry e Una chegassem em casa, então em nenhum momento algum dos ocupantes da casa pastoral soubera o que Faith tinha feito.

Mas, agora, ninguém mais, em toda a Glen St. Mary, ignorava o fato. Os poucos que não viram, logo ouviram falar sobre o ocorrido. Não houve outro tópico de conversação no caminho de volta para casa, depois do culto. Mrs. Alec Davis disse que era de se esperar, e que muito em breve se veria uma das crianças vindo para a igreja sem nenhuma peça de roupa. A presidente da Associação de Beneficência decidiu que levaria o tema à seguinte reunião da associação, e iria sugerir que fossem em conjunto apresentar sua reclamação ao pastor. Miss Cornelia disse que ela, por sua parte, se rendia. Era inútil continuar se preocupando com as crianças da casa pastoral. Até mesmo a esposa do Dr. Blythe ficou um pouco chocada, apesar de ter atribuído a ocorrência unicamente a um esquecimento de Faith. Susan não pôde começar imediatamente a tricotar um par de meias para Faith, porque era domingo, mas tinha um par pronto na manhã seguinte, antes que alguém se levantasse em Ingleside.

— Não me diga que não foi culpa da velha Martha, querida Mrs. Dr. Blythe — ela disse a Anne. — Suponho que a pobre menininha não tinha nenhuma meia decente para vestir. Suponho que todas as meias que ela tem estão cheias de furos, como a senhora sabe muito bem que geralmente estão. E eu acho, querida Mrs. Dr. Blythe, que a Associação de Damas de Beneficência faria melhor em tricotar algumas meias para as crianças, do que ficar brigando por causa de um novo tapete para o púlpito. Não pertenço à Associação, mas vou tricotar dois pares de meias para Faith com essa bela lã preta, o mais rápido que meus dedos conseguirem se mover, a senhora pode contar com isso. Nunca me esquecerei do que senti, querida Mrs. Dr. Blythe, quando vi a filha do pastor caminhando pelo corredor de nossa igreja, sem meias. Eu realmente não sabia para onde olhar.

— E ainda mais ontem, que a igreja estava cheia de metodistas — gemeu Miss Cornelia, que tinha ido a Glen para fazer compras e correu até Ingleside para comentar o assunto. — Não sei como isso acontece, mas basta que essas crianças do pastor façam algo especialmente terrível, para que a igreja esteja cheia de metodistas. Achei que os olhos da esposa do diácono Hazard iriam saltar das órbitas. Quando saiu da igreja, disse: "Bem, essa exibição foi quase uma indecência. Eu tenho pena dos presbiterianos". E nós tivemos que apenas engolir aquelas palavras. Não tinha nada mais a dizer.

— Tinha algo que eu poderia ter dito, querida Mrs. Dr. Blythe, se eu tivesse ouvido — disse Susan, sombriamente. — Teria dito, por exemplo, que em minha opinião, pernas desnudas são tão indecentes quanto furos nas meias. E teria dito, além disso, que os presbiterianos não estão tão necessitados de pena, considerando que tem um pastor que sabe pregar, e os metodistas não têm. Eu podia ter feito Mrs. diácono Hazard se calar, querida Mrs. Dr. Blythe, disso a senhora pode ter certeza.

— Eu gostaria que Mr. Meredith não pregasse tão bem, mas cuidasse um pouco melhor de sua família — retorquiu Miss Cornelia. — Ele podia ao menos dar uma olhada nos filhos, antes de irem para a igreja, e ver se estão apropriadamente vestidos. Estou cansada de inventar desculpas para ele, acredite-me.

Enquanto isso, a alma de Faith estava sendo atormentada no Vale do Arco-íris. Mary Vance estava lá e, como de costume, com ânimo censurador. Deu a entender que Faith envergonhara a si mesma e ao pai além da redenção possível, e que ela, Mary Vance, havia cortado relações com Faith. "Todo mundo" estava comentando, e "todo mundo" estava dizendo a mesma coisa.

— Eu simplesmente sinto que não posso mais me associar a você — concluiu ela.

— Nós nos associaremos a ela, então — disse Nan Blythe. Secretamente, Nan achava que Faith tinha de fato feito algo terrível, mas não permitiria que Mary Vance lidasse com as coisas de forma arbitrária. — E se você não vai mais se juntar a ela, não precisa mais vir ao Vale do Arco-íris, Miss Vance.

Nan e Di abraçaram Faith e encararam Mary com olhar desafiador. A menina de repente se encolheu, sentou-se sobre um tronco e começou a chorar.

— Não é que eu não queira — soluçou ela. — Mas, se eu continuar a andar com Faith, as pessoas vão dizer que sou eu que a instigo a fazer as coisas. Alguns já estão dizendo isso, juro pela minha vida. Não posso permitir que digam essas coisas sobre mim, agora que estou em um lugar respeitável e tentando ser uma senhorita. E eu nunca fui à igreja com as pernas desnudas, nem nos meus piores dias. Eu nunca teria pensado em fazer uma coisa dessas. Mas, aquela odiosa velha Kitty Alec diz que Faith nunca mais foi a mesma menina, desde o tempo em que eu vivi na casa pastoral. Ela disse que Cornelia Elliott vai ver o dia em que se arrependerá de ter me adotado. Isso fere meus sentimentos, isso eu posso afirmar. Mas, é Mr. Meredith que realmente me preocupa.

— Acho que você não precisa se preocupar com ele — disse Di, com desdém. — Não é necessário. Agora, querida Faith, pare de chorar, e nos conte por que você fez isso.

Faith explicou, entre lágrimas. As meninas Blythes se compadeceram dela e até mesmo Mary Vance concordou que era uma posição muito difícil. Mas, Jerry, para quem todo esse caso veio como um relâmpago, se recusou a ser apaziguado. Então, era a isso que se referiam algumas misteriosas insinuações que recebera na escola! Levou Faith e Una para casa, sem cerimônia, e o Clube da Boa Conduta celebrou uma reunião urgente no cemitério, para julgar o caso de Faith.

— Não entendo qual foi o mal disso — defendeu-se Faith, desafiadora. — Não se via muito das minhas pernas. Não foi nada errado e não fez mal a ninguém.

— Vai prejudicar o papai. Você sabe que vai. Sabe que as pessoas o culpam quando agimos de forma esquisita.

— Não pensei nisso — murmurou Faith.

— Esse é justamente o problema. Você não pensou e deveria ter pensado. É para isso que existe nosso Clube, para nos educarmos e nos forçarmos a pensar. Prometemos que sempre pararíamos para pensar antes de fazermos as coisas. Você não pensou e deve ser punida severamente por isso, Faith. Como castigo, vai passar uma semana indo para a escola com as meias listradas.

— Oh, Jerry, um ou dois dias já não resolvem as coisas? Uma semana inteira, não!

— Sim, uma semana inteira — disse o inexorável Jerry. — É justo. Pergunte ao Jem Blythe se não é.

Faith sentiu que preferia se submeter a ter que perguntar tal coisa a Jem Blythe. Estava começando a perceber que sua ofensa tinha sido muito vergonhosa.

— Então, eu farei — murmurou ela, um pouco carrancuda.

— Está saindo muito barato — disse Jerry, com severidade. — E não importa como a castiguemos, isso não vai ajudar o papai. As pessoas sempre vão pensar que você fez por travessura e vão culpar o papai por não tê-la impedido. Nunca conseguiremos explicar para todo mundo.

Esse aspecto da situação pesou na consciência de Faith. Sua própria condenação ela conseguiria suportar, mas a atormentava que culpassem o pai. Se as pessoas soubessem os verdadeiros fatos, não o culpariam. Mas, como ela poderia fazer todo mundo saber? Ficar em pé na igreja, como fizera uma vez, e explicar tudo, estava fora de questão. Faith soube, por Mary Vance, qual tinha sido a opinião da congregação sobre aquela performance e se deu conta de que não deveria repeti-la. A menina afligiu-se por esse problema até a metade da semana. Então, teve uma inspiração e imediatamente executou seu plano. Passou um entardecer no sótão, com a lamparina e um caderno de exercícios, escrevendo sem parar, com as bochechas acesas e olhos brilhantes. Era exatamente isso! Como era inteligente por ter tido essa ideia! Acertaria todas as coisas e explicaria tudo, sem causar nenhum escândalo. Eram onze da noite quando Faith terminou e desceu para a cama, terrivelmente cansada, mas absolutamente feliz e satisfeita.

Em alguns dias, o pequeno semanário publicado em Glen, sob a alcunha de *The Journal*, saiu, como de costume, e Glen teve outra notícia sensacional. Uma missiva assinada por "Faith Meredith" ocupou um lugar proeminente na primeira página, e dizia o seguinte:

A QUEM POSSA INTERESSAR
Quero explicar a todos por que fui à igreja sem meias, para que saibam que meu pai não tem nenhuma culpa, e que as fofoqueiras não precisam dizer que ele teve, porque não é verdade. Eu dei meu único par de meias pretas para Lida Marsh, porque ela não tinha nenhum; os pobres pezinhos dela estavam terrivelmente frios, e eu senti muita pena. Nenhuma criança deveria ficar sem sapatos e meias, em uma comunidade cristã, antes que toda a neve tenha acabado, e eu acho que a Associação de Beneficência e a W. F. M. S. deveriam ter dado meias a ela. Eu sei, é claro, que estão mandando coisas às crianças pagãs e que esse é o correto e o gentil a fazer. Mas, as criancinhas pagãs têm muito mais meses de calor do que nós temos, e eu acho que as mulheres de nossa igreja deveriam tomar conta de crianças como Lida, e não deixar tudo em minhas mãos. Quando dei as meias, esqueci que era o único par de meias pretas que eu tinha sem furos, mas estou contente por ter dado a ela, porque minha consciência estaria pesada se não tivesse feito isso. Quando Lida foi embora, tão orgulhosa e contente, pobrezinha, me lembrei de que tudo que tinha para usar eram umas meias horrorosas, listradas de azul e vermelho, que a tia Martha havia tricotado para mim no último inverno, com uma lã que nos havia mandado Mrs. Joseph Burr, de Upper Glen. Era uma lã terrivelmente áspera, cheia de nós, e eu nunca vi nenhum dos filhos da Mrs. Burr usando nada feito com aquela lã. Mas, Mary Vance disse que Mrs. Burr dá ao pastor as coisas que ela não pode usar nem comer e pensa que isso deve ser considerado como parte do dízimo que o marido se comprometeu a pagar, mas nunca paga.

Eu simplesmente não podia usar essas meias odiosas. Elas são tão feias, ásperas, e coçavam tanto. Todo mundo teria zombado de mim. Pensei, a princípio, em fingir que estava doente e não ir para a igreja no dia seguinte, mas decidi que não podia fazer isso, pois isso seria uma mentira, e o papai nos disse, depois que a mamãe morreu, que mentir era algo que jamais deveríamos fazer. Fazer algo que é mentira é tão ruim quanto contar uma mentira, apesar de saber de pessoas, daqui de Glen mesmo, que contam mentiras e nunca parecem sentir-se mal por isso. Não irei mencionar os nomes, mas sei quem eles são, e o papai também sabe.

Depois, fiz o possível para pegar um resfriado e estar realmente doente, ficando em pé no gelo que há no cemitério metodista, com meus pés descalços, até que o Jerry me arrancou de lá. Mas, não me aconteceu nada, e eu não pude deixar de ir para a igreja. Então, decidi calçar apenas minhas botas e ir daquele jeito. Não consigo entender por que isso foi tão errado; me esmerei ao lavar minhas pernas e deixá-las tão limpinhas quanto meu rosto, mas, de qualquer maneira, o papai não teve nenhuma culpa nisso. Ele estava no escritório, pensando em seu sermão e outras coisas celestiais, e eu o evitei até irmos para a Escola Dominical. O papai não fica olhando para as pernas das pessoas na igreja, por isso não percebeu as minhas, mas todas as fofoqueiras viram e comentaram sobre isso, e por isso escrevo esta carta ao *The Journal*, para dar uma explicação. Suponho que fiz algo muito errado, já que todo mundo diz que é, e eu lamento, e estou usando aquelas meias horrorosas como punição, apesar de o papai ter me comprado dois belos pares de meias pretas assim que o armazém de Mr. Flagg abriu, na segunda-feira de manhã. Mas, foi tudo minha culpa, e se as pessoas culparem o papai depois de lerem esta carta, não são cristãs, portanto, não me importo com o que digam.

 E há algo mais que quero explicar, antes de terminar. Mary Vance me contou que Mr. Evan Boyd está culpando os filhos de Lew Baxter de roubar batatas de seu campo, no outono passado. Eles não tocaram nas batatas dele. A família Baxter é muito pobre, mas são todos honestos. Fomos nós que pegamos: Jerry, Carl e eu. Una não estava conosco nesse dia. Nós jamais pensamos que isso era roubo. Só queríamos algumas batatas para cozinhar sobre o fogo e comer com a truta frita, no Vale do Arco-íris, em uma noite com nossos amigos. O campo de Mr. Boyd era o mais próximo, justo entre o vale e o vilarejo, então pulamos a cerca e colhemos algumas batatas. As batatas eram muito pequenas, pois Mr. Boyd não colocou fertilizante suficiente nelas. Então, tivemos que colher muitas, para termos o bastante, pois não eram maiores que bolinhas de gude. Walter e Di Blythe nos ajudaram a comê-las, mas eles chegaram depois que já estavam cozidas e não sabiam onde havíamos colhido, então eles não têm nenhuma culpa, apenas nós. Não tínhamos a intenção de causar nenhum dano, mas, se foi um roubo, nós lamentamos muito, e vamos pagar a Mr. Boyd por elas, se ele puder esperar até que sejamos grandes. Nós nunca temos dinheiro agora, pois não somos grandes o bastante para ganhá-lo, e tia Martha diz que manter nossa casa leva cada centavo do pobre salário do papai, mesmo quando é pago com regularidade — o que não ocorre com frequência. Mas, Mr. Boyd não deve mais culpar os filhos de Lew Baxter, que são totalmente inocentes, e dar a eles uma má reputação.

 Atenciosamente,
 FAITH MEREDITH.

CAPÍTULO XXVI

Miss Cornelia adota outro ponto de vista

— Susan, quando eu estiver morta, voltarei para a terra cada vez que renascerem os narcisos neste jardim! — manifestou Anne, extasiada. — Ainda que ninguém me veja, eu estarei aqui. Se tiver alguém no jardim naquele momento, eu acho que virei num entardecer como este, mas pode ser que seja ao amanhecer, um adorável amanhecer primaveril, todo rosa-pálido. Vão ver como os narcisos acenarão impetuosos, como se uma rajada de vento tivesse passado por eles... mas terá sido apenas eu.

— Francamente, querida Mrs. Dr. Blythe, a senhora não vai pensar em pretenciosas coisas mundanas, como os narcisos, quando estiver morta — disse Susan. — E eu não acredito em fantasmas, visíveis ou invisíveis.

— Oh, Susan, não serei um fantasma! Isso soa horrível. Serei apenas eu. E correrei pela hora do crepúsculo, não importa se de manhã ou à noite, e visitarei todos os lugares que eu amo. Você se lembra de como me senti mal quando deixamos nossa Casinha dos Sonhos, Susan? Achei que eu jamais poderia amar tanto Ingleside. Mas, hoje eu a amo muito. Amo cada pedacinho de chão, cada pedrinha, e cada graveto.

— Eu também gosto muito da casa — disse Susan, que morreria se fosse tirada dali —, mas não devemos depositar tanto nossos afetos em coisas terrenas, querida Mrs. Dr. Blythe. Incêndios e terremotos acontecem. Devemos estar sempre preparados. A casa da família de Tom MacAllister, que mora do outro lado do porto, sofreu um incêndio três noites atrás. Há quem diga que Tom MacAllister colocou fogo na casa de propósito, para ficar com o seguro. Pode ter sido, como pode não ter. Mas, eu aconselhei o doutor a mandar revisar nossa chaminé, imediatamente. Mais vale prevenir do que remediar. Mas, lá vem Mrs. Marshall Elliott entrando pelo portão, com cara de quem comeu e não gostou.

— Querida Anne, você viu o *Journal* hoje?

A voz de Miss Cornelia estava tremendo, parte por causa da emoção, parte porque viera com demasiada pressa do armazém, e tinha perdido o fôlego.

Anne se inclinou sobre os narcisos, para esconder um sorriso. Gilbert e ela haviam rido às gargalhadas, lendo a primeira página do *Journal* naquele dia, mas sabia que para a querida Miss Cornelia isso era quase uma tragédia, e não devia ferir seus sentimentos com alguma demonstração de leviandade.

— Não é terrível? O que *podemos* fazer? — perguntou Miss Cornelia, desconsolada. Miss Cornelia havia jurado que não iria mais se preocupar com as travessuras das crianças da reitoria, mas continuava se preocupando da mesma maneira.

Anne a levou até a varanda, onde Susan estava tricotando o segundo par de meias para Faith, com Shirley e Rilla estudando suas primeiras lições à sua volta. Susan nunca se preocupava com a pobre humanidade. Fazia o que estava em suas mãos para melhorá-la, e serenamente deixava o restante para os Poderes do Alto.

— Cornelia Elliott acha que nasceu para governar o mundo, querida Mrs. Dr. Blythe — Susan disse, certa vez. — E por isso sempre está ansiosa por alguma coisa. Eu nunca achei que era responsável por essa tarefa, então por isso sigo a vida tranquila. Não que alguma vez eu já tenha pensado que as coisas fossem melhores do que são. Mas, não cabe a nós, pobres vermes, abrigar tais pensamentos. Faz apenas com que nos sintamos desconfortáveis e não nos leva a lugar nenhum.

— Não vejo nada que possamos fazer... agora — disse Anne, puxando uma cadeira confortável e estofada para Miss Cornelia. — Mas, como Mr. Vickers pôde permitir que essa carta fosse publicada? Certamente, deveria ter tido mais bom senso.

— Ora, ele está viajando, querida Anne. Foi para New Brunswick passar uma semana. E aquele patife do Joe Vickers está editando o jornal em sua ausência. Claro que Mr. Vickers jamais teria publicado a carta, apesar de ser metodista, mas Joe certamente achou que essa era uma boa piada. Como você disse, não acho que haja algo a ser feito agora, apenas superá-lo. Mas, se eu chegar a encontrar o Joe Vickers em algum lugar, vou falar tanto que ele jamais se esquecerá. Queria que o Marshall cancelasse nossa assinatura do *Journal*, instantaneamente, mas ele apenas riu e disse que a edição de hoje foi a única com conteúdo digno de ser lido no último ano. Marshall nunca vai levar nada a sério, típico de um homem. Por sorte, Evan Boyd é assim também. Ele considerou tudo uma piada e está rindo a torto e a direito sobre isso. E ele é outro metodista! Quanto a Mrs. Burr, de Upper Glen, é evidente que ficará furiosa e vai sair da igreja. Não que seja uma grande perda, sob nenhum ponto de vista.

Os metodistas que se virem entre eles.

— Pois foi bem feito para Mrs. Burr — comentou Susan, que tinha uma antiga rusga com a dama em questão, e tinha se divertido muito com a referência feita a ela na carta de Faith. — Ela logo descobrirá que não vai conseguir enganar o pastor metodista, pagando seu salário com lã de má qualidade.

— O pior de tudo é que não há muitas esperanças de que as coisas fiquem melhores — continuou Miss Cornelia, em tom melancólico. — Enquanto Mr. Meredith fazia visitas regulares a Rosemary West, eu tinha esperança de que logo a casa pastoral teria uma dona de casa apropriada. Mas, está tudo terminado. Suponho que ela não tenha aceitado o pedido por causa das crianças, ao menos todo mundo parece achar que foi isso.

— Eu não acredito que ele tenha lhe proposto casamento — disse Susan, que não podia conceber ninguém recusando o pedido de casamento de um pastor.

— Bem, ninguém tem certeza nenhuma sobre isso. Mas, uma coisa é certa: Mr. Meredith não vai mais visitá-la. E Rosemary não parecia nada bem na primavera. Espero que a visita dela a Kingsport lhe restaure o espírito. Já está por lá há um mês, e ficará mais um mês, pelo que entendi. Não me lembro de quando foi a última vez que Rosemary ficou fora de casa. Ela e Ellen nunca suportaram ficar separadas. Mas, pelo que entendi, foi Ellen quem insistiu para que a irmã viajasse dessa vez. E enquanto isso, Ellen e Norman Douglas estão reacendendo a velha chama.

— E isso é verdade? — perguntou Anne, rindo. — Ouvi os rumores, mas acho difícil de acreditar.

— Difícil de acreditar?! Pois pode acreditar, querida Anne. Não é segredo para ninguém. Norman Douglas nunca deixou dúvidas sobre suas intenções, com respeito a nada. Sempre cortejou Ellen na frente de todo mundo. Contou ao Marshall que passou anos sem pensar em Ellen, mas que na primeira vez que foi à igreja, no outono passado, ele a viu e se apaixonou por ela novamente. Disse que tinha esquecido de quanto ela era bonita. Fazia vinte anos que não a via, imagine só. Claro, ele jamais frequentava a igreja e Ellen não saía para lugar nenhum aqui nas redondezas. Oh, todos nós sabemos o que Norman quer, mas o que Ellen quer são outros quinhentos. Não vou tentar prever se vai dar casório ou não.

— Norman já a deixou uma vez. Mas, parece que isso não conta para algumas pessoas, querida Mrs. Dr. Blythe — foi o comentário ácido de Susan.

— Ele a abandonou num ataque de mau humor e se arrependeu por toda a vida — rebateu Miss Cornelia. — Teria sido diferente se ele tivesse abandonado

Ellen a sangue frio. Da minha parte, eu nunca detestei Norman, como fazem outros por aí. Ele jamais conseguiu me intimidar. Mas, me pergunto o que o fez voltar a frequentar a igreja. Jamais pude acreditar na história de Mrs. Wilson, de que foi Faith Meredith que foi lá e o forçou a ir à igreja. Sempre quis perguntar à própria Faith, mas nunca me lembro quando a vejo. Que influência aquela menina poderia ter sobre Norman Douglas? O homem estava no armazém quando eu saí, urrando às gargalhadas por causa da carta escandalosa. Podia ser ouvido desde a Ponta de Four Winds. "Ela é a menina mais excepcional do mundo", dizia ele. "Ela é tão cheia de valentia, que está explodindo. E todas as velhas vovozinhas querem dominá-la, malditas sejam. Mas, jamais conseguirão fazer isso... jamais! Seria melhor que tentassem afogar um peixe. Boyd, cuide de colocar mais fertilizante nas suas batatas ano que vem. Ha, ha, ha!" O teto até chacoalhava com as gargalhadas.

— Pelo menos Mr. Douglas paga direitinho o salário do pastor — comentou Susan.

— Ah, em algumas coisas o Norman não é mesquinho. Daria mil sem pestanejar, e começaria a rugir como um Touro de Basã[24], se tivesse que pagar cinco centavos a mais por alguma coisa. Além disso, ele gosta dos sermões de Mr. Meredith, e Norman Douglas sempre esteve disposto a soltar dinheiro, se algo lhe entretém o juízo. Não há mais cristianismo nele do que em um pagão nativo da África, e jamais haverá. Mas, ele é um homem inteligente e instruído, e julga os sermões como se fossem conferências. De qualquer maneira, é bom que ele ofereça respaldo a Mr. Meredith e às crianças, pois vão precisar de amigos, ainda mais depois disso. Estou cansada de criar desculpas para eles, acredite-me.

— Sabe, querida Miss Cornelia — disse Anne, séria —, acho que nós todos temos dado muitas desculpas. E é uma grande bobagem e devemos parar com isso. Vou lhe dizer o que eu gostaria de fazer. Não é o que farei — Anne percebeu uma sombra de preocupação nos olhos de Susan —; seria muito pouco convencional, e devemos ser convencionais, ou morrer tentando ser, depois que chegamos ao que é, supostamente, uma idade digna. Mas, é o que eu gostaria de fazer. Gostaria de convocar uma reunião da Associação de Damas de Beneficência e W.M.S. e a Sociedade de Jovens Costureiras, e incluiria todos os metodistas que têm criticado os Meredith, apesar de achar que, se nós, presbiterianos, parássemos de criticar e criar escusas, perceberíamos que outras denominações se importariam muito pouco com os moradores de nossa casa pastoral. Eu diria a eles: "Queridos amigos *cristãos*"— com uma marcada ênfase na palavra "*cristãos*" —, "tenho algo a dizer a vocês e quero dizer sem rodeios,

24 - Referência aos Touros de Basã encontrados no Salmo 22:12 da Bíblia Sagrada. [N.T.]

para que possam repetir para suas famílias, em suas casas. Vocês, metodistas, não precisam sentir pena de nós, e nós, presbiterianos, não precisamos sentir pena de nós mesmos. Não vamos mais fazer isso. E vamos dizer, valente e verdadeiramente, a todos os críticos e simpatizantes: 'Nós estamos orgulhosos de nosso pastor e de sua família. Mr. Meredith é o melhor pregador que a igreja de Glen St. Mary já teve. Ademais, ele é um homem sincero, fervoroso maestro da verdade e da caridade cristã. É um amigo leal, um pastor judicioso em todas as coisas essenciais, e um homem refinado, erudito e bem-educado. Sua família é digna dele. Gerald Meredith é o aluno mais inteligente da escola de Glen e Mr. Hazard diz que está destinado a uma carreira brilhante. É um garotinho varonil, honrado e verdadeiro. Faith Meredith é uma beleza, tão inspiradora e original quanto é bonita. Não há nada comum e corriqueiro nela. Todas as outras meninas de Glen, juntas, não têm o vigor, a sagacidade, a alegria e a 'garra' que Faith tem. Não tem nenhum inimigo no mundo. Todos que a conhecem a amam. De quantas pessoas, crianças e adultos, se pode dizer isso? Una Meredith é a personificação da doçura. Vai crescer para ser a mais adorável das mulheres. Carl Meredith, com seu amor por formigas, sapos e aranhas, será um dia um naturalista que todo o Canadá, não, o mundo todo, se deleitará em honrar. Conhecem outra família em Glen, ou fora dela, de que se possa dizer essas coisas? Basta de escusas e desculpas envergonhadas. *Nos regozijamos com nosso pastor e seus esplêndidos filhos e filhas!"*

Anne parou de falar, parte porque estava sem fôlego, depois de seu discurso veemente, e parte porque não podia seguir falando, diante da expressão no rosto de Miss Cornelia. A boa senhora a encarava com expressão desolada, aparentemente imersa em uma turbulenta onda de novas ideias. Mas, Miss Cornelia recuperou-se, arfando, e seguiu com valentia.

— Anne Blythe, gostaria que você convocasse essa reunião e dissesse essas coisas! Você me fez sentir vergonha de mim mesma e longe de mim recusar a admitir. É claro, era assim que deveríamos ter falado, especialmente com os metodistas. E cada palavra dessas é verdadeira, cada uma delas. Temos fechado os olhos para as coisas grandes e importantes, para nos fixarmos nas coisinhas insignificantes, que realmente não têm nenhuma importância. Oh, querida Anne, sou capaz de entender, quando algo bate na minha cabeça. Chega de desculpas para Cornelia Marshall! Eu vou manter minha cabeça erguida, acredite-me. Ainda que eu, talvez, venha discutir as coisas com você, como de costume, para aliviar meu coração, se os Merediths realizarem alguma proeza. Até essa carta, pela qual me senti tão mal. Ora, é apenas uma boa piada, afinal de contas, como diz o Norman. Não há muitas meninas astutas o bastante para pensar em escrever algo assim e com pontuação correta e nenhuma falha de ortografia. Deixe-me ouvir qualquer metodista dizer uma palavra sobre isso... apesar de que jamais perdoarei Joe Vickers, *acredite-me*! Onde estão o resto dos seus filhos esta noite?

— Walter e as gêmeas estão no Vale do Arco-íris. Jem está estudando no sótão.

— Estão todos enlouquecidos pelo Vale do Arco-íris. Mary Vance acha que é um lugar único no mundo. Ela viria aqui todas as noites, se eu deixasse. Mas, não incentivo que ela fique zanzando por aí. Além disso, sinto falta dessa criatura quando não está por perto, querida Anne. Jamais pensei que iria me apegar tanto a ela. Não é que não veja suas faltas e tente corrigi-las. Mas, ela nunca me disse uma palavra de impertinência, desde que chegou à minha casa, e é uma enorme ajuda, pois, para falar a verdade, querida Anne, eu não sou mais jovenzinha como já fui e não tenho por que negar. Fiz cinquenta e nove anos no último aniversário. Eu não sinto a idade que tenho, mas não se pode desmentir o que está escrito na Bíblia da Família.

CAPÍTULO XXVII

Um sagrado concerto

Apesar de seu novo ponto de vista, Miss Cornelia não pôde evitar se sentir perturbada diante da seguinte façanha das crianças da casa pastoral. Em público, a boa senhora lidou com a situação de forma esplêndida, repetindo a todos os fofoqueiros a essência do que Anne havia exposto na época dos narcisos, e dizendo de maneira tão intensa e tão convincente que aqueles que a ouviam eram surpreendidos, sentindo-se tolos, e começavam a pensar que estavam, afinal de contas, dando muita importância a uma simples travessura infantil. Mas, no privado, Miss Cornelia se permitia o alívio de se queixar para Anne.

— Querida Anne, celebraram um *concerto no cemitério*, na tarde da última quinta-feira, enquanto acontecia o culto de oração dos metodistas. Sentaram-se na sepultura de Hezekiah Pollock e cantaram por uma hora inteira. Claro que, segundo eu entendo, cantaram na maioria hinos religiosos e não teria sido tão mal se não tivessem feito nada mais. Mas, me contaram que finalizaram o malfadado concerto com a música *Polly Wolly Doodle*[25], cantando na maior altura e que foi no exato momento em que o diácono Baxter estava orando.

— Eu estava lá naquela noite — disse Susan — e, apesar de não ter dito nada à senhora, querida Mrs. Dr. Blythe, não pude evitar pensar que era uma lástima que tivessem escolhido aquela noite em particular. Senti meu sangue congelar nas veias ao saber que estavam sentados ali, na morada dos mortos, cantando essa canção frívola a plenos pulmões.

— Não consigo entender: o que a Miss estava fazendo no culto de oração metodista? — questionou Miss Cornelia, acidamente.

---

25 - Canção lançada por Dan Emmett's Virginia Minstrels, em 1843, creditada a Emmett (1815-1904). Numa livre tradução: Eu gosto de melancia, mas molha os meus ouvidos [...] A grama tem gosto bom na boca de uma vaca [...] Eu gosto de frango porque eu sou do Sul [...] Oh, eu vou alimentar meus porcos com melaço de inhame. Então eles deveriam ser mais doces do que realmente são [...] Embora você não tenha dinheiro, você ainda pode ser brilhante [...] O céu está cinzento, mas seu futuro é brilhante [...] Nunca dê ouvidos ao demônio, basta ser um pouco rebelde [...] A Polly é um papagaio, todos nós sabemos bem [...] Mas a Polly Wolly Doodle faz uma música danada de boa! [N.E.]

— Nunca ouvi dizer que o metodismo fosse contagioso — retorquiu Susan, com aspereza. — E, como eu dizia quando fui interrompida, por mais que tenha me sentido mal, eu não baixei a cabeça para os metodistas. Enquanto saíamos, a esposa do diácono Baxter comentou: "Que espetáculo tão vergonhoso!" A esse comentário eu respondi, encarando-a diretamente: "São todos belos cantores e parece que nenhum dos seus coristas, Mrs. Baxter, se preocupa em vir ao culto de oração. Suas vozes parecem estar afinadas apenas aos domingos!" Ela, então, se calou e eu soube que havia colocado Mrs. Baxter em seu devido lugar. Mas, a repreensão poderia ter sido muito mais eficiente, querida Mrs. Dr. Blythe, se as crianças não tivessem cantado a música *Polly Wolly Doodle*. Realmente, é terrível pensar que alguém possa cantar essa canção num cemitério.

— Alguns desses mortos cantavam *Polly Wolly Doodle* quando estavam vivos, Susan. Talvez tenham gostado da ideia de escutá-la mais uma vez — sugeriu Gilbert.

Miss Cornelia o encarou com ar de reprovação e decidiu que em alguma ocasião futura iria sugerir a Anne que advertisse o doutor a não dizer aquelas coisas, pois podia prejudicar sua profissão. As pessoas poderiam pensar que ele não era ortodoxo. Certamente, Marshall dizia coisas ainda piores de forma habitual, mas ele não era um homem público.

— Pelo que entendi, o pai deles estava o tempo todo no escritório, com as janelas abertas, mas não se deu conta do que faziam. Evidentemente, estava perdido em algum livro, como de costume. Mas, chamei a atenção dele ontem, quando foi lá em casa.

— Como a senhora se atreveu, Mrs. Marshall Elliott?! — exclamou Susan, com ar reprovador.

— Atrever-me?! Já é hora de alguém se atrever a dizer algo. Ora, dizem que ele não sabe nada sobre a carta de Faith ao *Journal*, porque ninguém quis mencionar para ele. E é evidente que ele nunca lê o *Journal*. Mas, achei que deveria saber disso, para impedir outros espetáculos desses no futuro. Disse que iria "discutir o assunto com as crianças". Mas, evidentemente, se esqueceu por completo do assunto, assim que saiu pelo portão. Aquele homem não tem nenhum senso de humor, Anne, *acredite-me*. Ele pregou, no domingo passado, sobre "Como Educar as Crianças". Um belíssimo sermão, com certeza, mas todos os presentes na igreja estavam pensando: "é uma pena que o senhor não pratique o que prega".

Miss Cornelia cometeu uma injustiça com Mr. Meredith ao pensar que o pastor logo esqueceria o que lhe fora dito. John Meredith foi para casa, muito preocupado, e quando as crianças chegaram do Vale do Arco-íris naquela noite, em uma hora muito mais avançada do que deviam, John as chamou ao seu escritório para uma conversa.

As crianças entraram, um pouco atemorizadas. Era algo tão extraordinário que o pai os chamasse. O que ele iria dizer? Buscaram na memória alguma transgressão recente, de suficiente importância, mas não conseguiram se lembrar de nenhuma. Carl tinha derramado um pires cheio de geleia no vestido de seda de Mrs. Peter Flagg, duas noites antes, quando, a convite da tia Martha, ela tinha ficado para o jantar. Mas, Mr. Meredith não tinha percebido e Mrs. Flagg, que era uma alma bondosa, não causara problemas. Além disso, Carl tinha sido punido com a obrigação de usar o vestido de Una pelo restante da noite.

De imediato, Una imaginou que talvez o pai quisesse lhes contar que iria se casar com Miss West. Seu coração começou a bater violentamente e ela sentiu as pernas tremerem. Então, percebeu que Mr. Meredith parecia muito sério e pesaroso. Não, não poderia ser isso.

— Crianças — disse Mr. Meredith —, fui informado de algo que me deixou muito triste. É verdade que vocês passaram toda a noite da última quinta-feira sentados no cemitério, cantando canções impróprias, enquanto acontecia um culto de oração na igreja metodista?

— Grande César, papai, esquecemos completamente que era o dia do culto de oração! — exclamou Jerry, desolado.

— Então é verdade... que vocês fizeram isso?

— Ora, papai, não sei o que o senhor quer dizer com músicas impróprias. Nós cantamos hinos. Foi um concerto sagrado, sabe. Que mal há nisso? Vou lhe dizer, não lembramos que era noite de culto de oração dos metodistas. Antes eles costumavam se reunir às terças-feiras à noite, e desde que mudaram para quinta-feira, é difícil de lembrar.

— Vocês só cantaram hinos?

— Ora — disse Jerry, corando —, nós cantamos *Polly Wolly Doodle* no final. Faith disse: "Vamos cantar algo alegre para terminar". Mas, não fizemos nada por mal, pai. Não mesmo.

— O concerto foi ideia minha, pai — declarou Faith, temendo que Mr. Meredith pudesse colocar toda a culpa em Jerry. — O senhor sabe que os metodistas fizeram um concerto sagrado em sua igreja, três domingos atrás. Achei que seria divertido fazermos um, para imitá-los. Só que eles fizeram orações no concerto deles e nós deixamos essa parte de fora, porque ouvimos dizer que as pessoas acharam absurdo que fizéssemos orações no cemitério.

O senhor estava sentado aqui todo o tempo e nunca nos disse uma palavra sobre isso ser errado.

— Eu não reparei que estavam fazendo alguma coisa. Isso não serve de desculpa para mim, é claro. Eu sou mais culpado que vocês, acabei de perceber. Mas, por que vocês cantaram aquela canção boba no final?

— Nós não pensamos — murmurou Jerry, sentindo que era uma justificativa muito fraca, considerando que havia chamado a atenção de Faith, severamente, nas sessões do Clube da Boa Conduta, justamente por não pensar antes de agir. — Nós lamentamos, pai, lamentamos muito. Pode nos repreender fortemente. Merecemos uma bela punição.

Mas, Mr. Meredith não os repreendeu nem os castigou. Ele se sentou, reuniu os pequenos transgressores junto a ele, e conversou um pouco com eles, terna e sabiamente. As crianças foram tomadas pelo remorso e a vergonha, e sentiram que jamais voltariam a ser tão tolos e inconsequentes.

— Teremos que nos punir severamente por isso — sussurrou Jerry, enquanto subiam para o quarto. — Amanhã, na primeira hora do dia, realizaremos uma reunião do Clube e decidiremos o que fazer. Eu nunca vi o papai tão aflito. Mas, como gostaria de que os metodistas se decidissem por uma noite para realizar os cultos de oração e não ficassem mudando para todos os dias da semana.

— De qualquer maneira, fico feliz por não ser o que eu temia que fosse — murmurou Una para si mesma.

Atrás deles, no escritório, Mr. Meredith se sentou à mesa e enterrou o rosto nos braços.

— Deus me ajude! — disse ele. — Sou um pai miserável. Oh, Rosemary! Se você apenas me amasse!

CAPÍTULO XXVIII

Um dia de jejum

Na manhã seguinte, o Clube da Boa Conduta celebrou uma reunião extraordinária antes de irem para a escola. Depois de várias sugestões, ficou decidido que um dia de jejum seria uma punição apropriada.

— Não comeremos absolutamente nada, durante o dia inteiro — disse Jerry. — De qualquer maneira, estou bem curioso para saber como é jejuar. Essa é uma boa oportunidade para descobrir.

— Que dia escolheremos para isso? — perguntou Una, que achava que seria uma punição muito fácil e estranhava que Jerry e Faith não tivessem pensado em algo mais difícil.

— Vamos escolher a segunda-feira — disse Faith. — Em geral, nos enchemos bem no jantar aos domingos e as refeições de segunda nunca são muito abundantes.

— Mas, é esse justamente o ponto! — exclamou Jerry. — Não devemos escolher o dia mais fácil para jejuar, mas sim, o mais difícil; e o mais difícil é o domingo, porque, como você disse, nós quase sempre temos carne assada, em vez de "outra vez" frio. Não seria castigo nenhum jejuar quando só tem isso para comer. Vamos fazer no próximo domingo. Será um bom dia, pois o papai vai trocar o sermão matutino com o pastor de Upper Lowbridge. Papai não voltará para casa até o entardecer. Se a tia Martha perguntar o que está acontecendo, diremos a ela diretamente que estamos jejuando para o bem de nossas almas e que está na Bíblia, e que ela não tente interferir. Acho que ela não vai nos impedir.

Tia Martha não impediu. Limitou-se a murmurar, em seu costumeiro estilo irritável: "Que tolice vocês estão inventando agora, danadinhos?", e não pensou mais no assunto. Mr. Meredith tinha saído cedo, antes que alguém estivesse acordado. Saiu sem o café da manhã também, mas isso era, sem dúvida, uma ocorrência comum. A metade das vezes ele esquecia e não havia ninguém para lembrá-lo. O desjejum — o desjejum oferecido pela tia Martha — não era algo que ele lamentava perder. Nem mesmo os famintos "danadinhos" sentiram que fosse uma grande privação abster-se do "mingau grumoso e do leite azul", que haviam provocado o desdém de Mary Vance. Mas, foi diferente na hora do almoço. Estavam furiosamente esfomeados naquele momento e o aroma de carne assada, que permeava toda a casa e que estava absolutamente deliciosa, apesar do fato de estar malpassada, era quase mais do que podiam suportar. Desesperados, saíram correndo para o cemitério, onde o cheiro não podia alcançá-los. Mas, Una não conseguia afastar os olhos da janela da sala de jantar, através da qual se via o pastor de Upper Lowbridge comendo placidamente.

— Se eu pudesse comer pelo menos um pedacinho, bem pequeninho... — suspirou.

— Bom, pare já com isso — comandou Jerry. — Sei que é difícil. Esta é justamente a punição. Eu poderia comer uma imagem talhada, neste mesmo minuto, mas estou reclamando por acaso? Vamos pensar em outra coisa. Temos que nos elevar acima de nossos estômagos.

Na hora do jantar, não sentiram as pontadas de fome que haviam sofrido na hora do almoço.

— Suponho que estamos nos acostumando — disse Faith. — Estou com uma sensação esquisitíssima, mas não posso dizer que sinto fome.

— Sinto minha cabeça estranha — comentou Una. — Tem horas que o mundo começa a girar e girar...

Mas, a menina foi, alegremente, com os outros à igreja. Se Mr. Meredith não estivesse tão absolutamente envolvido e imerso em seu tema, teria reparado na carinha pálida e nos olhos fundos, no banco destinado à família pastoral. Mas, ele não percebeu nada e o sermão foi mais longo que de costume. Porém, justo quando anunciaria o hino final, Una Meredith desabou do banco e caiu desmaiada no chão, como morta.

A esposa do presbítero Clow foi a primeira a chegar até ela. Ergueu o corpinho delgado dos braços de uma pálida e aterrorizada Faith e a carregou até a sacristia. Mr. Meredith se esqueceu do hino e tudo mais e correu enlouquecido atrás dela. A congregação deu por terminada a cerimônia da melhor maneira possível.

— Oh, Mrs. Clow! — disse Faith, ofegante — Una está morta? Nós a matamos?

— O que aconteceu com minha filha? — quis saber o empalidecido pai.

— Ela só desmaiou, eu acho — respondeu Mrs. Clow. — Oh, aqui está o doutor, graças a Deus.

Gilbert conseguiu fazer Una reagir e recobrar a consciência, mas não foi com facilidade. Trabalhou um bom tempo sobre a menina, antes que ela abrisse os olhos. Então, carregou-a até a reitoria, seguido por Faith, que soluçava histericamente, sentindo-se aliviada.

— Ela está só com fome, sabe... ela não comeu nada o dia todo... nenhum de nós comeu... estávamos jejuando.

— Jejuando! — exclamou Mr. Meredith.

— Jejuando? — perguntou o doutor.

— Sim... como punição por cantar Polly Wolly no cemitério — explicou Faith.

— Minha menina, não quero que vocês se castiguem por isso — disse Mr. Meredith, aflito. — Eu já os repreendi... e vocês se arrependeram... e eu os perdoei.

— Sim, mas tínhamos que ser punidos — explicou Faith. — São as regras... do nosso Clube da Boa Conduta, sabe. Se fizermos alguma coisa errada, ou qualquer coisa que possa prejudicar nosso pai diante da congregação, nós temos que sofrer alguma punição. Estamos educando uns aos outros, sabe, porque não temos ninguém que nos eduque.

Mr. Meredith gemeu, mas o doutor se levantou de onde estava, ao lado de Una, com um suspiro de alívio.

— Então, a menina desmaiou simplesmente por falta de comida e tudo de que precisa é uma boa refeição — declarou Gilbert. — Mrs. Clow, a senhora seria gentil o bastante para cuidar que deem a ela algo de comer? E acho que pela história de Faith, creio que seria melhor se todos comessem, ou então teremos mais desmaios.

— Suponho que não devíamos ter forçado Una a jejuar — disse Faith, arrependida. — Pensando bem, apenas Jerry e eu deveríamos ter sido punidos. Nós organizamos o concerto e nós somos os mais velhos.

— Eu cantei *Polly Wolly* como todos vocês — interveio a vozinha fraca de Una —, portanto, deveria ser punida também.

Mrs. Clow chegou com um copo de leite. Faith, Jerry e Carl escapuliram para a despensa e John Meredith foi para o escritório, onde permaneceu sentado no escuro por um longo tempo, sozinho com seus pensamentos amargurados. Então, os filhos estavam educando a si mesmos, pois "não havia ninguém que os educasse". Lutavam sozinhos entre suas pequenas perplexidades, sem uma mão para guiá-los, ou uma voz que os aconselhasse. A frase proferida por Faith, de forma tão inocente, atormentava a consciência de seu pai, como uma lança pontiaguda. Não havia "ninguém" para cuidar deles, para confortar suas alminhas e cuidar de seus corpinhos. Como Una parecera frágil ali, deitada no sofá da sacristia, no longo período de desvanecimento! Como estavam delgadas as mãozinhas, como estava pálido seu rostinho! John sentiu que Una podia escapar dele em um suspiro, a doce e pequena Una, a quem Cecilia lhe havia rogado que cuidasse de forma especial. Desde a morte da esposa, não tinha sentido uma agonia de medo tão profunda como quando estivera inclinado sobre sua garotinha inconsciente. Tinha que fazer alguma coisa, mas o quê? Devia pedir Elizabeth Kirk em casamento? Ela era uma boa mulher, seria bondosa com os filhos. Poderia persuadir a si mesmo a dar esse passo, se não fosse seu amor por Rosemary West. Mas, enquanto não sufocasse esse sentimento, não poderia buscar outra mulher para se casar. E ele não conseguia sufocá-lo. John havia tentado, mas sem muito êxito. Rosemary estivera na igreja naquela tarde, pela primeira vez desde seu retorno de Kingsport. John captou um vislumbre do rosto de Rosemary, no fundo da igreja lotada, justo quando terminava o sermão. Seu coração havia dado um forte sobressalto. Sentou-se, com a cabeça baixa e o pulso acelerado, enquanto o coral cantava o "hino da coleta". John não a via desde a noite em que fizera o pedido de casamento. Quando se levantou para anunciar o hino, suas mãos tremiam e seu rosto pálido estava corado. Logo, o desmaio de Una havia banido tudo de sua mente, por um tempo. Agora, na escuridão e solidão de seu escritório, todas as sensações retornaram como uma torrente. Rosemary era a única mulher no mundo, para ele. Era inútil pensar em se casar com outra mulher. Não poderia cometer semelhante sacrilégio, nem sequer pelos filhos. Devia suportar sua carga sozinho. Precisava tentar ser um pai melhor, mais atento. Dizer aos filhos para não terem medo de vir até ele com todos os seus pequenos problemas. John, então, acendeu a lamparina e pegou um volumoso livro novo, que estava colocando o mundo teológico de pernas para o ar. Leria apenas um capítulo, apenas para recompor sua mente. Cinco minutos depois, John estava perdido para o mundo e seus problemas.

CAPÍTULO XXIX

Uma história singular

Numa tarde, no princípio de junho, o Vale do Arco-íris era um lugar inteiramente delicioso. As crianças o sentiam assim, enquanto estavam sentadas na clareira, onde os sinos soavam com ar mágico nas Árvores Amantes e a Dama Branca sacudia suas tranças verdes. O vento estava rindo e assobiando ao redor, como um leal e jovial camarada. As jovens samambaias na gruta exalavam um aroma fragrante, fresco. As cerejeiras silvestres espalhadas pelo vale, entre os abetos escuros, pareciam branco nebuloso. Os pintarroxos silvavam sobre os bordos, atrás de Ingleside. Mais além, nas encostas de Glen, havia jardins florescendo, doces, místicos e maravilhosos, envoltos no entardecer. Era primavera e tudo que era jovem devia estar alegre na primavera.

Todos estavam contentes no Vale do Arco-íris naquela noite, até que Mary Vance gelou o sangue de todos com a história do fantasma de Henry Warren.

Jem não estava presente. O garoto, agora, passava suas tardes estudando para o exame de admissão, no sótão de Ingleside. Jerry estava perto do riacho, pescando trutas. Walter lia os poemas marítimos de Longfellow[26] para os outros e estavam mergulhados na beleza e no mistério dos barcos. Então, conversaram sobre o que fariam quando crescessem, para onde viajariam e as longínquas e belíssimas costas que contemplariam. Nan e Di iriam à Europa. Walter ansiava ver o Nilo resmungando entre areias egípcias, e ter um vislumbre da Esfinge. Faith opinou, um pouco aflita, que achava que deveria ser uma missionária. A velha Mrs. Taylor lhe dissera que era isso que devia ser e, então, ela, ao menos, poderia conhecer a Índia ou a China, e aquelas misteriosas terras do Oriente. O coração de Carl estava inclinado a conhecer as savanas africanas. Una não disse nada. Achava que preferia ficar apenas em casa. Ali era mais bonito que qualquer outro lugar. Seria terrível quando estivessem todos crescidos e fosse o momento de se espalharem por todo o

---

26 - Henry Wadsworth Longfellow foi um poeta e tradutor americano (1807-1882) conhecido por seus poemas narrativos como "O Canto de Hiawatha" (1855), e que foi amigo de Dom Pedro II. [N.T.]

mundo. O mero pensamento fazia Una se sentir solitária e nostálgica. Mas, os outros seguiram sonhando, encantados, até que Mary Vance lançou por terra toda a poesia e todos os sonhos caíram em um só golpe.

— Deus, mas estou sem fôlego! — exclamou ela. — Vim correndo como uma louca, pela colina. Tomei um susto terrível passando pela velha casa dos Bailey.

— O que a assustou? — questionou Di.

— Eu não sei. Eu estava fuçando debaixo das lilases no velho jardim, tentando ver se já tinha florescido algum lírio. Estava escuro e, de repente, eu vi alguma coisa se movendo e fazendo ruído do outro lado do jardim, naqueles arbustos de cerejas. Era branco. Digo a vocês, não fiquei para olhar uma segunda vez. Saí voando por cima do dique, o mais rápido que me davam as pernas. Tenho certeza de que era o fantasma de Henry Warren.

— Quem foi Henry Warren? — perguntou Di.

— E por que ele seria um fantasma? — quis saber Nan.

— Meu Deus, vocês cresceram em Glen e nunca ouviram a história? Bem, esperem um minuto, até que eu recupere o fôlego, e vou contar para vocês.

Walter estremeceu com tamanho deleite. Ele adorava histórias de fantasmas. O mistério, os dramas, o medo que causava, provocavam nele um temível e intenso prazer. Longfellow se tornou, instantaneamente, insosso e ordinário. Walter deixou o livro de lado e se esticou, apoiado nos cotovelos, para ouvir com todo o coração, fixando os grandes olhos luminosos no rosto de Mary. A menina desejava que ele não a olhasse dessa maneira. Sentia que podia contar melhor a história do fantasma se Walter não estivesse olhando para ela. Poderia acrescentar vários enfeites e inventar alguns detalhes artísticos para ressaltar o horror. Tal como estavam as coisas, ela deveria se limitar à verdade nua e crua, ou o que havia sido contado a ela como verdade.

— Bem — começou Mary —, vocês sabem que o velho Tom Bailey e a esposa costumavam viver naquela casa lá em cima, há trinta anos. Ele era um terrível degenerado, dizem, e a esposa não era muito melhor que ele. Não tinham filhos deles mesmos, mas uma irmã de Tom falecera, deixando um garotinho, esse tal de Henry Warren, e eles ficaram com ele. O garoto tinha uns doze anos quando veio morar com os tios e era miúdo e de constituição delicada. Dizem que Tom e a mulher o tratavam mal desde o princípio... batiam nele e o deixavam passar fome. As pessoas dizem que queriam matá-lo, para que pudessem ficar com o pouquinho de dinheiro que a mãe tinha deixado para o garoto. Henry não morreu logo, mas começou a ter ataques, epilepsia, eles chamavam, e cresceu meio bobo, até que fez dezoito anos. O tio costumava bater nele no jardim, porque ficava nos fundos da casa e ninguém podia vê-lo.

Mas, as pessoas tinham ouvidos e dizem que às vezes era aterrador ouvir o pobre Henry implorando para que o tio não o matasse. Mas, ninguém ousava interferir, porque o velho Tom era tão miserável que iria dar um jeito de se vingar de alguma maneira. Ele queimou os celeiros de um homem em Harbour Head que lhe havia ofendido. Por fim, Henry morreu e os tios disseram que ele tinha morrido num dos ataques, mas todo mundo dizia que Tom tinha matado o sobrinho por interesse. E, não muito tempo depois, Henry começou a aparecer. O velho jardim estava assombrado. Podiam ouvi-lo à noite, gemendo e chorando. O velho Tom e a esposa partiram, foram para o Oeste, e nunca mais voltaram. O lugar adquiriu tal reputação que ninguém quis comprá-lo ou alugá-lo. É por isso que está em ruínas. Isso aconteceu há trinta anos, mas o fantasma de Henry Warren ainda está assombrando.

— E você acredita nisso? — perguntou Nan, com desdém. — Eu não.

— Bem, *boas* pessoas já o viram... e o ouviram — disse Mary na defensiva. — Dizem que ele aparece e se arrasta pelo chão, agarra as pernas das pessoas, resmunga e geme, como quando estava vivo. Lembrei-me disso assim que vi a coisa branca nos arbustos e pensei: se ele me agarrasse as pernas desse jeito e gemesse, eu iria cair mortinha. Por isso, saí correndo. Pode ser que não fosse o fantasma, mas eu que não ia ficar esperando ali, dando sopa.

— Provavelmente, era a bezerra branca de Mrs. Stimson — disse Di, rindo. — Ela pasta naquele jardim... eu já vi.

— Pode ser. Mas, eu nunca mais vou passar pelo jardim dos Bailey para ir para casa. Aí vem o Jerry, com uma penca de trutas, e é minha vez de fritá-las. Tanto Jem quanto Jerry dizem que sou a melhor cozinheira de Glen. E Miss Cornelia me disse que eu poderia trazer essa fornada de bolachas. Estive a ponto de derrubá-las quando vi o fantasma de Henry.

Jerry zombou quando ouviu o conto do fantasma, que Mary repetiu enquanto fritava o peixe, embelezando um pouco a história, pois Walter tinha ido ajudar Faith a arranjar a mesa. A história não impressionou Jerry, mas Faith, Una e Carl tinham ficado secretamente assustados, mesmo que jamais tivessem admitido. Tudo estava bem enquanto estavam todos ali com eles no vale, mas quando terminou o banquete e caíram as sombras, estremeceram-se com a lembrança. Jerry foi a Ingleside com os Blythes, para conversar com Jem, por alguma razão, e Mary Vance deu uma volta para ir para casa. Então, Faith, Una e Carl tiveram que ir para a casa pastoral sozinhos. Caminharam bem juntinhos e passaram bem longe do velho jardim dos Bailey. Não acreditavam que fosse assombrado, é claro, mas apesar de não crerem em assombração, também não achavam boa ideia se aproximarem daquele lugar.

CAPÍTULO XXX

O fantasma no dique

De nenhuma maneira, Faith, Carl e Una não conseguiram desfazer, em sua imaginação, a impressão causada pela história do fantasma de Henry Warren. Eles nunca acreditaram em fantasmas. Conheciam muitíssimas histórias desse tipo, Mary Vance mesmo tinha contado algumas mais horripilantes do que essa. Mas, aquelas outras tratavam de lugares e pessoas distantes e desconhecidos.

Depois da primeira sensação de medo e pavor, que era em parte horrível e em parte prazenteira, deixaram de pensar na lenda. Mas, a história os acompanhou até em casa. O velho jardim dos Bailey estava quase às portas da casa pastoral, muito próximo ao seu querido Vale do Arco-íris. Haviam passado e voltado a atravessá-lo constantemente; já tinham ido ali buscar flores; haviam cruzado para pegar um atalho, quando queriam ir direto da cidade para o vale. Mas, nunca mais! Depois da noite em que Mary Vance lhes contara a história horripilante, eles não mais passaram ou se aproximaram do jardim, nem sob ameaça de morte. Morte! O que era a morte, se comparada à sobrenatural possibilidade de cair nas garras do fantasma gemente de Henry Warren?

Em um cálido entardecer de julho, os três estavam sentados debaixo das Árvores Amantes, sentindo-se um pouco solitários. Ninguém mais se aproximou do vale naquela tarde. Jem Blythe estava em Charlottetown, fazendo o exame de admissão. Jerry e Walter tinham ido navegar com o velho capitão Crawford. Nan, Di, Rilla e Shirley tinham descido a estrada do porto para visitar Kenneth e Persis Ford, que tinham chegado com os pais para uma visita rápida à velha Casa dos Sonhos. Nan havia convidado Faith para acompanhá-las, mas a menina recusou o convite. Faith jamais admitiria, mas sentia um ciúme secreto de Persis Ford, sobre quem a esplêndida beleza e refinamento urbano tanto ouvira falar. Não, não, ela não pensava em ir e servir como segunda escolha de ninguém. Una e ela levaram seus livros de histórias para o Vale do Arco-íris e começaram a ler, enquanto Carl investigava insetos ao longo da margem do riacho. Os três estavam muito contentes, até que de repente se deram conta de que estava escurecendo e que o velho jardim dos Bailey estava inconvenientemente próximo. Carl veio se sentar mais perto das meninas e os três desejaram que tivessem ido para casa mais cedo, mas ninguém disse nada.

Grandes e aveludadas nuvens cor púrpura se juntaram a Oeste e se estenderam pelo vale. Não havia vento e tudo estava, de repente, súbita, estranha e desagradavelmente quieto. O pântano estava cheio de milhares de vagalumes. Certamente, as fadas tinham sido convocadas para alguma conferência. Em geral, o Vale do Arco-íris não era um lugar muito acolhedor naquele exato momento.

Faith olhou, amedrontada, para cima do vale, para o velho jardim dos Bailey. Então, se alguma vez o sangue de alguém congelou nas veias, foi o sangue de Faith Meredith naquele momento. Os olhos de Carl e de Una seguiram o olhar atônito da irmã e os tremores começaram a correr pela espinha deles também. Pois ali, debaixo do grande lariço americano, no dique dilapidado, todo coberto de relva do jardim dos Bailey, havia algo branco: algo branco e sem forma, no crescente entardecer. Os três Merediths permaneceram ali sentados, olhando, como se tivessem se transformado em pedra.

— É... é a... bezerra — sussurrou Una, por fim.

— É... muito... grande... para ser uma bezerra — sussurrou Faith. Estava com a boca tão seca que mal conseguia articular as palavras.

De repente, Carl disse, ofegante.

— Está vindo para cá.

As meninas deram uma última olhada angustiada para o jardim. Sim, estava rastejando pelo dique, como nenhum bezerro poderia rastejar. A razão fugiu diante do pânico repentino e dominador. Neste momento, cada um dos três estava absolutamente convencido de que viam o fantasma de Henry Warren. Carl se pôs em pé num salto e saiu correndo cegamente. Com um alarido simultâneo, as meninas o seguiram. Como criaturas enlouquecidas, subiram a colina correndo, cruzaram a estrada e entraram na casa pastoral. Quando saíram mais cedo, tia Martha estava costurando na cozinha. Agora, ela não estava mais lá. Correram até o escritório. Estava escuro e vazio. Como se estivessem seguindo um único impulso, deram a volta e correram para Ingleside, tratando de evitar passar pelo Vale do Arco-íris. Desceram a colina, tomando a rua de Glen, e voaram nas asas do mais espantoso terror: Carl na dianteira e Una na retaguarda. Ninguém tentou detê-los, ainda que todos que os viram se perguntassem que nova estripulia as crianças da casa pastoral estavam inventando agora. Mas, no portão de Ingleside, encontraram-se com Rosemary West, que viera rapidamente devolver alguns livros que tomara emprestados.

Ela viu seus rostos contorcidos e olhos fixos. Rosemary compreendeu que as pobres alminhas estavam oprimidas por algum terrível e real medo, independentemente da razão. Rosemary segurou Carl com um braço e Faith com o outro. Una se chocou contra ela e a abraçou, desesperada.

— Crianças, queridas, o que aconteceu? — ela perguntou. — O que aconteceu para assustá-los assim?

— O fantasma de Henry Warren — respondeu Carl, entredentes, tremendo.

— O... fantasma... de Henry Warren! — repetiu a perplexa Rosemary, que nunca tinha ouvido a história.

— Sim — soluçou Faith, histericamente. — Está lá... no dique dos Bailey... nós o vimos... e ele começou... a nos perseguir.

Rosemary levou as aturdidas criaturas até a varanda de Ingleside. Gilbert e Anne não estavam, pois também tinham ido até a Casa dos Sonhos, mas Susan apareceu no umbral da porta, angular, prática e nada fantasmagórica.

— O que significa todo este tumulto? — disse ela.

As crianças despejaram novamente o conto aterrorizante, enquanto Rosemary os mantinha abraçados junto a ela, acalmando-os com um consolo que não necessitava de palavras.

— Provavelmente era uma coruja — disse Susan, sem se agitar.

Uma coruja! As crianças Merediths nunca mais tiveram uma boa opinião sobre a inteligência de Susan depois disso!

— Era maior que um milhão de corujas — respondeu Carl, soluçando. Oh, como se sentiu envergonhado por causa daqueles soluços, nos dias seguintes. — E se contorcia, assim como a Mary nos contou... e estava rastejando pelo dique, para vir nos pegar. As corujas rastejam?

Rosemary olhou para Susan.

— Eles devem ter visto alguma coisa, para ficarem assustados dessa maneira — disse ela.

— Eu vou lá dar uma olhada — anunciou Susan, sem se alterar. — Agora, crianças, se acalmem. Seja lá o que vocês viram, não era um fantasma. Quanto ao pobre Henry Warren, tenho certeza de que ele ficou contente em descansar pacificamente em seu túmulo, quando chegou lá. Não temam que ele se aventure a voltar, disso podem ter certeza. Se a senhorita conseguir fazer com que eles vejam a razão, Miss West, eu vou averiguar a verdade sobre esse assunto.

Susan partiu na direção do Vale do Arco-íris, apoderando-se valentemente de um ancinho que encontrou encostado na cerca dos fundos, onde o doutor estivera trabalhando em seu pequeno campo de feno. Um ancinho podia não ser muito útil contra um "fantasma", mas era uma arma que lhe enchia de confiança. Não havia nada para ser visto no Vale do Arco-íris, quando Susan chegou lá. Nenhum visitante de branco apareceu, espreitando nas sombras do velho jardim emaranhado dos Bailey. Susan avançou valentemente, atravessou o jardim, e foi golpear com o cabo do ancinho a porta do pequeno chalé do outro lado do jardim, onde Mrs. Stimson vivia com as duas filhas.

Em Ingleside, Rosemary tinha conseguido acalmar as crianças. Seguiam choramingando um pouco, por causa do choque, mas começavam a experimentar uma oculta e saudável suspeita de que haviam se comportado como uns completos bobocas. A suspeita se tornou uma certeza quando Susan finalmente retornou.

— Eu descobri o que era seu fantasma — disse Susan, com um sorriso divertido, sentando-se na cadeira de balanço e se abanando. — A velha Mrs. Stimson deixou um par de lençóis de algodão quarando no jardim dos Bailey, por uma semana. Ela os estendeu no dique, debaixo do lariço, porque ali a grama estava limpa e curta. Essa tarde, ela foi recolhê-los. Levava nas mãos o tricô, portanto, lançou os lençóis nos ombros para carregá-los. Então, uma das agulhas caiu do trabalho de tricô, e ela não conseguia encontrá-la... ainda não a encontrou. Mas, ela se ajoelhou e rastejou para procurar, e estava dessa maneira quando ouviu gritos terríveis lá no vale e viu as três crianças descendo pela colina, passando correndo por ela. Mrs. Stimson achou que tinham sido picados por algum inseto e seu velho coração se sobressaltou de tal maneira que não pôde se mover ou falar. Ficou apenas ajoelhada ali, até que as crianças desapareceram. Logo ela voltou para casa tremendo e desde aquele momento estão aplicando estimulantes na velhinha. O coração dela está em uma condição terrível e disse que vai demorar o verão todinho para se recuperar desse susto.

Os Merediths permaneceram sentados, corados, com uma vergonha que nem mesmo a compreensiva simpatia de Rosemary pôde suprimir. Eles foram para casa, encontraram Jerry no portão da casa pastoral e fizeram a confissão cheios de arrependimento. Decidiram organizar uma sessão do Clube da Boa Conduta na manhã seguinte.

— Miss West não foi doce conosco esta noite? — sussurrou Faith, quando já estavam na cama.

— Sim — admitiu Una. — É uma pena que as pessoas mudem tanto quando se tornam madrastas.

— Eu não acredito que mudem dessa maneira — disse a leal Faith.

CAPÍTULO XXXI

Carl faz uma penitência

— Não entendo por que devemos ser punidos — disse Faith, emburrada. — Não fizemos nada de errado. Não tínhamos como evitar ficarmos assustados. E isso não vai prejudicar o papai em nada. Foi só um incidente.

— Vocês foram covardes — disse Jerry, com desdém judicioso —, e se renderam à covardia. É por isso que devem ser castigados. Todos vão rir de vocês pelo que aconteceu e isso é uma desgraça para a família.

— Se você soubesse como foi assustador! — disse Faith, com um calafrio. — Você diria que já fomos suficientemente castigados. Não passaria novamente pelo mesmo, por nada neste mundo.

— Acho que você mesmo ia ter corrido se estivesse lá — murmurou Carl.

— De uma velhinha e um lençol de algodão? — zombou Jerry. — Ho, ho, ho!

— Não parecia nem um pouco com uma velhinha! — exclamou Faith. — Era apenas uma coisa grande, imensa coisa branca, rastejando pela grama, exatamente como Mary Vance disse que Henry Warren fazia. Pode rir o quanto quiser, Jerry Meredith, mas a risada teria congelado na sua garganta se você estivesse lá. E como vamos ser castigados? Não me parece justo, mas vejamos o que temos que fazer, juiz Meredith!

— Segundo o que vejo — disse Jerry, franzindo o cenho —, Carl foi o mais culpado. Ele foi o primeiro a sair correndo, se não estou equivocado. Além disso, ele é o homem e deveria ter ficado firme e protegido vocês, as meninas, de qualquer perigo que fosse. Sabe disso, não sabe, Carl?

— Suponho que sim — grunhiu Carl, envergonhado.

— Muito bem. Esta será sua punição: esta noite, você vai se sentar no cemitério, na tumba do Hezekiah Pollock, sozinho, e ficar ali até a meia-noite.

Carl sentiu um calafrio. O cemitério não era muito longe do velho jardim dos Bailey. Seria uma dura provação, mas Carl estava ansioso para lavar a vergonha e provar que não era um covarde, afinal de contas.

— Muito bem! — disse, com coragem varonil. — Mas, como vou saber quando chegar meia-noite?

— As janelas do escritório estão abertas e vai ouvir o relógio bater. Mas, cuide para não sair do cemitério antes que soe a última badalada. E, quanto a vocês, meninas, vão ficar sem geleia no jantar por uma semana.

Faith e Una ficaram atônitas. Sentiram-se inclinadas a pensar que até mesmo a agonia comparativamente curta, mas intensa, de Carl, era uma punição mais leve do que essa longa provação. Uma semana inteira de pão abatumado, sem a graça salvadora de uma geleia! Mas, não se permitiam queixas no clube. As meninas aceitaram sua sorte, com toda a filosofia que foram capazes de evocar.

Naquela noite, todos eles foram para a cama às nove horas, exceto Carl, que já estava guardando vigília na sepultura. Una esgueirou-se para desejar-lhe boa noite. Seu coração afetuoso estava oprimido com tamanha compaixão.

— Oh, Carl, você está com muito medo? — sussurrou ela.

— Nem um pouco — disse Carl, com ar despreocupado.

— Não vou conseguir pregar o olho até depois da meia-noite — disse Una. — Se você se sentir solitário, apenas olhe para nossa janela e lembre-se de que estou lá dentro, acordada e pensando em você. Isso será um pouco de companhia, não será?

— Eu vou ficar bem. Não se preocupe comigo — disse Carl.

Mas, apesar das palavras audaciosas, Carl se sentiu um menino muito solitário, quando se apagaram as luzes da casa pastoral. Ele tinha a esperança de que o pai estivesse no escritório, como tantas outras vezes, e então não se sentiria sozinho. Mas, naquela noite, Mr. Meredith tinha sido chamado até a aldeia dos pescadores na boca do porto, para visitar um moribundo. Não era provável que voltasse até depois da meia-noite. Carl deveria suportar sua sorte sozinho.

Um homem de Glen passou pela estrada, carregando uma lâmpada. As misteriosas sombras, desenhadas pela luz da lanterna, se lançavam loucamente sobre o cemitério e pareciam uma dança de demônios ou bruxas. Logo as sombras passaram e novamente caiu a escuridão. Uma a uma, as luzes de Glen se apagaram. Era uma noite muito escura, com um céu nebuloso e um vento cortante, vindo do Leste, que era frio, a despeito do calendário. Mais além no horizonte, se podia ver o brilho obtuso das luzes de Charlottetown. O vento gemia e sussurrava nos velhos pinheiros. O alto monumento de Mr. Alec Davis resplandecia em sua brancura, através da escuridão. O salgueiro que estava ao seu lado estendia seus longos e retorcidos braços, como se fosse um espectro. De vez em quando, os movimentos dos ramos criavam a sensação de que o monumento também se movia.

Carl abraçou a si mesmo sobre a sepultura, com as pernas encolhidas debaixo do corpo. Não era precisamente agradável deixá-las penduradas à beira da pedra. Imagine... apenas imagine... se mãos esqueléticas se levantassem da tumba de Mr. Pollock e o agarrassem pelos tornozelos? Essa tinha sido uma das jocosas especulações levantadas por Mary, um dia em que estavam todos sentados ali. Agora, essa mesma ideia voltava para atormentar o menino. Ele não acreditava nessas coisas; nem sequer acreditava realmente no fantasma de Henry Warren. Quanto a Mr. Pollock, ele estava morto há sessenta anos, então não era provável que se importasse com quem se sentava em sua tumba agora. Mas, havia algo muito estranho e terrível no fato de estar acordado, quando todo o resto do mundo estava dormindo. Você está sozinho, sem nada além de sua própria personalidade frágil, para se opor aos poderosos principados e poderes da escuridão. Carl tinha apenas dez anos e estava rodeado por mortos e ele desejava, oh, ansiava, que o relógio soasse a meia-noite. Será que jamais chegaria essa hora? Certamente, a tia Martha devia ter se esquecido de dar corda no relógio.

E, então, soaram as onze horas, apenas onze! Ele devia ficar ainda mais uma hora naquele lugar sinistro. Se ao menos houvesse algumas amistosas estrelas para serem contempladas! A escuridão era tão densa que parecia pressionar seu rosto. Havia o som de passos furtivos passando por todo o cemitério. Carl estremeceu, em parte por horripilante terror, e em parte por estar verdadeiramente com frio.

Então, começou a chover, uma garoa fria e penetrante. A blusa de algodão fininha e a camisa logo ficaram encharcadas e Carl se sentia congelado até os ossos. Em meio ao desconforto físico, esqueceu-se do terror mental. Mas, ele devia ficar até a meia-noite, estava castigando-se a si mesmo, e era por uma questão de honra. Não haviam discutido sobre o que fazer em caso de chuva, mas não fazia a menor diferença. Quando o relógio do escritório finalmente soou meia-noite, uma criaturinha encharcada desceu rigidamente da sepultura de Mr. Pollock, tomou o rumo da casa pastoral e subiu para o quarto. Carl estava batendo os dentes. Ele pensou que jamais se aqueceria novamente.

Mas, estava aquecido o bastante quando chegou a manhã. Jerry deu uma olhada perplexa no rosto ardente do irmão e, então, correu para chamar o pai. Mr. Meredith veio às pressas. Seu rosto estava pálido, cor de marfim, devido à longa vigília noturna junto a um leito de morte. Havia chegado em casa quando amanhecia. Ao se aproximar, inclinou-se ansioso sobre seu rapazinho.

— Carl, está doente? — perguntou o pastor.

— Aquela... tumba... lá — disse Carl — está... se movendo... está vindo... para cima de mim... Por favor... não venha.

Mr. Meredith correu para o telefone. Em dez minutos, o doutor Blythe estava na casa pastoral. Meia hora depois, foi mandado um telegrama para a cidade, pedindo com urgência a presença de uma enfermeira treinada e toda a cidade de Glen soube que Carl Meredith estava muito doente, com pneumonia, e que o doutor Blythe foi visto meneando a cabeça.

Gilbert meneou a cabeça mais de uma vez, nos quinze dias que se seguiram. Carl teve pontada dupla de pneumonia. Houve uma noite em que Mr. Meredith se pôs a caminhar no escritório e Faith e Una foram para o quarto e choraram. Jerry, desesperado pelo remorso, se recusou a apartar-se do chão do corredor, na porta do quarto de Carl. Dr. Blythe e a enfermeira não saíram do lado da cama do enfermo, em nenhum momento. Lutaram valentemente contra a morte, até o amanhecer, e conquistaram a vitória. Carl se recuperou e passou a salvo pela crise. A notícia foi transmitida por telefone para toda a expectante vila de Glen e as pessoas se deram conta do quanto amavam o pastor e seus filhos.

— Eu não tive uma noite decente de sono, desde que soube que o menino estava doente — disse Miss Cornelia a Anne —, e Mary Vance já chorou até fazer com que aqueles estranhos olhos que tem parecessem dois buracos num lençol. É verdade que Carl pegou pneumonia por ficar no cemitério toda aquela noite úmida, por causa de uma aposta?

— Não. Ele ficou lá para se castigar por sua covardia, naquele assunto do fantasma de Warren. Parece que eles formaram um clube para educarem a si mesmos e eles se castigam quando fazem alguma coisa errada. Jerry contou tudo para Mr. Meredith.

— Pobrezinhos! — compadeceu-se Miss Cornelia.

Carl recuperou-se rapidamente, pois a congregação levou à casa pastoral alimentos suficientes para abastecer um hospital. Norman Douglas ia todas as noites, com uma dúzia de ovos frescos e uma jarra de creme de Jersey. Às vezes, ficava por uma hora, discutindo argumentos sobre predestinação com Mr. Meredith, no escritório.

Quando Carl estava recuperado o bastante para ir novamente para o Vale do Arco-íris, as crianças organizaram uma festa em sua homenagem. O doutor Blythe foi ajudá-los com os fogos de artifício. Mary Vance estava lá também, mas não contou nenhuma história de fantasmas. Miss Cornelia lhe havia dado uma reprimenda sobre o assunto, censura da qual Mary não iria se esquecer tão cedo.

CAPÍTULO XXXII

Duas pessoas teimosas

Rosemary West, que estava a caminho de casa, depois da lição de música em Ingleside, dirigiu-se à nascente escondida no Vale do Arco-íris. Não tinha passado por ali durante todo o verão; o belíssimo lugarzinho já não possuía nenhum encanto. O espírito de seu jovem amado já não vinha mais ao seu encontro e as memórias conectadas a John Meredith eram muito vívidas e dolorosas. Mas, aconteceu de Rosemary olhar para trás, no vale, e ver Norman Douglas saltando, alegre como um rapazinho, sobre a velha rocha do dique do jardim dos Bailey, e pensou que ele estava a caminho da colina. Se Norman a alcançasse, ela teria que caminhar até a casa em sua companhia, e Rosemary se recusava a fazer isso. Então, imediatamente, se escondeu atrás dos bordos do riacho, na esperança de que ele não a visse e seguisse seu caminho.

Mas, Norman havia visto Rosemary e, ainda mais, a estava seguindo. Fazia algum tempo que estava querendo ter uma conversa com ela, mas a moça aparentemente sempre o evitava. Rosemary nunca tinha, em nenhum momento, gostado muito de Norman Douglas. Seus impulsos, seu temperamento e sua ruidosa hilaridade sempre haviam antagonizado com seu jeito de ser. Há muito tempo ela se perguntava, com certa frequência, como Ellen podia ter se sentido atraída por ele. Norman Douglas estava perfeitamente consciente de que Rosemary não gostava dele e tinha dado boas risadas por causa disso. Norman nunca se preocupava com a opinião dos outros sobre si mesmo. Tal fato não o fazia nem mesmo desgostar das pessoas em troca, pois ele tomava como uma espécie de elogio extorquido. Norman considerava Rosemary uma boa moça e era sua intenção ser para ela um cunhado excelente e generoso. Mas, antes que pudesse ser seu cunhado, ele teria que conversar com Rosemary. Então, quando a viu saindo de Ingleside, enquanto estava na porta do armazém de Glen, imediatamente se lançou em direção ao vale para alcançá-la.

Rosemary estava sentada, pensativa, no assento de bordo, onde John

Meredith estivera sentado naquela noite, quase um ano atrás. A nascente resplandecia e borbulhava debaixo da beirada de samambaias. Raios vermelho-rubi do entardecer caíam entre os ramos arqueados. Um ramo alto, de perfeitos ásteres, erguia-se ao seu lado. O pequeno lugar era tão sonhador, mágico e sutil quanto qualquer morada das fadas e das dríadas, nas florestas da antiguidade. Ali irrompeu Norman Douglas, dispersando e aniquilando, em um só momento, todo o encanto. Sua personalidade parecia tragar o ambiente. Ali simplesmente não restou nada, além do grande, complacente, barba-ruiva Norman Douglas.

— Boa tarde — disse Rosemary com frieza, colocando-se de pé.

— Boa tarde, moça. Sente-se novamente... sente-se. Quero ter uma conversa com você. Bendita seja, por que está me olhando assim? Não quero comê-la, já passou da hora do jantar. Sente-se e seja educada.

— Posso ouvir o que você tem a dizer, muito bem aqui — respondeu Rosemary.

— Pode sim, moça, se conseguir usar os ouvidos. Eu só queria que você estivesse acomodada. Você parece bem desconfortável aí, de pé. Bem, de qualquer maneira, eu vou me sentar.

Sendo assim, Norman acomodou-se no mesmo lugar onde John Meredith esteve sentado certa vez. O contraste era tão ridículo que Rosemary temeu soltar uma gargalhada histérica ao contemplá-lo. Norman colocou o chapéu de lado, dispôs as enormes mãos vermelhas sobre os joelhos, e a encarou com olhos brilhando.

— Vamos, moça, não seja tão severa — disse Norman, com a intenção de agradá-la. Quando queria, Norman conseguia ser agradável. — Vamos ter uma conversa razoável, sensata e amigável. Tem uma coisa que quero lhe pedir. Ellen disse que não vai pedir, então, cabe a mim fazê-lo.

Rosemary olhou para o riacho, que parecia ter sido reduzido ao tamanho de uma gota de orvalho. Norman a encarou com desespero.

— Maldição, você poderia ajudar um pouco! — exclamou.

— Em que você quer que eu o ajude? — perguntou Rosemary, com desdém.

— Você sabe tão bem quanto eu, moça, não fique aí, com esse ar de tragédia. Não é de se admirar que Ellen esteja com medo de lhe pedir. Olhe aqui, moça, Ellen e eu queremos nos casar. Isso está claro como água, não acha? Você entende? E Ellen diz que não pode se casar, a não ser que você a libere de uma promessa absurda que ela fez. Vamos lá, me diga agora, você vai liberar? Vai liberar?

— Sim — disse Rosemary.

Norman levantou-se em um salto e tomou a mão relutante de Rosemary.

— Bom! Sabia que faria isso... eu disse a Ellen que você a liberaria. Sabia que levaria apenas um minuto. Agora, moça, vá para casa e conte tudo a Ellen, e teremos um casamento daqui a quinze dias, e você virá morar conosco. Não vamos deixá-la entocada naquela colina, como um corvo solitário... não se preocupe. Sei que você me odeia, mas, Senhor, será muito divertido viver com alguém que me odeia. A vida terá algum sabor depois disso. Ellen vai me dar mel e você vai me dar fel. Não vou ter um momento de tédio.

Rosemary não se dignou a responder absolutamente nada, jamais iria morar na casa dele. Então, deixou-o voltar para Glen, exalando deleite e complacência, e caminhou lentamente colina acima. Sabia que algo parecido iria acontecer, desde que voltara de Kingsport e encontrara Norman Douglas instalado como uma frequente visita vespertina. Seu nome nunca era mencionado entre as irmãs, mas o simples fato de ser evitado era significativo. Não estava na natureza de Rosemary sentir rancor, ou teria sentido agora. Era friamente educada com Norman e não tratava Ellen de forma diferente. Mas, Ellen não havia encontrado muito alento em seu segundo noivado.

Ela estava no jardim, escoltada por St. George, quando Rosemary chegou em casa. As duas irmãs se encontraram na trilha de dálias. St. George se sentou na trilha de britas, entre as irmãs, e enrolou graciosamente o rabo preto ao redor das patas brancas, com toda a indiferença de um gato bem alimentado, bem-criado e bem acarinhado.

— Você já viu dálias como essas? — questionou Ellen, com ar orgulhoso. — São as mais bonitas que já tivemos.

Rosemary nunca tinha gostado de dálias. A presença daquelas flores no jardim era sua concessão ao gosto de Ellen. Rosemary percebeu uma grande flor, manchada de vermelho e amarelo, que reinava sobre todas as demais.

— Aquela dália — disse ela, apontando para a dita flor — é exatamente como Norman Douglas. Facilmente poderia ser sua irmã gêmea.

O rosto bronzeado de Ellen corou. Ela admirava a dália em questão, mas sabia que Rosemary não, e compreendeu que o comentário não significava nenhum elogio. Mas, não ousou se ressentir por causa das palavras de Rosemary. A pobre Ellen não ousava se ressentir de nada naquele momento. E essa era a primeira vez que Rosemary havia mencionado o nome de Norman diante dela. Sentiu que esse fato pressagiava algo.

— Encontrei-me com Norman Douglas no vale — disse Rosemary, olhando diretamente para a irmã —, e ele me disse que vocês querem se casar... se eu concedesse minha permissão.

— Sim? E o que você respondeu? — perguntou Ellen, tentando falar de maneira natural e indiferente, mas falhando por completo. Não conseguia olhar Rosemary nos olhos. Olhou para as costas lustrosas de St. George e sentiu um medo aterrador. Rosemary havia dito que sim ou que não. Se dissera que consentia, Ellen se sentiria tão envergonhada e cheia de remorso, que seria uma noiva muito constrangida; e se dissera que não, bem, ela, que tivera que aprender a viver sem Norman Douglas uma vez, sentiu que jamais poderia fazê-lo novamente.

— Disse-lhe que, no que me diz respeito, você está absolutamente livre para se casar, quando melhor lhe aprouver — respondeu Rosemary.

— Obrigada — disse Ellen, ainda olhando para St. George.

As feições de Rosemary se suavizaram.

— Espero que seja feliz, Ellen — disse, suavemente.

— Oh, Rosemary! — Ellen ergueu o olhar, angustiada. — Estou tão envergonhada... eu não mereço... depois de tudo que eu lhe disse...

— Não vamos falar sobre isso — disse Rosemary, rápida e determinadamente.

— Mas... mas... — persistiu Ellen —, você também está livre agora... e não é muito tarde... John Meredith...

— Ellen West! — Rosemary tinha pequenas chamas de caráter debaixo de toda a sua doçura e que agora relampejavam em seus olhos azuis. — Você perdeu completamente o juízo? Você pensa, por um instante, que eu iria visitar John Meredith e dizer de mansinho: "Por favor, senhor, eu mudei de ideia; e por favor, senhor, espero que o senhor não tenha mudado a sua"? É isso que quer que eu faça?

— Não... não! Mas, com um pouco de encorajamento... ele voltaria...

— Jamais! Ele me despreza e com toda a razão. Basta, Ellen. Não tenho nenhum rancor... case-se com quem quiser. Mas, não interfira nos meus assuntos.

— Então, você deve vir morar comigo — disse Ellen. — Não vou deixá-la aqui, morando sozinha.

— Você realmente acha que eu iria morar na casa de Norman Douglas?

— Por que não?! — exclamou Ellen, um pouco irritada, apesar da humilhação.

Rosemary começou a rir.

— Ellen, achei que você tivesse senso de humor. Você me vê nessa situação?

— Não vejo por que não. A casa dele é grande o bastante... você teria seu espaço... Norman não iria interferir.

— Ellen, esse assunto não é nem para se pensar. Não toque mais nele.

— Então — disse Ellen, com frieza e determinação — eu não me casarei com ele. Não vou deixá-la aqui sozinha. Não vamos mais tocar nesse assunto.

— Que bobagem, Ellen!

— Não é bobagem. É minha decisão firme. Seria absurdo você pensar em viver aqui sozinha... a um quilômetro e meio de qualquer outra casa. Se você não vier morar comigo, eu ficarei aqui com você. E não vou mais discutir esse assunto, então, nem tente.

— Deixarei a discussão nas mãos de Norman — disse Rosemary.

— Eu vou lidar com o Norman. Posso manejá-lo. Eu jamais teria pedido que você me liberasse da promessa, jamais, mas eu tive que contar para ele por que eu não podia me casar, e ele disse que iria falar com você. Não pude impedi-lo. Não vá supor que é a única pessoa no mundo que possui respeito próprio. Eu nunca sonharia em me casar e deixá-la aqui sozinha. E vai perceber que posso ser tão determinada quanto você.

Rosemary deu as costas e entrou em casa, encolhendo os ombros. Ellen olhou para St. George, que não tinha nem piscado nem movido um pelinho do bigode, durante todo o confronto.

— St. George, este mundo seria entediante sem os homens, eu admito, mas sou quase tentada a dizer que queria que não existisse nenhum deles. Olha os problemas e incômodos que eles criaram bem aqui, George! Viraram nossa prazenteira vida de antigamente, de ponta-cabeça, Saint. John Meredith começou o serviço e Norman Douglas terminou. E, agora, os dois têm que ir para o limbo. Norman é o único homem que já conheci, que concorda comigo que o Kaiser da Alemanha é a criatura mais perigosa vivente nesta Terra, e não posso me casar com esse homem sensato porque minha irmã é teimosa, e eu sou mais teimosa ainda. Escreva o que eu digo, St. George: o pastor voltaria, se ela erguesse o dedo mindinho. Mas, minha irmã não fará isso, George. Ela jamais fará isso, não vai nem dobrar o dedo e eu não ousarei interferir, Saint. E não vou ficar emburrada, George. A Rosemary não ficou amuada, então, eu também não ficarei. Isso está decidido. Norman vai revirar a terra, mas o resumo da ópera, St. George, é que todos nós, pobres velhos tontos, devemos esquecer essa ideia de nos casarmos. Bem, bem, "o desespero é um homem livre, a esperança é um escravo"[27], Saint. Então, vamos entrar para casa agora, George, e eu vou lhe dar um prato de creme. Vai ter ao menos uma criatura contente e satisfeita nesta colina.

---

27 - Citação do poema *The Freeman*, da escritora americana Ellen Glasgow, publicado em 1902. [N.T.]

CAPÍTULO XXXIII

Carl... não é... surrado

— Há algo que devo contar a vocês — anunciou Mary Vance, com ar misterioso.

Faith, Una e Mary caminhavam de braços dados pela vila, depois de terem se encontrado no armazém de Mr. Flagg. Una e Faith trocaram olhares que diziam "algo desagradável nos espera". Quando Mary Vance achava que devia dizer alguma coisa, raramente era algo prazeroso e agradável de se escutar. Com frequência se perguntavam por que continuavam gostando de Mary Vance, pois gostavam dela, apesar de tudo. Para falar a verdade, era geralmente uma companhia estimulante e agradável, se ao menos não tivesse aquela convicção de que era seu dever contar-lhes coisas!

— Vocês sabem que Rosemary West não aceitou se casar com seu pai porque ela acha que vocês são uns selvagens? Tem medo de não poder educá-los corretamente e, por isso, o rejeitou.

O coração de Una se encheu de uma secreta exultação. Estava muito contente de saber que Miss West não iria se casar com seu pai. Mas, Faith ficou muito desapontada e perguntou:

— Como você sabe?

— Oh, está todo mundo dizendo. Ouvi Mrs. Elliott conversando sobre isso com Mrs. Dr. Blythe. Elas acharam que eu estava muito longe para ouvir, mas tenho audição de gato. Mrs. Elliott disse que não tinha dúvidas de que Rosemary estava com medo de ser madrasta de vocês, por causa da má reputação. Seu pai já não sobe mais a colina. E nem o Norman Douglas. As pessoas dizem que Ellen o rejeitou para lhe dar o troco, pela rejeição que ela sofreu na mão dele anos atrás. Mas, Norman está declarando que vai conquistá-la. E eu acho que vocês precisam saber que estragaram o casamento do seu pai, o que acho uma pena, porque cedo ou tarde ele terá que se casar com alguém, e Rosemary West teria sido a melhor esposa para ele.

— Você me disse que todas as madrastas eram cruéis e malvadas —

acusou Una.

— Ah... bom — disse Mary, um pouco confusa —, elas são muito irritáveis, eu sei. Mas, Rosemary West não poderia ser malvada com ninguém. Digo a vocês que caso seu pai se decide e se case com Emmeline Drew, por exemplo, vocês vão desejar ter se comportado melhor e não ter afugentado Rosemary. É muito desagradável que tenham tal reputação e que nenhuma mulher decente queira se casar com seu pai, por causa de vocês. Claro, eu sei que a metade das histórias que contam não é verdade, mas agora o cartaz sobre vocês já foi criado. Ora, algumas pessoas estão dizendo que foi Jerry e Carl que jogaram pedras na janela de Mrs. Stimson na outra noite, quando na verdade foram os dois garotos dos Boyd. Mas, temo dizer que foi o Carl que colocou a enguia na charrete da velha Mrs. Carr, ainda que a princípio eu não conseguisse acreditar, até que tivesse uma prova melhor do que a palavra da velha Kitty Alec. Eu disse isso na cara de Mrs. Elliott.

— O que o Carl fez? — perguntou Faith.

— Bem, dizem... ora, vejam, estou apenas repetindo o que as pessoas estão falando... então, não venham me culpar por isso. Dizem que o Carl e um bando de outros meninos estavam pescando enguias na ponte, numa tarde da semana passada. Mrs. Carr passou naquela velha carroça destroçada, com a parte de trás descoberta. E Carl se levantou e jogou uma enorme enguia na carroça. Quando a pobre Mrs. Carr estava subindo a colina, ao lado de Ingleside, a enguia veio se contorcendo pelo meio das pernas dela. A velhota pensou que era uma cobra, soltou um berro terrível, levantou-se e pulou da carroça, por cima das rodas. O cavalo se espantou, mas foi para casa, e nada mais aconteceu. Mas, Mrs. Carr raspou as pernas de forma terrível e tem ataques nervosos todas as vezes em que pensa sobre a enguia. De verdade, foi uma brincadeira de muito mau gosto, para se fazer com a pobre velhinha. Ela é uma pessoa decente, ainda que seja estranha.

Faith e Una se entreolharam novamente. Esse era um assunto para o Clube da Boa Conduta e, por isso, não discutiriam com Mary.

— Lá vai seu pai — disse Mary, pois naquele momento Mr. Meredith passava por elas. — Bem poderíamos não estar aqui, porque ele não nos viu. Bem, agora, isso já não me incomoda. Mas, tem gente que fica aborrecida.

Mr. Meredith não tinha visto as meninas, mas não caminhava da maneira sonhadora e distraída de costume. Subia a colina, agitado e angustiado. Mrs. Alec Davis havia lhe contado a história sobre Carl e a enguia. Ela estava muito indignada por causa disso, pois a velha Mrs. Carr era sua prima em terceiro grau. Mr. Meredith estava mais que indignado. Estava ferido e horrorizado.

Não imaginava que Carl fosse capaz de fazer algo assim. Não estava disposto a agir com severidade por causa de travessuras cometidas por descuido ou esquecimento, mas isso era diferente. Essa atitude carregava consigo a nódoa da maldade. Quando chegou em casa, o pastor encontrou Carl no jardim, pacientemente estudando os hábitos e costumes de uma colônia de vespas. Mr. Meredith chamou o garoto ao escritório e o confrontou, com uma expressão que nenhum dos filhos jamais havia visto antes. Ele perguntou se a história era verdadeira.

— Sim — respondeu Carl, corando, mas encarando o olhar do pai com valentia.

Mr. Meredith gemeu. Tinha esperanças de que a história fosse, ao menos, um exagero.

— Conte-me toda a história — ordenou o pai.

— Os meninos estavam pescando enguias na ponte — disse Carl. — Link Drew pegou uma grandalhona, quero dizer, uma enorme, a maior enguia que eu já vi na vida. Ele a pegou logo no princípio e ela ficou na cesta, imóvel por um longo tempo. Eu achei que a enguia estava morta, juro que achei. Então, a velha Mrs. Carr passou pela ponte e nos chamou de jovens patifes e mandou que fôssemos para casa. E nós não tínhamos dito uma palavra a ela, pai, eu juro. Então, quando a velhota passou de volta, depois de ter ido ao armazém, os meninos me desafiaram a colocar a enguia do Link na charrete. Achei que estava tão morta que não poderia lhe fazer mal e a joguei dentro da carroça. E, então, a enguia voltou à vida na colina e nós ouvimos os gritos de Mrs. Carr e a vimos pular. Fiquei muito arrependido. Isso é tudo, pai.

Não era tão ruim quanto Mr. Meredith temia, mas era ruim o bastante.

— Eu devo castigá-lo, Carl — disse ele, com tristeza.

— Sim, eu sei, pai.

— Eu... eu devo bater em você.

Carl estremeceu. Ele nunca tinha apanhado. Então, percebendo como o pai se sentia mal, Carl disse, com animação:

— Está bem, pai.

Mr. Meredith interpretou mal a animação do filho e pensou que era insensibilidade. Disse a Carl que viesse ao escritório depois do jantar e, quando o menino saiu, John se lançou na cadeira e gemeu novamente. Ele temia a chegada do entardecer, dez vezes mais que Carl. O pobre pastor nem mesmo sabia com o que devia bater no filho. O que era usado para surrar meninos? Cintas? Bastões? Não, isso seria muito brutal. Uma vara de árvore, então? E ele, John Meredith, deveria ir ao bosque e cortar uma vara. Essa era uma ideia abominável. Então, uma imagem apresentou-se espontaneamente em sua mente. Ele imaginou o rostinho enxuto e rígido de Mrs. Carr ao ver a enguia ressuscitada, contemplou-a saltando como uma bruxa e voando sobre as rodas da charrete. Antes que conseguisse evitar, o pastor começou a rir. Mas, depois, ficou zangado consigo mesmo e ainda mais zangado com Carl. Iria pegar aquela vara, imediatamente, e não seria uma vara muito leve, afinal de contas.

Carl estava conversando sobre o assunto no cemitério, com Faith e Una, que tinham acabado de chegar em casa. Estavam horrorizadas ante a ideia de o irmão levar uma surra, e do pai, ainda por cima, que nunca tinha feito nada semelhante! Mas, as meninas estavam sobriamente de acordo que era o justo.

— Você sabe que fez algo terrível — suspirou Faith. — E nunca admitiu aqui no clube.

— Eu esqueci — disse Carl. — Além disso, não pensei que fosse ter alguma consequência. Não sabia que Mrs. Carr tinha machucado as pernas. Mas, vou levar uma surra e isso vai colocar as coisas no lugar.

— Será que vai doer... muito? — perguntou Una, segurando a mão de Carl.

— Oh, não, não muito, eu acho — disse Carl, com valentia. — Eu não vou chorar, de maneira nenhuma, não importa o quanto vá doer. O papai ficaria muito mal se eu chorasse. Já está, desde já, muito aflito. Queria poder bater em mim mesmo, forte o bastante, para que ele não tivesse que fazer isso.

Depois do jantar, no qual Carl comeu pouco, e Mr. Meredith, nada em absoluto, ambos foram em silêncio para o escritório. A vara estava em cima da mesa. Mr. Meredith tinha encontrado dificuldades para achar uma varinha que o satisfizesse. Cortou uma, mas então achou que era muito fina. Carl tinha feito algo realmente indefensável. Então, cortou outra, era muito grossa. Afinal de contas, Carl pensara que a enguia estava morta. A terceira lhe pareceu melhor, mas quando a pegou de cima da mesa, a vara pareceu muito grossa e pesada. Mais parecia um bastão que uma varinha.

— Estenda a mão — disse o pastor ao filho.

O garoto virou a cabeça para trás e estendeu a mão, sem se encolher. Mas, Carl não era muito grande e não conseguia dissimular do olhar o pouco de medo que sentia. Mr. Meredith olhou para aqueles olhos: ora, eram os olhos de Cecilia, o mesmo olhar da esposa, e neles havia a mesma expressão que tinha visto em Cecilia, quando certa vez viera lhe contar algo que temia dizer. Ali, no rostinho pálido de Carl, estavam seus olhos e seis semanas atrás ele tinha pensado, por uma interminável e terrível noite, que seu garotinho estava morrendo.

John Meredith jogou a vara para longe.

— Vá! — disse. — Não consigo bater em você.

Carl voou até o cemitério, sentindo que a expressão nos olhos do pai era pior que uma surra.

— Ué, acabou tão rápido? — indagou Faith. Ela e Una estavam de mãos dadas, apertando os dentes, em cima da tumba de Pollock.

— Ele... ele, por fim, não me bateu — disse Carl, soluçando — E... eu queria que tivesse batido... ele está lá dentro, sentindo-se tão mal.

Una esgueirou-se para dentro da casa. Seu coração ansiava por confortar o pai. Tão silenciosa quanto um pequeno camundongo cinza, ela abriu a porta do escritório e entrou. O aposento estava escuro à hora do crepúsculo. O pai estava sentado à mesa, de costas para ela, com a cabeça apoiada nas mãos. John estava falando sozinho, palavras perplexas, angustiosas, mas Una as ouviu e compreendeu, com a súbita iluminação que só as crianças sensíveis e sem mãe possuem. Tão silenciosa quanto entrou, Una saiu e fechou a porta. John Meredith continuou desabafando sua dor, no que cria ser uma solidão não perturbada.

CAPÍTULO XXXIV

Una visita a colina

Una subiu até o quarto. Carl e Faith já estavam a caminho do Vale do Arco-íris, sob a luz da lua, pois tinham ouvido o mágico som da harpa de boca de Jerry, e adivinhado que os Blythes estavam ali para se divertirem. Una não estava com vontade de ir. Primeiro foi ao seu quarto, onde se sentou na cama, e chorou um pouco. Ela não queria que ninguém ocupasse o lugar de sua mãe. Não queria uma madrasta que a odiaria e que faria o pai odiá-la. Mas, o papai estava tão desesperadamente infeliz e se ela pudesse fazer qualquer coisa para torná-lo feliz, deveria fazê-lo. Havia somente uma coisa e Una soube, no momento em que deixara o escritório, o que deveria fazer, apesar de ser algo muito difícil.

Depois que chorou bastante, ela secou as lágrimas dos olhos e foi até o quarto de hóspedes. Estava escuro e muito úmido, pois fazia algum tempo que a veneziana não era erguida, nem a janela, aberta, pois tia Martha não era muito amiga do ar fresco. Mas, como ninguém nunca se importava em fechar as portas na casa pastoral, isso não importava muito, exceto quando algum desafortunado pastor vinha para passar a noite e se via obrigado a respirar a atmosfera do quarto de hóspedes.

Havia um armário no aposento, e no fundo dele estava um vestido pendurado. Una entrou no guarda-roupa e fechou a porta, ajoelhou-se e pressionou o rosto contra as suaves dobras do vestido de seda. Aquele tinha sido o vestido de noiva da mãe. Ainda estava carregado do doce, suave e persistente perfume, como o amor que permanece. Una sempre se sentia muito próxima à mãe ali, como se estivesse ajoelhada aos seus pés, com a cabeça no colo dela. A menina ia ali, às vezes, quando a vida era muito difícil de ser vivida.

— Mamãe — sussurrou, encostando o rosto contra o vestido de seda cinza —, eu nunca vou esquecê-la, mamãe, e sempre vou amá-la, mais que a qualquer outra pessoa. Mas, eu tenho que fazer isso, mamãe, porque o papai está tão infeliz. Sei que você não queria que ele fosse infeliz. E eu vou ser boazinha para ela, mamãe, e tentar amá-la, mesmo que ela seja como a Mary Vance disse que as madrastas são.

Una encontrou uma delicada fortaleza espiritual em seu santuário secreto. A menina dormiu serenamente naquela noite, com manchas de lágrimas ainda cintilando sobre o rostinho doce e sério.

Na tarde seguinte, colocou seu melhor vestido e seu chapéu, que mesmo assim estavam muito gastos, e pensou. Todas as outras garotinhas de Glen tinham roupas novas naquele verão, exceto Faith e Una. Mary Vance tinha um belíssimo vestido de linho branco, com um cinto de seda vermelho e laços nos ombros. Mas, hoje, Una não se importava com a pobreza de suas roupas. Só queria estar bem arrumada. Ela lavou o rosto com esmero e penteou o cabelo escuro, até que ficasse suave como o cetim. Atou os cadarços dos sapatos com cuidado, tendo primeiro cerzido dois buracos no único par de meias boas. Ela teria gostado de encerar os sapatos, mas não encontrou nenhuma cera. Finalmente, saiu da reitoria, cruzou o Vale do Arco-íris, subiu pelos bosques sussurrantes e surgiu na estrada que passava pela casa na colina. Era uma boa caminhada e Una estava cansada e acalorada quando chegou lá.

Una viu Rosemary West sentada embaixo de uma árvore no jardim e passou por um canteiro de dálias, enquanto caminhava na direção dela. Rosemary tinha um livro no colo, mas estava olhando ao longe, na direção do porto, e seus pensamentos pareciam ser muito tristes. A vida não tinha sido agradável na casa da colina, nos últimos tempos. Ellen não tinha ficado emburrada, mas tinha se tornado uma pedra. Mas, há coisas que podem ser sentidas, ainda que não sejam faladas, e o silêncio entre as duas mulheres era intolerantemente eloquente. Todas as coisas familiares, que há um tempo haviam tornado a vida doce, tinham agora um sabor amargo. Norman Douglas também fazia periódicas irrupções, para resmungar e tentar convencer Ellen a aceitá-lo. Rosemary cria que acabaria arrastando Ellen com ele um dia, e sentia que se alegraria quando isso acontecesse. A existência seria horrivelmente solitária, mas não seria mais carregada de dinamite.

Um tímido toquezinho no ombro a despertou de seu nada prazenteiro devaneio. Virando-se, ela viu Una Meredith.

— Ora, querida Una, você caminhou até aqui, com todo este calor?

— Sim — respondeu Una. — Eu vim para... eu vim para...

Mas, descobriu que era muito difícil dizer o que tinha vindo falar. A voz lhe faltou, seus olhos encheram de lágrimas.

— Ora, Una, minha garotinha, qual é o problema? Não tenha medo de me dizer.

Rosemary abraçou o frágil corpinho de Una e trouxe a menina para perto de si. Os olhos de Rosemary eram tão lindos, seu toque tão terno, que Una encontrou coragem.

— Eu vim... para pedir que a senhorita... que se case com meu pai — balbuciou.

Rosemary ficou em silêncio por um momento, em estado de puro estarrecimento. Permaneceu encarando Una, atônita.

— Oh, não fique zangada, por favor, querida Miss West — disse Una, suplicante. — É que todo mundo está dizendo que a senhorita não vai se casar com meu pai porque nós somos muito maus. E ele está muito infeliz por causa disso. Então, pensei em vir aqui para dizer que não somos maus *de* propósito. E que se a senhorita se casar com meu pai, nós tentaremos ser bonzinhos, e fazer apenas o que nos disser para fazer. Eu tenho certeza de que não terá nenhum problema conosco. Por favor, Miss West.

Rosemary pensava rapidamente. As conjecturas dos fofoqueiros, percebeu ela, tinham colocado essa ideia errônea na cabecinha de Una. Devia ser perfeitamente franca e sincera com a criança.

— Una, querida — disse ela, com suavidade. — Não é por causa de vocês, pobres alminhas, que não posso ser a esposa do seu pai. Nunca me ocorreu coisa semelhante. Vocês não são maus... nunca achei que fossem. Há... há outra razão, Una.

— A senhorita não gosta do meu pai? — perguntou Una, erguendo os olhos cheios de dúvidas. — Oh, Miss West, a senhorita não sabe como ele é bom. Tenho certeza de que ele seria um excelente marido para a senhorita.

Mesmo em meio a toda angústia e perplexidade, Rosemary não pôde evitar esboçar um sorrisinho.

— Oh, não ria, Miss West! — Una exclamou, apaixonadamente. — O papai está muito triste.

— Acho que você está enganada, querida — disse Rosemary.

— Não estou. Eu tenho certeza de que não. Oh, Miss West, o papai ia bater no Carl, pois tinha feito uma travessura, mas não conseguiu bater nele, porque a senhorita sabe, papai não tem nenhuma prática em dar surras. Então, quando o Carl saiu e nos contou que o papai se sentia tão mal, eu me esgueirei para dentro do escritório dele, para ver se poderia ajudá-lo. Ele gosta que eu o conforte, Miss West — e eu costumava fazer isso. Mas, dessa vez ele não me ouviu entrar e eu ouvi o que ele estava dizendo. Eu vou lhe contar, Miss West, se a senhorita me deixar cochichar em segredo.

E foi o que Una fez. O rosto de Rosemary enrubesceu. Então, John Meredith ainda se importava. Ele não tinha mudado de ideia. E devia se importar com intensidade, se de fato usou aquelas palavras, mais do que ela jamais supôs que se importava. Ela permaneceu imóvel por um momento, acariciando o cabelo de Una. Então, disse:

— Você levaria uma cartinha minha para seu pai, Una?

— Oh, então, vai se casar com ele, Miss West? — perguntou Una, ansiosa.

— Talvez. Se ele realmente me quiser como esposa — respondeu Rosemary, corando novamente.

— Oh, estou tão feliz...estou tão feliz! — disse Una, valentemente. Então, a menina olhou para cima, com os lábios trêmulos. — Oh, Miss West, a senhorita não vai virar o papai contra a gente, não é mesmo? Não fará com que ele nos odeie, não é verdade? — perguntou ela, suplicante.

Rosemary a encarou novamente.

— Una Meredith! Você acha mesmo que eu faria uma coisa dessas? Quem inventou isso?

— Mary Vance disse que as madrastas eram todas assim e que todas elas odeiam seus enteados, e que faziam os pais odiarem os filhos. Ela disse que não conseguem evitar, que o simples fato de serem madrastas as faz serem assim...

— Oh, pobrezinha! E ainda assim você veio aqui e pediu que me casasse com seu pai, porque quer que ele seja feliz? Você é uma querida, uma heroína, como Ellen diria, você é uma rocha. Agora, me ouça, com muita atenção, querida. Mary Vance é uma garotinha muito bobinha, que não sabe muito e está terrivelmente equivocada sobre algumas coisas. Eu jamais sonharia em tentar colocar seu pai contra vocês. Eu vou amá-los. Não quero tomar o lugar da mãe de vocês. Ela sempre deve ter esse lugar em seu coração. Mas, eu tampouco tenho qualquer intenção de ser uma madrasta. Quero ser amiga de vocês, uma auxiliadora, uma companheira. Não acha que isso seria bonito, Una? Se você, Faith, Carl e Jerry pudessem pensar em mim como uma boa e alegre companheira, uma irmã mais velha?

— Oh, seria adorável! — exclamou Una, com uma expressão de êxtase. Em um impulso, lançou os braços ao redor do pescoço de Rosemary. Estava tão feliz que sentia como se tivesse asas para voar.

— Os outros — digo, a Faith e os meninos têm a mesma ideia que você sobre as madrastas?

— Não. Faith nunca acreditou na Mary Vance. Eu fui muito tola por acreditar nela. Faith já a ama. Ela sempre a amou, desde que o pobre Adam foi comido. E Jerry e Carl vão achar divertido. Oh, Miss West, quando a senhorita vier morar com a gente, poderia... poderia me ensinar a cozinhar... um pouco... e costurar... e... e fazer outras coisas? Eu não sei nada. Não vou ser um incômodo... vou tentar aprender rápido.

— Querida, eu vou ensiná-la e ajudar em tudo que eu puder. Agora, você não deve contar uma palavra sobre isso a ninguém, pode ser? Nem mesmo para Faith, até que seu pai mesmo diga que pode contar. E você vai ficar e tomar o chá comigo?

— Oh, obrigada... mas... mas... eu acho que preferia voltar logo para casa e levar a carta para meu pai — gaguejou Una. — Veja, ele ficará contente muito mais rápido, Miss West.

— Eu entendo — disse Rosemary.

Rosemary entrou na casa, escreveu a carta e a entregou para Una. Quando aquela pequena donzela saiu correndo, como um palpitante punhado de felicidade, Rosemary foi até Ellen, que estava descascando ervilhas no pórtico traseiro.

— Ellen — anunciou. — Una Meredith acaba de vir aqui para pedir que me case com seu pai.

Ellen ergueu o olhar e leu o rosto da irmã.

— E você vai se casar? — perguntou.

— É bem provável.

Ellen seguiu mais uns minutos descascando ervilhas. E, então, de repente, cobriu o rosto com as mãos. Havia lágrimas em seus olhos escuros.

— Eu... eu espero que todos sejamos felizes — ela disse, entre um soluço e uma risada.

Na casa pastoral, Una Meredith, acalorada, rosada, triunfante, marchou corajosamente para o escritório do pai e colocou a carta na mesa, diante dele. O rosto pálido do pastor enrubesceu quando viu a clara e delicada caligrafia, que conhecia tão bem. John abriu a carta. Era bem breve, mas sentiu que rejuvenescia vinte anos enquanto a lia. Rosemary lhe pedia que a encontrasse naquela tarde, ao cair do sol, na nascente do Vale do Arco-íris.

CAPÍTULO XXXV

"Que venha o flautista"

— O casamento duplo vai ser na metade deste mês — disse Miss Cornelia.

Havia uma leve brisa na noite fria, no início de setembro, então Anne havia acendido o fogo em sua lareira, sempre pronta na sala grande, e ela e Miss Cornelia se aqueciam em seu mágico calor.

— É tão maravilhoso, especialmente a respeito de Mr. Meredith e de Rosemary — disse Anne. — Quando penso nisso, fico tão feliz como quando eu me casei. Voltei a me sentir como uma noiva, quando estive lá na colina para ver o enxoval de Rosemary.

— Disseram-me que o enxoval é digno de uma princesa — comentou Susan, de um canto escuro, onde ninava seu menino moreno. — Também fui convidada a ver o enxoval e pretendo ir em uma noite dessas. Pelo que entendi, Rosemary vai usar seda branca e véu, mas Ellen se casará usando azul-marinho. Não tenho dúvidas, querida Mrs. Dr. Blythe, de que é muito sensato da parte dela, mas eu, por minha parte, sempre achei que se eu me casasse algum dia, preferiria me casar de branco e de véu, porque é mais digno de uma noiva.

A visão de Susan vestida de "branco e véu" apareceu na imaginação de Anne e foi quase demasiado para ela.

— Quanto a Mr. Meredith — disse Miss Cornelia —, até mesmo o noivado o tornou um homem diferente. Não anda nem metade tão sonhador e distraído quanto antes, acredite-me. Eu me senti tão aliviada quando fiquei sabendo que ele decidiu fechar a casa pastoral e mandar as crianças de visita a outros lares, enquanto estiver viajando de lua de mel. Se os deixasse lá, um mês inteiro sozinhos com a velha tia Martha, teria ficado esperando o despertar todas as manhãs, para ver a casa incendiada.

— A tia Martha e o Jerry virão para cá — informou Anne. — Carl irá para a casa do presbítero Clow. Mas, não sei onde as meninas vão ficar.

— Ah, elas ficarão comigo! — disse Miss Cornelia. — É claro que eu também estava contente com o arranjo, mas Mary não me daria sossego se não as tivesse convidado. As mulheres da Associação de Damas de Beneficência vão dar uma faxina na casa antes do retorno dos noivos e Norman Douglas dispôs o necessário para que encham o sótão de legumes e de hortaliças. Ninguém jamais viu ou ouviu nada parecido com o que tem sido Norman Douglas nestes dias, acredite-me. Está tão contente por se casar com Ellen West, depois de tê-la amado por toda a vida. Se eu fosse Ellen... mas não sou, e se ela está satisfeita, eu posso estar também. Eu a ouvi dizer, anos atrás, quando era uma menina colegial, que não queria um cachorrinho manso como marido. Não há nada de manso em Norman, acredite-me.

O sol estava se pondo sobre o Vale do Arco-íris. O riacho usava um belíssimo manto púrpura, dourado, verde e carmesim. Uma sutil neblina azul descansava sobre a colina do Leste, sobre a qual flutuava, pálida e redonda, uma grande lua, que parecia uma bolha de prata.

Estavam todos ali, sentados na pequena clareira: Faith e Una, Jerry e Carl, Jem e Walter, Nan e Di, e Mary Vance. Tiveram uma celebração especial, pois seria a última tarde de Jem no Vale do Arco-íris. Pela manhã, ele viajaria para Charlottetown, onde iria para a Academia Queen's. Seu círculo encantado se romperia e, apesar da alegria de sua pequena festa, havia uma nota de tristeza em cada um dos jovens e alegres corações.

— Vejam... há um grande palácio dourado no pôr do sol — disse Walter, apontando. — Olhem, a torre resplandecente... e os estandartes vermelhos que saem dela. Talvez, um conquistador esteja cavalgando para casa, vindo de uma batalha... e eles estejam pondo os estandartes em sua homenagem.

— Oh, queria que voltassem os tempos antigos! — exclamou Jem. — Eu adoraria ser um soldado, um grande e triunfante general. Daria tudo para ver uma grande batalha.

Bem, Jem seria um soldado e veria a maior batalha que jamais fora travada no mundo. Mas, isso ainda era algo distante no futuro; e a mãe, de quem ele era o primogênito, estava acostumada a olhar para seus garotinhos e agradecer a Deus que os "bravos tempos de outrora", pelos quais Jem ansiava, estivessem no passado para sempre e que jamais seria necessário que os filhos do Canadá cavalgassem para a batalha "pelas cinzas de seus pais e templos de seus deuses".

A sombra da Grande Guerra ainda não enviara nenhum Heraldo de seu frio terror. Os rapazes que iriam lutar, e talvez perecer nos campos da França e Flanders, Gallipoli e Palestina, eram ainda travessos meninos em idade escolar, com uma bela vida no panorama diante deles. As meninas, cujos corações seriam oprimidos, eram ainda belas donzelas resplandecentes, cheias de esperanças e sonhos.

Lentamente, os estandartes da cidade do pôr do sol abandonaram suas cores vermelho e dourado; lentamente, o desfile do conquistador desvaneceu. O crepúsculo cobriu o vale e o pequeno grupo ficou em silêncio. Naquele dia, Walter estivera novamente lendo o seu amado livro de mitos e recordou que uma vez havia imaginado que o Flautista de Hamelin chegava no vale, numa noite exatamente como aquela.

Ele começou a falar em tom sonhador, em parte por querer emocionar um pouco seus companheiros, em parte porque algo além de si mesmo parecia falar através de seus lábios.

— O Flautista está se aproximando — disse —, está mais perto do que naquele entardecer em que o vi pela primeira vez. Sua longa capa sombria está flutuando ao seu redor. Ele toca... e toca...e nós devemos segui-lo... Jem, Carl, Jerry e eu... por todo, todo o mundo. Escutem... escutem... não ouvem sua música descomedida?

As meninas estremeceram.

— Você sabe que está só fingindo — protestou Mary Vance —, e eu gostaria que você não fizesse isso. Você o torna muito real e eu odeio esse seu velho Flautista.

Mas, Jem se levantou num salto, com uma risada alegre. Ele subiu em um morrinho, alto e esplêndido, com sua fronte límpida e olhos destemidos. Havia milhares como ele, por toda a terra dos bordos.

— Que venha o Flautista, e que seja bem-vindo! — exclamou Jem, agitando a mão. — *Eu o seguirei* de bom grado por todo, todo o mundo.

FIM

Lucy Maud Montgomery

Rilla de Ingleside

PEDRAZUL
EDITORA

A história continua no oitavo livro
da Série Anne de Green Gables!

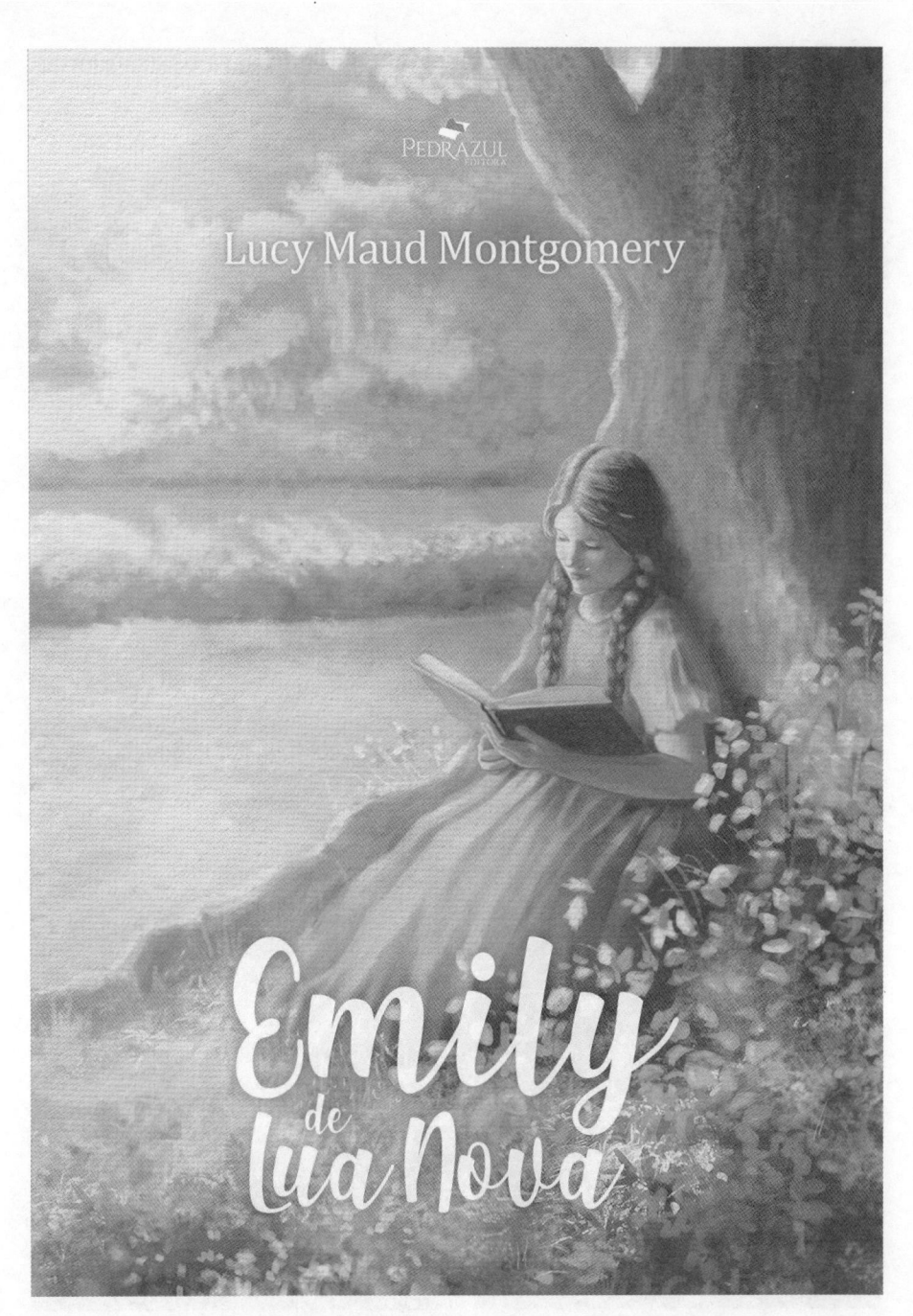

Lucy Maud Montemery

Emily de Lua Nova

Leia também Emily de Lua Nova, da mesma autora
da Série Anne de Green Gables.

Confira os livros já publicados com exclusividade para os assinantes.

- *O professor* — Charlotte Brontë
- *O moinho à beira do rio Floss* — George Eliot
- *A pobre senhorita Finch* — Wilkie Collins
- *O pecado de Lady Isabel* — Mrs. Henry Wood

CLUBE DE LEITORES
PEDRAZUL EDITORA

Adquira-os no site do clube:
www.clubedeleitorespedrazul.com.br